IL DUCA SILENZIOSO

(IL CLUB DEL 1797 LIBRO 4)

JESS MICHAELS

Traduzione di
ISABELLA NANNI

IL DUCA SILENZIOSO

(TITOLO ORIGINALE: THE SILENT DUKE)

(IL CLUB DEL 1797 LIBRO 4)
1797Club.com

Per ulteriori informazioni, contattate Jess Michaels
  www.AuthorJessMichaels.com

Per contattare l'autrice:

Email: Jess@AuthorJessMichaels.com
  Twitter www.twitter.com/JessMichaelsbks
  Facebook: www.facebook.com/JessMichaelsBks

OGNI mese Jess Michaels mette in palio un buono acquisto Amazon GRATUITO riservato agli iscritti della newsletter. Registratevi al sito: http://www.authorjessmichaels.com/

A Lenora Bell, che ha vinto la mia verginità in un "incidente" di gioco ma mi ha lasciata tornare lo stesso a casa da mio marito.

E a Michael, che su questo episodio fu molto più comprensivo di quanto possiate immaginare.

PROLOGO

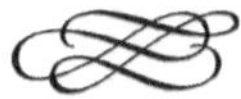

Estate 1793

Ewan Hoffstead era vissuto nella consapevolezza che suo padre lo odiava ogni giorno dei dieci anni che aveva passato su questa terra. Sapeva anche perché: per tutta la vita non era stato in grado di parlare. Ci aveva provato, ovviamente. Era rimasto per ore davanti allo specchio a inspirare forte prima di sforzarsi di buttare fuori qualcosa, ma dalla sua bocca non era uscito niente. Suo padre aveva anche provato a frustrarlo per disobbedienza quando non riusciva a emettere nient'altro che qualche grugnito impotente.

Tutto inutile. Ewan era muto e a quanto pareva sarebbe rimasto muto. Suo padre diceva che questo difetto lo rendeva stupido e guasto. Ewan si sentiva guasto, certo, ma non era così sicuro di essere stupido. Aveva imparato a leggere e a scrivere da solo, perché suo padre si rifiutava di perdere tempo dietro alla sua educazione. E quando era con suo cugino Matthew e la sua famiglia, nessuno sembrava pensare che fosse stupido. A dire il vero, spesso conosceva le risposte alle domande prima di Matthew ed erano quasi della stessa età.

Ma niente di tutto questo aveva importanza. Il Duca di

Donburrow lo disprezzava e questo non fu mai più chiaro che durante la loro visita a casa di Matthew e di suo padre e sua madre, il Duca e la Duchessa di Tyndale, dove erano ospiti da una settimana. Era come se vedere un ragazzo dell'età di Ewan, senza nessuno dei suoi difetti, rendesse Donburrow ancora più spregevole e odioso.

Ewan se ne stava accovacciato dietro una siepe che si trovava sotto una finestra nella tenuta di suo zio e osservava i due duchi che ruggivano l'uno contro l'altro. Poteva sentire le loro urla ma non riusciva a distinguere le loro parole attraverso il vetro.

Tuttavia, sapeva che stavano litigando per causa sua. Gli si stringeva il cuore a pensarci. Gli bruciavano gli occhi per le lacrime.

«Preso! Questo non è un gran buon posto per nascondersi quando si gioca a nascondino, Ewan.»

Il giovane sobbalzò al suono della voce di una ragazzina dietro di lui e alla sensazione di due mani che gli stringevano un braccio. Si voltò e vide Charlotte Undercross che gli sorrideva. Aveva tre anni meno di lui ed era la sorella di Baldwin Undercross, il migliore amico di Matthew e figlio di un altro duca, il Duca di Sheffield. Anche la loro famiglia era presente al piccolo ricevimento a cui suo padre lo aveva portato.

Charlotte aveva solo sette anni, ma era già molto carina, aveva i capelli biondi e gli occhi più scuri e verdi che Ewan avesse mai visto. Sorrideva e rideva sempre e, a differenza della maggior parte dei bambini che lo incontravano, non sembrava consumata dalla curiosità e dalla voglia di giudicarlo per la sua incapacità di parlare.

A Ewan Charlotte piaceva, ma in quel momento si sentiva ferito e vulnerabile, e non voleva che lei o qualcun altro se ne accorgesse. Sfortunatamente, era troppo tardi. Charlotte inclinò la testa, guardandolo negli occhi come se potesse vedere fino in fondo la sua anima.

«Stai piangendo?» chiese senza prenderlo in giro ma seriamente preoccupata.

Lui scosse la testa, anche se non era tutta la verità. Era sul punto di piangere, se lo sentiva montare dentro. Charlotte si alzò in punta di piedi e guardò dentro alla finestra, dietro le sue spalle. Vide esattamente quello che vedeva lui, i Duchi di Donburrow e Tyndale, che continuavano a urlare l'uno contro l'altro.

«Stanno litigando per te?» gli chiese.

Ewan si mordicchiò un po' il labbro e poi annuì lentamente.

Lei aggrottò la fronte e sussurrò: «Vuoi sapere cosa stanno dicendo?»

Ewan ci pensò un attimo. Una parte di lui non voleva sapere. Tutte quelle brutte parole gli facevano molto male. Ma una parte di lui *aveva bisogno* di sentirle. Annuì di nuovo. Con sua grande sorpresa, lei gli prese la mano e quasi lo trascinò dietro l'angolo della casa facendolo entrare dalla porta aperta di un salotto.

«Queste stanze sono collegate e le pareti possono essere aperte per renderle un'unica sala per ricevimenti più grandi. Una volta ho visto i servitori di Tyndale che lo facevano» spiegò Charlotte mentre lasciava la mano di Ewan e si avvicinava di soppiatto alla parete. Sganciò un chiavistello e con grande cautela aprì il muro in un posto che Ewan non avrebbe mai immaginato contenesse così tanti segreti. Poi gli fece cenno di avvicinarsi mentre si metteva a sedere e cominciava a guardare dalla fessura che aveva creato tra le due stanze.

Adesso Ewan riusciva a sentire rimbombare nitidamente la voce di suo padre, che gridava: «Non so perché perdi così tanto tempo a difendere un bambino che è poco più di un animale. È toccato, Aldous: il manicomio è il posto per *cose* come lui.»

Ewan si irrigidì a quelle parole, cadde in ginocchio e accostò il viso contro la fessura appena sopra la testa di Charlotte. Un manicomio. Aveva sentito spesso suo padre parlare di un posto del genere. Una volta ci erano pure passati davanti in carrozza, e suo padre gli aveva detto che era lì che sarebbe finito se non avesse parlato. Ma ora questa minaccia sembrava più seria.

«Il ragazzo non è né stupido né toccato, e non merita di essere messo in uno di quei posti orribili» ribatté lo zio di Ewan, il Duca di

Tyndale. «E tu lo sai. Sei così ossessionato da ciò che pensi di aver perso perché Ewan non parla che ti rifiuti di vedere quel che c'è di buono in lui.»

«Che cosa c'è di buono in lui?» sbottò Donburrow.

«Stephen, non puoi dire sul serio!»

Ewan arrossì: non si era reso conto che anche sua zia Mary fosse nella stanza, ma in quel momento la gentildonna si fece avanti per mettersi accanto a suo zio Aldous. Aveva un viso così gentile, non assomigliava per niente a quello di suo fratello, e ora aveva un'espressione inorridita.

«Tu puoi permetterti di collezionare oggetti rotti, Mary» le rispose infuriato il Duca di Donburrow. «Il tuo erede è sano e tutto d'un pezzo. Non devi vergognarti di tuo figlio. Quindi non giudicarmi per come mi sento riguardo al mio. È deciso. Ewan andrà in manicomio e poi il mio ducato passerà a Josiah. Il mio secondogenito è molto più all'altezza della situazione.»

Ewan fu colto dal panico. Il manicomio. Stava davvero per succedere. Voleva scappare, piangere e nascondersi, ma prima di poter fare una qualsiasi di quelle cose sentì le dita di Charlotte intrecciarsi con le sue. Non disse nulla, non lo guardò nemmeno. Gli prese solo la mano e improvvisamente la stanza smise un po' di girare. Si aggrappò a lei, una zattera in un mare in tempesta, e continuò a guardare per vedere cosa sarebbe successo dopo.

Con suo grande stupore, lo zio Aldous fece un lungo passo avanti e prese il Duca di Donburrow per il bavero. Spinse in avanti il padre di Ewan e all'improvviso fu molto chiaro chi fosse l'uomo più potente, almeno fisicamente.

«Adesso ascoltami e ascoltami molto bene, brutto bastardo viziato. Prima che tu porti quel ragazzo in manicomio dovrai passare sul mio cadavere.»

Per la prima volta in tutta la sua vita, Ewan vide balenare la paura sul viso di suo padre. Paura che Ewan conosceva fin troppo bene, anche se non si sentiva dispiaciuto per lui.

«Cosa vuoi fare, Tyndale?» disse Donburrow con voce strozzata. «Vuoi prendertelo in casa tu?»

«Sì!» gridò di getto Mary precipitandosi dal marito. «Sì, lo accoglieremo in casa nostra.»

Ewan rimase a bocca aperta mentre fissava sua zia e suo zio, le due persone che erano state più gentili con lui in tutta la sua vita. Ma non potevano dire sul serio, no? Suo zio non aveva ancora detto nulla.

Lentamente, zio Aldous lanciò un'occhiata a sua moglie e poi di nuovo a Donburrow. «Lo prendiamo con noi» esclamò. «D'ora in poi vivrà con noi.»

«Non puoi fare sul serio» borbottò Donburrow, liberandosi dalla presa di Tyndale e allontanandosi barcollando. «Lui è mio.»

«Non più» disse Tyndale, raddrizzando le spalle. Sembrava così grosso in quel momento. Grosso e sicuro, sembrava che brillasse. Era un faro in una notte buia verso cui Ewan voleva correre. «Mettiamo le cose in chiaro. Tuo figlio non è più un tuo problema, Donburrow. Non fai più parte della sua vita o della nostra. E se mai ti avvicinerai a quel bambino, io e te ci vedremo pistole in pugno all'alba e non esiterò a piantarti una pallottola in fronte.»

«Aldous», disse sottovoce zia Mary, prendendogli la mano.

Lui la guardò. «Non m'importa che sia tuo fratello, ne ho abbastanza del modo in cui tratta quel bambino.»

Zia Mary annuì lentamente e poi guardò suo fratello. «Lo prendiamo con noi, Stephen. Fine della discussione.»

A Ewan batteva così forte il cuore mentre fissava suo padre che temeva che chi era dentro potesse sentirlo. Il viso di Donburrow era contorto al punto da sembrare una maschera di odio e rabbia assoluti.

«Prendetevelo, allora» sbottò alla fine. «Non so che farmene. Ma sappiate che quel ragazzo non sarà mai duca. Farò in modo che a ereditare sia uno dei miei figli sani.»

«Vedremo» disse Tyndale scrollando le spalle. «Ma sappi che

combatterò fino all'ultimo respiro che avrò in corpo per assicurarmi che Ewan ottenga ciò che gli spetta.»

Donburrow ora era viola in viso per la rabbia, si girò sui tacchi e lasciò la stanza, gridando: «Preparate la mia carrozza e fate i miei bagagli! Me ne vado!»

Ewan restò a bocca aperta. Suo padre se ne stava andando. Senza nemmeno salutarlo. Lo stava lasciando con la zia e lo zio. Era vero? Stava succedendo davvero?

Vide sua zia lanciarsi tra le braccia di suo zio, lo sentì sussurrarle parole dolci, anche se non aveva idea di che cosa le dicesse esattamente. Si alzò in piedi e si allontanò barcollando verso il caminetto. Gli girava tutto intorno e aveva lo stomaco sottosopra al punto che stava per rimettere la colazione.

«Dove possono essere?»

Ewan si irrigidì. Quella era la voce di suo cugino Matthew. Fu subito seguito dal fratello di Charlotte, Baldwin, che disse: «Abbiamo detto che non ci saremmo nascosti in casa. Non è giusto se lo hanno fatto.»

Charlotte trattenne il fiato mentre i due ragazzi proseguivano oltre il salotto. Afferrò di nuovo la mano di Ewan. «Vieni.»

Ewan la seguì, avvertendo appena la terra sotto i piedi mentre le incespicava dietro. I suoi occhi erano così pieni di lacrime che riusciva a malapena a vedere, ma in qualche modo si fidava che Charlotte gli indicasse dove andare. Alla fine la bambina si fermò e lui si guardò intorno. Lo aveva portato in riva al lago, dietro il piccolo edificio dove suo zio teneva le barche a remi con cui andavano in mezzo al lago a pescare. Charlotte si lasciò cadere sul prato, senza preoccuparsi apparentemente che si sarebbe macchiata il vestito. Lui la imitò, e si mise a tirare fili d'erba intontito.

«Adesso vivrai qui» disse lei dopo quella che sembrava un'eternità di silenzio quando lui cercò di riprendersi.

Ewan annuì lentamente. Sì, era vero. Avrebbe vissuto qui con Matthew, sua zia e suo zio. Sarebbero stati gentili con lui, lo sapeva.

«Meglio così, no?»

Lui si frugò in tasca, cercando di trovare il taccuino che portava con sé per rispondere alle domande. Non c'era. La guardò, e si sentì sbiancare in volto.

«Non c'è?» gli chiese. Lui scosse la testa. «Fa lo stesso. Ti farò solo domande che puoi rispondere con un sì o con un no, Ewan.»

Lui si strinse nelle spalle, incapace di trattenere il rossore sulle guance. Era in momenti come questi che odiava non poter parlare. Quando era ovvio che era diverso. Solo Charlotte sembrava davvero non giudicarlo per questo.

«Aspetta, ho un'idea!» disse Charlotte, battendo le mani.

Lui annuì per incoraggiarla. Impossibile non farlo.

«E se inventassimo una lingua nostra? Potremmo inventare dei segni per lettere e parole, così non importa se hai il tuo quaderno o meno. Potresti parlare con le mani.»

Ewan esitò. In quel momento non riusciva quasi a pensare ad altro che all'abbandono di suo padre e al futuro che non conosceva più del tutto. Ma Charlotte era così raggiante che Ewan trattenne il respiro a quella vista. Le ragazze gli erano spesso estranee, le evitava tutte le volte che gli era possibile.

Ma questa ragazza era... diversa.

Si ritrovò ad annuire di nuovo, e lei annullò la distanza tra loro e lo abbracciò all'improvviso. Non poteva muoversi mentre lei lo teneva abbracciato, si limitò a restare immobile mentre lei lo stringeva e poi ritornava nella sua posizione originale.

«Meraviglioso. Dobbiamo solo inventare un segno per ogni lettera! E per le parole più lunghe, così non ci vorrà un'eternità per dire qualcosa come *parsimonioso* o *acconciatura*.»

Ewan spalancò gli occhi, anche se non fu sorpreso che Charlotte conoscesse parole così lunghe. Era molto intelligente, dopotutto. Tuttavia, non gli veniva in mente un'occasione in cui avrebbe voluto usare parole lunghe. Gli sembrava meglio evitare il più possibile qualsiasi forma di comunicazione.

Charlotte tuttavia non sembrò far caso alla sua esitazione, perché continuò: «Oh Ewan, sarà meraviglioso. Vedrai.»

Lui deglutì mentre lei continuava a parlare, chiacchierando senza posa, agitando le mani in potenziali movimenti delle dita che avrebbero dovuto rappresentare lettere e parole. Ewan non era certo che sarebbe andato tutto bene nell'immediato futuro. Ma quando guardava questa ragazza, si ritrovava a credere che forse, solo forse, il suo futuro sarebbe potuto migliorare un giorno.

CAPITOLO UNO

Dicembre 1810

«Non posso credere che l'anno sia quasi finito» disse Meg, la Duchessa di Crestwood, mentre porgeva una tazza di tè fumante a Charlotte, la Contessa di Portsmith.

Charlotte scacciò i pensieri inquieti che le turbinavano in testa e sorrise alla sua vecchia amica. Aveva passato le ultime settimane con Meg e il suo nuovo marito, facendo del suo meglio per non lasciare trasparire troppo le sue emozioni. «È stato davvero frenetico.»

«Il matrimonio di James all'inizio della stagione, quello mio e di Simon alla fine dell'estate, di recente la storia di Graham e Adelaide.» Meg scosse la testa. «Non vedo l'ora di un po' di calma.»

«Te la sei sicuramente meritata» disse Charlotte. «Anche se penso che la tua calma potrebbe benissimo segnare l'inizio di una nuova tempesta per me.»

Meg inclinò la testa. «Il tuo periodo di lutto finirà subito dopo Natale.»

Charlotte abbassò lo sguardo sul suo abito scuro, un viola intenso che indicava che era ancora in lutto per suo marito. Tra pochi giorni le sarebbe stato permesso di tornare ad abiti colorati.

«È difficile credere che Nathan sia scomparso da un anno, ma in qualche modo è successo.»

Meg si mordicchiò il labbro. «Ti manca?»

Charlotte lanciò una rapida occhiata alla sua amica. Lei e Meg si conoscevano da quando erano bambine, e sapeva che Meg sapeva leggere i pensieri di una persona così velocemente da far girare la testa. In quel momento sentiva che la sua amica stava cercando di leggerle dentro.

Anche se non ci sarebbe riuscita, Charlotte non sentiva il bisogno di mentire. Almeno non a Meg. «Sai che il mio matrimonio con il conte fu combinato» disse con un sospiro. «E anche se non eravamo infelici nella nostra unione, non eravamo uniti. Mi dispiace che sia morto, era troppo giovane per vedersi troncare la vita così presto, ma non... non mi manca. Il mio matrimonio non era per niente come quello tra te e Simon.»

Meg arrossì e si illuminò in viso. «Non avrei mai pensato di poter essere così felice. All'inizio di quest'anno stavo ancora progettando il mio matrimonio con Graham e mi struggevo di rimpianto. Adesso...»

«Adesso sei esattamente dove dovresti essere.» Charlotte sorrise e prese la mano di Meg tra le sue.

Era molto felice per Meg e Simon, e per James ed Emma, e anche per Graham e Adelaide. A causa del suo lutto, non aveva potuto prendere parte alle loro storie d'amore, ma era stata molto contenta di osservare da lontano, sentendone parlare nelle lettere.

Ovviamente, questo metteva la sua situazione in netto contrasto.

«Tornerai *davvero* al mercato matrimoniale dopo il nuovo anno?» chiese Meg.

Charlotte sospirò. «Sì, temo di doverlo fare. La maggior parte del patrimonio di Nathan era vincolata alla linea di successione maschile, e Baldwin non pensa che io sappia dei suoi... guai, ma sono consapevole che al momento non può farsi carico del fardello di una sorella vedova.»

Meg inclinò la testa. «Baldwin è in difficoltà? Nasconde tutto così bene...»

Charlotte strinse le labbra. «È vero. È solo una mia sensazione, tutto qui. Spero di parlargliene quando ci vedremo da Ewan per Natale.»

A quel punto Meg si appoggiò allo schienale con un piccolo sorriso compiaciuto sul viso. «E finalmente siamo arrivate a *quell*'argomento dopo averlo evitato per tutto questo tempo.»

Charlotte girò la testa. «Quale argomento? I miei programmi per Natale?»

«I tuoi programmi per Natale con il Duca di Donburrow» la corresse Meg.

Charlotte sussultò, come faceva sempre quando si faceva riferimento a Ewan con il suo titolo. Era duca da tre anni, dopo una lunga battaglia per reclamare ciò che gli spettava, ma lei ancora non lo considerava un duca. Per lei sarebbe sempre stato solo Ewan. Il ragazzo con quegli occhi castani così espressivi, i capelli biondi arruffati... il giovane che si era trasformato in un uomo alto e robusto dal quale Charlotte non era mai riuscita a togliere gli occhi di dosso.

«Per Natale ho in programma di stare con mio fratello, mia madre e i nostri amici, i Duchi di Tyndale e Donburrow» sostenne Charlotte. «Un piccolo gruppo felice di amici.»

«*Amici*» ripeté Meg, calcando la parola. «Significa che non farai alcun tentativo di confessare a Ewan i tuoi veri sentimenti?»

Charlotte si sentì sbiancare in viso, mentre il cuore le batteva forte. Fu travolta dai sentimenti. Tutti quei sentimenti che si sforzava di tenere a bada. Non funzionava mai, ma ci provava comunque.

«Non bisognerebbe mai confessarti un segreto» sussurrò. «Soprattutto quando si è alticci. Tu non dimentichi mai niente.»

Meg sorrise dolcemente. «Ho la memoria di un elefante. Chiedi a Simon. Inoltre, quando me lo hai detto, io e te eravamo socie onorarie del club dell'amore non corrisposto. Avevamo entrambe bisogno di sfogarci ad alta voce con qualcun altro, no? Non è che ti giudico, so cosa vuol dire amare qualcuno da lontano.»

«Sì, ma il tuo amore ora è molto ricambiato» disse Charlotte con un sospiro. «E a dire il vero ci ho provato... ho già provato a dire a Ewan cosa provavo.»

Meg ansimò di scatto e spalancò gli occhi per la sorpresa. «Davvero? Quando? Lui cos'ha risposto? Perché non me lo hai mai detto?»

Charlotte sentì le lacrime bruciarle gli occhi al ricordo. «Cinque anni fa. Non te l'ho detto perché... perché mi ha respinto.»

L'espressione di Meg si addolcì. «Mi dispiace molto, Charlotte.»

Lei scrollò le spalle. «Lo ha fatto in modo gentile, ovviamente. Sai che non potrebbe essere altro che adorabile e gentile. Ma non dimenticherò mai la sua faccia quando gli ho detto che provavo dei sentimenti per lui. Era come se qualcuno gli avesse risucchiato tutto il sangue dalle vene. Continuava a scuotere la testa.»

Riusciva ancora a vederlo chiaramente, i capelli biondi intorno al viso, che alzava una mano per tenerla a distanza mentre lui si allontanava barcollando.

«Devi sapere perché era contrario, però» disse Meg a bassa voce.

Charlotte chinò la testa. «Suppongo che alcuni nella nostra cerchia che conoscono bene Ewan direbbero che è nella sua natura... nascondersi, a causa della sua incapacità di parlare e del fatto che suo padre e i suoi fratelli sono stati così crudeli in proposito.»

«Assolutamente» disse Meg con grande forza.

«*Ma*» continuò Charlotte, «l'unica persona dalla quale non si è mai nascosto sono io. Quindi devo concludere che forse semplicemente non mi voleva.»

«Stupidaggini!» disse Meg, alzandosi in piedi. «Non ci credo affatto, ho visto il modo in cui ti guarda. Il modo in cui non può starti lontano quando siete nella stessa stanza. Voi due avete anche quel piccolo linguaggio segreto, santo cielo!»

«Non avrebbe mai dovuto essere un segreto» ribatté Charlotte, ripetendo quello che aveva spiegato cento volte nel corso degli anni.

«Doveva servire a rendergli le cose più facili... lo abbiamo reso troppo complicato da capire per chiunque altro, suppongo.»

Meg rise. «E così ora quella lingua è vostra. Tua e sua, di nessun altro!»

Charlotte chinò di nuovo la testa, fissandosi le mani intrecciate in grembo. «Sì» sussurrò. «E non mentirò dicendo che non voglio che anche lui sia mio. Dopo che mi ha rifiutato, mi sono buttata nel mercato matrimoniale e mi sono sposata con Nathan nel giro di un anno. Non odiavo mio marito, ma oh, quanto me ne sono pentita. Ma ora Nathan non c'è più e mi rendo conto che mi è stato dato qualcosa che la maggior parte delle persone non ha.»

«Una seconda possibilità» disse Meg, e c'era una grande comprensione nella sua voce. Com'era ovvio. Lei stessa aveva quasi perso l'amore della sua vita.

Charlotte annuì. «Sì. Ma questa volta penso di dover affrontarlo in modo diverso. Le confessioni d'amore stucchevoli non funzionano.»

«Era davvero stucchevole?» chiese Meg arricciando il naso.

«Avevo diciannove anni ed ero assolutamente ingenua al di là dei romanticissimi libri che leggevo» ridacchiò Charlotte nonostante l'argomento doloroso. «Potrebbe essere stata un po' stucchevole.»

«Quindi questa volta lo farai in modo diverso, con cinque anni di esperienza alle spalle. Come intendi cambiare il tuo destino allora?»

Charlotte si agitò quando il calore le inondò le guance. Lei e Meg erano amiche intime e nessuna delle due era più innocente, ma parlare di queste cose era ancora imbarazzante.

«Be', ehm, sei sposata. E sembri felice sotto *tutti* i punti di vista.»

Meg sbatté le palpebre. «Che cosa... oh!» Adesso toccò a lei arrossire. «Oh, capisco. Stai parlando di...»

«Sì» la interruppe Charlotte. «Sto parlando di *quello*. Dell'aspetto fisico. Non amavo Nathan, ma non posso biasimarlo. Si è preso cura dei bisogni del mio corpo. Potrebbe essere stato un ripensamento, ma lo ha fatto.»

«Quindi comprendi il desiderio. Capisci di avere dei bisogni» disse Meg.

Charlotte annuì. «E penso che anche Ewan ne debba avere. Mi chiedo se sarebbe possibile usare quei bisogni contro di lui.»

Ora Meg si ritrasse e un'espressione preoccupata le attraversò il viso. «Contro di lui?»

«Tutto vale in guerra e in amore, no?» disse Charlotte, e sentì la debole disperazione nel suo tono. Era la prima volta che esprimeva questo piano ad alta voce a qualcuno, e le tremavano la voce e le mani. «Se riuscissi a fargli provare desiderio per me, allora forse potrebbe permettersi anche di amarmi.»

Meg si alzò allontanandosi di qualche passo e rimase in silenzio così a lungo che il cuore di Charlotte quasi si fermò. Contava sulla sincerità della sua amica, e se Meg le avesse detto che era una sciocca, sarebbe stato difficile andare avanti. Forse non ci avrebbe nemmeno provato, e questo significava accettare finalmente che stare con Ewan era un sogno irrealizzabile.

Un pensiero che le fece venire le lacrime agli occhi.

Alla fine, Meg si voltò. «Avevo un piano simile quando si è trattato di Simon, sai.»

«Che cosa?» disse Charlotte scioccata.

Meg annuì. «Sì. Dopo che fummo scoperti insieme, si sentiva molto in colpa per come avevamo tradito Graham. Non poteva resistermi quando ci toccavamo, ma mi respingeva quando si trattava di sentimenti.»

«Oh Meg, non ne avevo idea» disse Charlotte. «Vorrei esserci stata.»

«Anch'io, ma non potevi per via del tuo lutto, quindi ovviamente ho capito.» Meg si sedette sul divano accanto a Charlotte e le prese entrambe le mani. «Era molto difficile stargli così vicino in un modo, ma essere respinta in un altro. Soprattutto quando volevo solo amarlo e cogliere il futuro che sapevo di poter avere insieme a lui.»

Charlotte annuì, perché lo capiva benissimo. «Ma ci sei riuscita.»

Meg sospirò. «Sì, finalmente, dopo molti sforzi e dopo aver quasi perso tutto. Ma ce l'abbiamo fatta. E abbiamo trovato la felicità.»

«Chiunque abbia occhi lo vede» disse Charlotte. «Ma sei comunque preoccupata che io abbia quasi lo stesso piano.»

Meg si mordicchiò il labbro. «Lo ammetto, quello che proponi potrebbe funzionare. Ma se Ewan oppone resistenza, potrebbe anche...»

«Danneggiare materialmente la nostra amicizia, così come il suo rapporto con Baldwin e persino con Matthew. Quei tre sono così uniti.» Scosse la testa. A questo punto Meg le aveva quasi dato il permesso e questo le provocò una vampata di terrore piuttosto che un brivido di eccitazione. C'erano così tante cose in ballo adesso. «Cosa sto dicendo?» mormorò, quasi più a se stessa che a Meg. «Sarò in una casa piena di parenti e amici. Che possibilità posso mai avere di sedurlo?»

Meg rise. «Saresti sorpresa delle occasioni che si possono creare a un ricevimento in campagna.»

«Mi sto comportando da sciocca» sussurrò Charlotte. «Lui... lui non lo permetterà mai, e come hai detto tu potrebbe finire per fare più danno che altro.»

«In realtà non ho detto proprio così, lo hai detto tu» la corresse Meg.

«Aaaah!» fece Charlotte, dando una piccola pacca sul braccio della sua amica.

Meg le afferrò le mani e le tenne strette, facendosi improvvisamente seria. «Mi rendo conto che è un rischio, mia cara. Forse più di chiunque altro. Ma tu meriti di essere felice, e anche Ewan. Se riuscite a trovare quella felicità insieme, se ce n'è anche la minima possibilità, ti incoraggio a provare. Solo cerca di farlo consapevole dei rischi, così nel caso non ne soffrirai.»

Charlotte annuì lentamente. «È... è qualcosa su cui riflettere.»

Meg sorrise e si sporse in avanti per darle un bacio sulla guancia. «E ora vorrei qualcosa da mangiare. Simon dovrebbe essere di ritorno dal suo incontro con gli avvocati in paese. Andiamo a cercarlo, se ti va, e vediamo se riusciamo a convincerlo a prendere un tè prima dell'orario normale.»

Meg si alzò in piedi e Charlotte la seguì lentamente. Ma anche quando si presero a braccetto e uscirono dalla stanza insieme, e Meg cambiò argomento in qualcosa di meno insidioso, Charlotte non poté fare a meno di pensare a quello di cui avevano discusso.

E si chiese se fosse davvero possibile far vedere a Ewan quel brillante futuro che aveva sempre immaginato per loro. E, se lo avesse visto, se fosse possibile convincerlo a coglierlo.

Il Duca di Donburrow era alla finestra del suo studio e fissava la scena sottostante. Ewan era cresciuto odiando quella tenuta, perché non conservava altro che brutti ricordi del padre che lo aveva praticamente imprigionato lì fino all'età di dieci anni. Ma negli ultimi tre anni da quando aveva finalmente ereditato, doveva ammettere che il posto gli era venuto a piacere.

Il castello era grande ed era stato ben tenuto nel corso degli anni. Lo aveva ridecorato dopo averlo ereditato, rimuovendo quasi tutte le vestigia del duca precedente. E nessuno poteva affermare che la vista non fosse spettacolare. Vedeva il mare da quasi tutte le finestre sul lato est, e le onde lo calmavano sempre.

Tranne che in giorni come quello. Quel giorno non si vedeva il mare a causa della tempesta che si era abbattuta sulla zona. Neve e pioggia mista a nevischio colpivano le finestre e turbinavano fino a bloccargli la vista sull'oceano. Era un tempo davvero orribile fuori e arrivare al castello sarebbe stato quasi impossibile a quel punto.

Era lo svantaggio di avere una tenuta isolata, o forse un vantaggio. Teneva fuori la gente. Ma del resto, castello o no, Ewan era sempre stato molto bravo a tenere le persone lontano anche da solo. Con poche eccezioni degne di nota, aveva tenuto quasi tutti fuori dalla sua vita.

«Vostra grazia?»

Si voltò verso il suo maggiordomo, Smith, con un breve cenno del capo. Lo conosceva da quasi tutta la vita, perché aveva servito il padre di Ewan. Ma a differenza della maggior parte degli altri servitori, che erano stati licenziati quando aveva ereditato, Smith non aveva mai trattato Ewan con nient'altro che il massimo rispetto. Non avevano mai avuto problemi rispetto all'incapacità di parlare di Ewan. Smith non ne dava mai atto, a parte quando di tanto in tanto gli porgeva gentilmente un taccuino su cui scrivere o gli lanciava una rapida occhiata per confermare che aveva capito di cosa Ewan avesse bisogno prima che lo dovesse scrivere.

«Anders è appena tornato dall'ispezione del ponte di Waterbury.»

Ewan si fece avanti. Stava aspettando questo rapporto da quando la pioggia era iniziata quella mattina.

«C'è qualche timore che possa, in effetti, venire sommerso come è successo l'anno scorso» disse Smith.

Ewan sospirò prima di raccogliere il taccuino dall'angolo della scrivania e scrivere: *«Capisco. Chiuderemo le strade se necessario. E se dovesse peggiorare come l'anno scorso, dovremo rinforzarlo con dei sacchi di sabbia e dovremo provvedere ad evacuare i fittavoli.»*

«Sì, signore, mi sono preso la libertà di mettere insieme un piano che possiamo seguire se si arriva a tanto. Ho già alcuni uomini robusti che stanno prendendo la sabbia dalla spiaggia mentre parliamo.»

Ewan guardò di nuovo fuori dalla finestra per un momento, poi scrisse: *«Presumo che questo significhi che i nostri ospiti non saranno in grado di arrivare.»*

Consegnò il foglio con quanta più disinvoltura possibile.

Adorava davvero ogni persona che stava venendo a casa sua per le feste, ma forse era meglio così.

«Suppongo di sì, anche se la carrozza di Lady Portsmith *è* riuscita a passare. Anders ha lasciato Cole a scortarli dentro. Dovrebbe essere qui tra circa venti minuti.»

Il cuore di Ewan fece un balzo anche se non avrebbe dovuto. Anche se avrebbe preferito di no. Ma mantenne la stessa espressione imperturbabile di sempre mentre scriveva: «*Molto bene. Avvertitemi appena arriva.*»

Smith annuì e lo lasciò di nuovo solo. Appena il maggiordomo se ne fu andato, Ewan premette entrambe le mani contro la scrivania, ripiegandosi sul ripiano mentre improvvisamente gli veniva il fiato corto.

Charlotte. Charlotte. *Charlotte.* Era la sua ossessione. Il suo sogno. E ogni singolo momento che avevano passato insieme gli tornò in mente in un batter d'occhio, come sempre. Ognuno era impresso nella sua memoria.

Ma no. Non poteva lasciarsi andare così. Abbandonarsi a voli di fantasia era sciocco. Lui e Charlotte erano amici, ecco tutto. Erano passati anni da quando Charlotte aveva cercato di confessargli un sentimento più profondo e nel frattempo si era sposata ed era rimasta vedova. Sicuramente aveva cambiato idea.

Quanto a lui... be', l'aveva respinta per un buon motivo. Il motivo non era cambiato. Non era banalmente in grado di darle qualcosa di più.

Si raddrizzò e fece il giro della scrivania per riprendere il suo posto ed esaminare i suoi libri mastri. Ma la sua mente era irrequieta e ci volle molta più concentrazione di quanto dovuto per tornare al giusto stato d'animo per lavorare.

Ma in fondo, Charlotte lo aveva sempre ridotto così. E avrebbe dovuto trovare un modo per assicurarsi che non lo facesse durante questa visita.

CAPITOLO DUE

Charlotte lanciò alla sua cameriera uno sguardo dispiaciuto quando la carrozza sobbalzò sulla strada scivolosa a causa del nevischio. Sylvie sembrava terrorizzata e Charlotte non poteva biasimarla. Erano le condizioni peggiori per un viaggio. Il freddo permeava la carrozza, erano sommerse di coperte e la pioggia scorreva sui finestrini, trasformandosi in ghiaccio nel giro di pochi secondi così che non si poteva vedere bene fuori.

Non che Charlotte avesse bisogno di vedere la casa per sapere dov'erano. Quando Ewan aveva ereditato tre anni prima, sua zia aveva insistito che venisse indetto un ballo per festeggiare. Lei era venuta con Nathan ed era scivolata via per memorizzare ogni linea e ogni fessura della casa di Ewan.

Scosse la testa e si allungò a toccare la mano di Sylvie. «Ormai siamo quasi arrivate, cara.»

Alla giovane battevano i denti mentre diceva: «S... Sì, milady.»

E proprio come aveva previsto, la carrozza si fermò proprio in quel momento e oscillò quando il loro cocchiere e il valletto cominciarono a scendere. Charlotte sentì delle voci, sia quelle dei suoi servitori che di altri che si affrettavano ad aiutare. Lasciò andare la mano della cameriera e si raddrizzò, con il cuore che batteva all'impazzata mentre quelli fuori faticavano ad aprire la portiera. Alla fine si spalancò e fu accolta da un vortice di aria fredda. Distolse il viso e quando si voltò indietro c'era il castello di Hargrove, la tenuta di Ewan, che si profilava dietro il suo cocchiere.

«State attenta, milady, i gradini sono molto scivolosi» disse Watson offrendole non una ma due braccia per sostenersi.

Charlotte mise il piede sul vialetto con cautela e si stiracchiò la schiena, ignorando la pioggia gelida che le colpiva il viso e le inumidiva i capelli. «Casa» sussurrò.

«Come avete detto, milady?» chiese Watson da sopra la spalla mentre aiutava Sylvie a scendere anche lei.

«Niente, Watson. Trovate quante più persone riuscite ad aiutarvi a scaricare i bagagli. Non c'è fretta, ma fate attenzione. Non voglio che nessuno si faccia male solo per consentirmi di avere qualche abito di ricambio, mi avete capito?»

Watson si voltò verso di lei con un inchino. «Certamente, milady. Volete che Reggie vi aiuti a salire le scale che conducono alla magione?»

Charlotte lanciò un'occhiata ai gradini di pietra. «No, sembra che Smith vi abbia fatto spargere il sale, è un uomo in gamba. Dovrei cavarmela da sola. E Sylvie, vai dentro a riscaldarti! Non c'è davvero fretta per le mie cose.»

La cameriera annuì e seguì un altro domestico fino all'ingresso sul retro della casa mentre una mezza dozzina di uomini si precipitavano ad aiutare a scaricare i bauli e le valigie.

La porta si aprì quando arrivò in cima, così corse dentro all'atrio caldo. Smith la stava aspettando e chiuse il portone per tenere fuori il freddo lasciandola a sgocciolare sul suo bellissimo pavimento tirato a specchio.

«Oh Smith, ce l'abbiamo fatta, siamo sopravvissute» disse ridendo mentre toccava i capelli bagnati. Probabilmente aveva l'aspetto di un pulcino fradicio, ma il maggiordomo le sorrise comunque mentre le porgeva il benvenuto.

«Milady, che meraviglia vedervi» disse, «Posso prendervi il cappotto e i guanti? Non avete un cappello?»

«L'ho tolto in carrozza e da vera stupida me lo sono dimenticata quando sono scesa» spiegò. «Dovevo essere troppo eccitata di essere qui.»

«E noi siamo entusiasti di avervi qui, milady. Le strade sono insidiose, eravamo preoccupati.»

Lei annuì. «Lo erano davvero. Abbiamo slittato per tutto l'ultimo tratto. So che i miei servitori si sono guadagnati un buon pasto caldo e poi un po' di riposo.»

«Siamo pronti ad accoglierli» la rassicurò Smith. «E la cena che abbiamo in serbo per loro li riscalderà.»

Probabilmente le avrebbe fatto altre domande. Se voleva del tè o se doveva mostrarle la sua stanza. Ma prima che potesse farlo, Ewan entrò nell'atrio. Be', "entrare" era una definizione esagerata. Si era avvicinato alla soglia dell'atrio e si era fermato a fissarla dall'altra parte della stanza.

E lei ricambiò lo sguardo. Non poteva farci niente. Ogni volta che vedeva Ewan, era più bello di prima. Era alto, ben più di un metro e ottanta, con spalle larghe e fianchi stretti. Aveva i capelli biondi ma erano troppo lunghi e non li legava mai, per cui gli ricadevano intorno al viso. Un viso che cercava di coprire con la barba, ma senza riuscirci mai. Non era possibile coprire la perfezione.

I suoi occhi marroni non si spostarono mai da Charlotte e lei deglutì a fatica mentre il suo corpo reagiva alla sua presenza e al suo sguardo e... semplicemente a lui. Sempre a lui. Solo a lui. Lui era tutto per lei e lo era stato per tutta la vita.

Rabbrividì e scacciò quei pensieri. «Te ne stai in agguato, caro Ewan» disse, sforzandosi di essere disinvolta e allegra per non fargli capire che la faceva tremare molto più di quanto potesse fare una burrascosa giornata d'inverno.

Ewan sorrise. Un sorriso che gli illuminò il viso e lo rese ancora più bello di prima. Era davvero ingiusto.

Smith fece un cenno col capo. «Perdonatemi, milady, devo sovrintendere alle operazioni di scarico.» E lasciò l'atrio.

Charlotte deglutì a fatica quando Ewan si avvicinò sempre di più finché non le fu proprio di fronte e la torreggiò. La fissava e profumava di calore, di uomo e di pelle pulita.

«Sei bagnata» indicò nella vecchia lingua dei segni che avevano inventato nel corso degli anni. Era stata pensata per rendergli più facile comunicare con i suoi amici, ma era diventata così complicata che nessun altro sembrava essere in grado di impararla.

E così, come aveva suggerito Meg una settimana prima, ora apparteneva solo a loro.

Charlotte si agitò alle parole che aveva usato. Se solo avesse saputo. Era bagnata, ma non solo per la tempesta. Lo voleva. E il suo doppio senso, anche se involontario, non aiutava le cose.

«Sì, è vero» sussurrò con voce roca nella stanza silenziosa.

Intravide un guizzo sul viso di Ewan che poi scomparve. Ricominciò a gesticolare: «Smith si occuperà di tutto. Lascia che ti accompagni nella tua stanza così puoi riscaldarti.»

«Sarebbe meraviglioso, grazie Ewan.»

Rimasero fermi uno di fronte all'altra per un istante e poi Ewan le offrì lentamente il gomito. Lei allungò la mano, tutto al rallentatore e quando lo toccò, fu raggiunta da una scossa elettrica di consapevolezza. Con lui era sempre così.

La accompagnò attraverso l'atrio e su per le scale mentre lei diceva cose senza importanza sulle strade, il tempo e il ponte che si doveva attraversare per raggiungere la tenuta.

Lui non gesticolò nulla in risposta, ma annuì nei punti salienti delle sue chiacchere. Alla fine raggiunsero una porta e la lasciò andare per aprirla. Charlotte entrò e prese fiato. Era la stessa stanza in cui aveva soggiornato durante la sua ultima visita. Una bella camera che si affacciava sul giardino e più in là, sul mare. Ovvero, si sarebbe visto il mare dopo che la tempesta avesse smesso di cancellare ogni traccia dell'oceano in lontananza.

Quando l'aveva visitata in passato, la stanza era stata semplice, ma ora era luminosa e allegra. Le pareti erano di un rosa tenue, in qualche modo c'erano dei fiori sul tavolo, nonostante il periodo dell'anno. Tutto era perfetto.

E ancora una volta ebbe la sensazione di essere a casa.

Cercò di non pensarci e si voltò verso di lui. «Adorabile, Ewan. È bellissima.»

Lui sostenne il suo sguardo un attimo di troppo e poi annuì.

«Quando arriveranno gli altri?» gli chiese, facendo scorrere un dito lungo il bordo di una brocca che era stata posata sul tavolo accanto alla finestra. «Spero presto, perché le strade sono molto pericolose, sono preoccupata per Baldwin e mamma, Matthew e tua zia.»

Ci fu un altro guizzo sul viso di Ewan e poi a segni le disse: «Temo che non ce la faranno, Charlotte. Vedi, i miei servitori hanno chiuso il ponte dopo che ci siete passati voi. È troppo insidioso per lasciare che chiunque cerchi di attraversarlo adesso. Gli altri si fermeranno alla locanda di Donburrow e alloggeranno lì finché non sarà di nuovo sicuro viaggiare.»

«Oh» fece lei, sbattendo le palpebre mentre restava scioccata a questa notizia inaspettata. «Capisco. Be', naturalmente, il fiume era così alto sotto il ponte che poteva finire sommerso.»

«L'anno scorso è successo.»

Charlotte continuò: «E poi tutto quel ghiaccio. Domani allora?»

Lui deglutì e lei osservò il movimento affascinata. Ogni mossa che faceva era così... elegante. Ma allo stesso tempo forte e mascolina. Persino quando mandava giù la saliva ne era ossessionata oltre ogni ragione o decoro.

«Si prevede che continui a piovere per un giorno o due in più» spiegò a gesti. «Potrebbe volerci anche di più perché l'acqua si ritiri abbastanza da poter passare sul ponte. Potrebbe volerci fino a una settimana prima che possano mettersi in viaggio.»

Charlotte restò a bocca aperta. Stava cominciando a capire le implicazioni di quello che le stava dicendo e la sua reazione era così complicata che riusciva a malapena a distinguere il terrore dalla gioia e dall'eccitazione. «Oh. Oh, capisco. Stai dicendo che io e te saremo... soli... per una settimana?»

Ewan annuì e con sua grande sorpresa la guardò lentamente dalla testa ai piedi. In quell'unico sguardo, vide ciò che non poteva negare. Desiderio. Ewan la desiderava, apparentemente non doveva sedurlo per ispirargli passione.

E all'improvviso questo viaggio, questa tempesta, tutto quello che stava accadendo sembrava... un dono della provvidenza.

«Be', tu ed io ci siamo sempre tenuti buona compagnia» gli disse, cercando di mantenere un po' di normalità in modo da non spaventarlo ora che si sentiva così vicina ad avere ciò che voleva. «A me non spiace se non spiace a te»

«Non mi dispiace» si affrettò a gesticolare Ewan, senza esitare.

«Ottimo. Allora mi preparo e ci vediamo a cena?»

«Alle sette» le indicò con le dita.

«Alle sette» ripeté lei, orgogliosa di essere riuscita a non far trapelare il tremito nella voce.

«Ti farò mandare su la tua cameriera» gesticolò. Poi le fece un piccolo cenno con la mano e se ne andò, chiudendosi la porta alle spalle.

Quando se ne fu andato, Charlotte si accasciò contro il tavolo. Dopo la sconcertante chiacchierata con Meg della settimana prima, aveva continuato a chiedersi cosa fare con Ewan. Cogliere l'occasione per sedurlo o lasciare stare le cose per non rischiare un altro rifiuto?

Non era riuscita a prendere una decisione, ma ora l'universo sembrava essere intervenuto a suo favore. Come se una forza maggiore *volesse* farla stare con quest'uomo e farle correre il rischio che era sempre sembrato così impossibile.

E in verità, lo voleva anche lei. Più di ogni altra cosa. Più di respirare. Se questa doveva essere la sua occasione, doveva coglierla e sperare che i risultati sarebbero stati tutto ciò che aveva sempre sperato o sognato.

· · ·

Ewan camminava su e giù per il salotto, con un bicchiere di liquore intatto in mano. I pensieri ossessivi di Charlotte gli annebbiavano la mente a ogni passo, a ogni battito del suo cuore sofferente. Quando non era con lei, riusciva a scacciare quei pensieri. Un'azione che esigeva un grande sforzo, ovviamente, ma riusciva a trovare un minimo di controllo sui sentimenti e sui desideri complessi che lo consumavano.

Ma appena Charlotte gli era vicino, appena la vedeva o annusava il suo profumo o la toccava in qualche modo, il controllo svaniva come fumo nel vento. Tutto quello a cui pensava o che sognava era lei. Tutto quello che vedeva era lei.

Aveva fatto tutto il possibile per porvi fine nel corso degli anni. Si era detto che non le importava di lui. Si era ricordato tutti i suoi difetti. Era rimasto a guardare, con il cuore infranto, quando si era sposata con un altro. Maledizione, l'aveva persino evitata durante l'ultimo anno di matrimonio perché tutto ciò che pensava quando era vicino a lei non era affatto appropriato.

Nonostante tutti gli sforzi, era certo che suo marito, il Conte di Portsmith, avesse intuito qualcosa. A volte lo aveva visto osservarlo, con un profondo cipiglio in viso. Oh, era stato troppo gentile per fare qualcosa in proposito, ovviamente, ma Ewan aveva provato vergogna per i suoi desideri.

Charlotte però non era più sposata adesso. Non era più nemmeno in lutto, a giudicare dal colore brillante del suo abito quando aveva messo piede nel suo atrio poco prima. E ora erano soli e i pensieri erano molto forti, e lui non aveva idea di cosa fare.

Quando si girò per fare l'ennesimo giro del salotto, la porta si aprì e lei entrò nella stanza. Ewan restò senza fiato. Aveva pensato che fosse bellissima quando era bagnata fradicia dalla tempesta, disfatta e imperfettamente perfetta.

Ma ora gli cominciarono a tremare le mani. Era stupenda. I suoi capelli biondi si erano asciugati e la sua cameriera li aveva intrecciati e arricciati in uno chignon alto sulla testa, con ciocche che scendevano di lato per accentuare gli zigomi alti e le labbra carnose. E l'abito. Per Dio, quell'abito era stato progettato per far impazzire un uomo. Il colore si abbinava quasi alla perfezione ai suoi occhi verdi ed era un misto di velluto e seta. Il genere di cosa che un uomo voleva toccare prima di scartarla come un regalo.

«Ewan» lo salutò Charlotte con una voce molto dolce mentre entrava nella stanza e chiudeva delicatamente la porta dietro di sé.

Si mosse verso di lei e si chinò leggermente così da poter percepire il profumo dei suoi capelli e della sua pelle. Limoni e vaniglia, una combinazione che Charlotte usava da un decennio, forse. Un'altra cosa che lo faceva impazzire.

Lei inclinò il viso verso l'alto e sollevò la mano tremante. Ewan trattenne il respiro quando lei gli fece scivolare il palmo sulla guancia e gli tracciò le labbra con il pollice. Questo non era un tocco amichevole, come mille altri tocchi in passato. Questo era desiderio che culminava in questo momento inaspettato.

Le si dilatarono le pupille e si leccò le labbra prima di sussurrare di nuovo «Ewan». Questa volta con un tono più basso. Più roco. Una domanda. Una supplica. Un'espressione di affetto.

Voleva tanto avvicinarsi a lei. Per prenderla tra le braccia come aveva sognato di fare quasi tutta la vita. Per dimenticare il mondo al di fuori di quelle mura e annegare in lei. Ma non poteva lasciarsi andare scordandosi chi e che cos'era. Passava ogni giorno in questa consapevolezza.

«Non posso» gesticolò, anche se non si allontanò da lei.

Passò un lampo di dolore nello sguardo di Charlotte. Lo aveva già visto, anni prima, quando gli aveva detto... be', non voleva ricordare quello che aveva detto. Non doveva. Lo aveva impresso nell'anima.

«Perché?» gli chiese, e con la mano gli accarezzò ancora la guancia.

In quel momento bussarono alla porta ed Ewan si raddrizzò, voltandosi dall'altra parte mentre si tirava la giacca per togliere le pieghe.

Smith entrò nella stanza. «Vostra Grazia, Lady Portsmith, la cena è servita.»

«Grazie, Smith» disse Charlotte, ma Ewan sentì la frustrazione nella sua voce, proprio come gliela vedeva in viso.

Fece un profondo respiro e le offrì il braccio. Charlotte scosse leggermente la testa, ma non si allontanò. Prese il braccio che le aveva porto e si lasciò scortare in sala da pranzo.

Ma quando entrarono e Charlotte si staccò da lui per prendere posto alla sua destra, Ewan fu certo di una cosa e una cosa soltanto. Doveva riprendere il controllo dei propri sensi e tornare in sé. Oppure sarebbero successe cose che non potevano e non dovevano realizzarsi. Non per lui.

Non per lei.

CAPITOLO TRE

Charlotte fece un respiro profondo e bevve un sorso di vino per darsi forza. Lei ed Ewan erano a metà cena e ogni momento del pasto era stato un esercizio di autocontrollo. Si stava sforzando di essere allegra, di scherzare con lui. Di fingere che il momento intenso e incandescente tra di loro in salotto non fosse successo così che Ewan si sentisse a suo agio e non prendesse in considerazione la possibilità di scappare.

Ma nonostante tutti i suoi sforzi, l'energia di quel momento era rimasta tra loro e aveva creato una tensione che non aveva mai provato prima. Un calore e un desiderio che rendevano i suoi sentimenti molto più tesi e innegabili.

La cosa le dava speranza. Ma non coraggio.

Quando mise giù la forchetta, i camerieri si affrettarono a portare via i piatti delle portate principali che furono altrettanto rapidamente sostituiti dal dessert. Sorrise, perché era una torta al cioccolato con sopra una glassa dolce al lampone. Il suo dolce preferito.

Ma non poteva essere altro che il suo dolce preferito. Perché Ewan le dava sempre le cose che amava. La sua stanza preferita, i suoi fiori preferiti, il suo cibo preferito... il suo uomo preferito. Oh, ma quello glielo negava, no? Glielo lasciava intravedere, ma non la lasciava mai avvicinarsi come avrebbe voluto. Anche quando la guardava come se volesse spazzare via tutto quello che c'era sul tavolo per prenderla seduta stante.

Charlotte sussultò quando la fissò, perché era esattamente quella l'espressione nei suoi occhi scuri. E quell'espressione le fece trovare il coraggio che le era sembrato così sfuggente.

«Possiamo parlare di quello che è successo prima?» gli chiese con voce roca e tremante.

Ewan distolse il viso come se lo avesse colpito, e gli ci volle quella che sembrò un'eternità per gesticolare lentamente: «Che cos'è successo prima?»

Charlotte mise da parte il dolce e avvicinò un po' la sedia. Per reazione Ewan si irrigidì e gli calò una sorta di velo sul viso, una barriera che normalmente riservava agli estranei.

Quando lo vide mettere quella distanza tra di *loro* le si strinse il cuore. Era questo che rischiava a pressarlo. Rischiava che l'avrebbe messa da parte per sempre, che la loro relazione ne sarebbe stata irrimediabilmente distrutta.

Questa prospettiva la terrorizzava. Ma in fondo, la spaventava anche allontanarsi da ciò che voleva e da ciò che provava. Lo aveva già fatto una volta ed era stata infelice. Se non avesse rischiato adesso, quando tutto il mondo sembrava allinearsi per farlo accadere, temeva che il resto della sua vita sarebbe stato una serie di rimpianti per ciò che non aveva fatto o detto.

«Ewan» sussurrò.

Gli tremavano le mani quando a gesti le rispose: «Per favore, non farlo.»

«Perché?» gli chiese lei, allungando un braccio per prendergli le mani così che non potesse dire altro. «Vuoi negare che... che...» Si sentì arrossire le guance tutto d'un colpo, ma fece finta di niente. «Che mi vuoi?»

Ewan riportò lo sguardo su di lei di scatto e in quel momento Charlotte vide tutto. Tutto ciò che non aveva capito quando aveva diciannove anni, anche se forse c'era sempre stato. Vide il suo profondo dolore, il suo bisogno più profondo. Vide la sua passione agitarsi sotto la superficie dove Ewan si sforzava di tenerla. Ma ora stava risalendo. Stava bollendo quasi fuori controllo. Aveva bisogno solo di una piccola spinta.

Charlotte tremava quando gettò da parte il tovagliolo e si alzò in piedi. Lui la osservò, il suo sguardo non lasciò mai il suo viso. Gli si avvicinò lentamente. La sedia di Ewan era leggermente inclinata all'indietro rispetto al tavolo e lei appoggiò una mano su ciascuno dei braccioli, spingendola. Ewan obbedì al suo tacito ordine e si spinse ancora più indietro.

Lei gli toccò il viso mentre gli cadeva in grembo. Il respiro gli uscì dalle labbra in un lungo sospiro irregolare e poi la avvolse con le braccia, accettandola. Accettando questa realtà.

Le batteva forte il cuore quando gli prese le guance con entrambe le mani. Abbassò le labbra, godendosi il calore del suo respiro contro la bocca appena prima di baciarlo.

E wan riuscì a malapena a muoversi, a pensare o a respirare quando Charlotte gli premette le labbra sulle sue. Questo era tutto ciò che aveva sempre desiderato o sognato, ed era lì, tra le sue braccia. E Charlotte era determinata. Gli si dimenò in grembo, strofinandogli il fondoschiena addosso al punto da provocargli un'ovvia reazione all'inguine. Il controllo che aveva acquisito nel corso degli anni era ormai andato a farsi friggere ed era duro come l'acciaio. Charlotte aprì la bocca, tracciandogli le labbra con la lingua, e la sua mente si svuotò di ogni discussione o rifiuto.

Ewan la abbracciò più forte, stringendosela al petto, e intrecciò la lingua con la sua. Le affondò dentro, assaggiando ogni centimetro, accarezzandole la lingua, memorizzando il suo sapore unico. Poteva sentire le dita stringerle i fianchi e poi rilasciarli, cullandosela contro sulla scorta di qualche antica conoscenza.

E se non le piaceva, non lo dava a vedere. Semmai, il suo ardore sembrava stimolare quello di Charlotte. Mugolò di piacere contro le sue labbra, inarcandosi contro di lui, duellando con la sua lingua, strofinando quel morbido didietro sempre più forte fino a quando Ewan sentì che lo avrebbe fatto esplodere.

Ciò che voleva gli martellava dentro, un tamburo che echeggiava: «*Devo prenderla, rivendicarla, farla mia. Mia. Mia. Per sempre.*»

A quell'ultimo pensiero sobbalzò e si alzò in piedi, la scostò e barcollò per mantenere l'equilibrio mentre si allontanava boccheggiando.

«Ewan!» ansimò lei, con la voce roca per lo stesso desiderio che anche lui sentiva in petto.

Si girò per guardarla in viso e scosse la testa con forza.

«Tu mi vuoi» disse Charlotte di getto andandogli dietro, con quegli accattivanti occhi verdi carichi di emozione. «Accidenti! Perché non puoi semplicemente... lasciare che accada?»

Gli tremavano le mani mentre mimava a scatti le lettere che spiegavano il suo dolore, «Perché se lo faccio, cambia tutto.»

Per un attimo Charlotte impallidì e lui capì che anche lei ne aveva paura. Ma poi la vide scuotere la testa, negando entrambe le loro esitazioni. «Perché deve succedere? Perché dobbiamo mescolare la nostra lunga amicizia con i nostri... desideri? Di sicuro avrai già fatto sesso con altre donne in passato, e non ha significato niente.»

Ewan arrossì violentemente e si voltò ancora una volta senza rispondere. Rimase lì dandole le spalle, pregando che lo lasciasse stare. Pregando che non insistesse a parlare di quella questione delicata.

Ma era Charlotte. Insistere era nella sua natura. La sentì muoversi dietro di lui, la sentì avvolgere la mano intorno al suo bicipite e costringerlo a voltarsi verso di lei.

«Non è così?» sussurrò, cercando il suo sguardo.

Ewan strinse le labbra. Vergogna e imbarazzo lo avevano sempre seguito. La voce di suo padre, che gli diceva che era inutile, si era unita ai sussurri della folla mentre diventava adulto, agli sguardi sia di uomini che di donne quando si trovava nei loro saloni. Era per questo che evitava a tutti i costi i ricevimenti dell'alta società.

«Ewan, sei... stato con una donna?» insistette Charlotte.

Lui scosse lentamente la testa.

Charlotte rimase senza fiato a quella risposta e gli lasciò andare il braccio facendo un lungo passo indietro. Sembrava scioccata, confusa, anche se lui non aveva idea del perché.

«Com'è possibile?» sussurrò lei.

Ewan inclinò la testa, perché non era sicuro se stesse facendo la domanda a lui o solo a se stessa. In ogni caso, a segni rispose: «Sono guasto.»

Charlotte balzò in avanti, i suoi occhi dardeggiavano di nuovo, questa volta per la rabbia. «Smettila. Smettila. Non sei guasto.»

Ewan inarcò entrambe le sopracciglia, la migliore obiezione che potesse fare da quanto gli tremavano le mani e il corpo. Charlotte decifrò l'espressione e alzò le mani al cielo.

«Non sei guasto!» insistette, e alzò la voce a un livello che lui non le aveva mai sentito usare prima. Charlotte era sempre gentile. Dolce. «Devi aver sentito addosso gli sguardi delle donne in passato.»

Lui sussultò. «Ho sentito gli sguardi di tutti» gesticolò rapidamente, senza incrociare i suoi occhi.

«E cosa pensi che significassero quegli sguardi?» gli chiese.

«Si chiedono se sono stupido, come diceva loro mio padre. Si chiedono quanto sia guasto. Si chiedono perché non sono stato messo in un manicomio anni fa, dove non avrei adombrato i loro corridoi con la mia tara.»

Charlotte schiuse le labbra e le lacrime le inondarono gli occhi. Sbatté le palpebre, per tenerle in qualche modo a bada. Quando ebbe ritrovato la calma, fece un passo avanti, questa volta più lentamente. La sua voce era di nuovo dolce quando disse: «Ero con le altre donne quando ti guardavano, Ewan. Ti giuro che non è quello che dicevano. Non è quello che mi chiedevano.»

Ewan deglutì e in qualche modo si costrinse a mantenere lo

sguardo su di lei. Era quasi impossibile quando lei stava scavando così a fondo nel pozzo della sua insicurezza. Della sua paura. Del suo dolore.

«Sapevano che eravamo amici, quindi mi chiedevano di te. Stravedevano per te. Si scioglievano in complimenti su quanto sei bello. Si chiedevano ad alta voce cosa sei capace di fare con quelle...» Si agitò. «Con quelle tue labbra. Si scambiavano commenti sussurrati sul tuo corpo, sulle tue mani e sul tuo... su di te e su quanto sei bello.»

Ewan cercò di voltarsi, ma lei lo prese di nuovo per il braccio e lo tenne fermo.

«E le *odiavo* per questa ragione» continuò mentre gli faceva scivolare la mano lungo il braccio, fino alla spalla. Gli mise l'altra mano sull'addome e gli cominciarono a tremare le ginocchia per la potenza del desiderio che provava per lei. «Le odiavo perché parlavano di te in toni che non mi erano concessi. Le odiavo perché ti volevano come ti volevo io. Ewan, sei stato desiderato da moltissime donne. Ma da nessuna più di me.»

Adesso Ewan aveva il fiato corto, i suoi veloci respiri furono l'unico suono nella quiete della stanza per un attimo, due, tre, finché il silenzio tra loro si prolungò. Poi Charlotte si alzò in punta di piedi mentre gli faceva scivolare la mano intorno al collo per attirarlo giù.

Ewan non resistette. Non poteva. Non con lei. Le loro bocche si incontrarono, e questa volta lei fu più gentile, più lenta mentre lo baciava. Ewan non riuscì a tirarsi indietro. Non voleva. Charlotte stava abbattendo la distanza che lui aveva sempre scelto di mantenere tra loro ed era troppo debole per non ammettere a se stesso che non l'avrebbe respinta.

Non avrebbe mai potuto respingerla.

Le si aprì e le loro lingue si incontrarono di nuovo, turbinando e girando intorno fino a che non si sentì stordito, accaldato e appesantito dal bisogno. Solo allora Charlotte si tirò leggermente indietro, solo allora si separò da lui abbastanza a lungo da gesticolare: «Vieni di sopra con me, Ewan. Adesso.»

Non aspettò che lui rispondesse con qualche gesto, o che annuisse o che scuotesse la testa. Si limitò a far scivolare la mano nella sua e, senza interrompere il contatto visivo, lo condusse fuori dalla sala da pranzo.

Ewan la seguì su per le scale, tremando ogni volta che lei lo accarezzava con il pollice lungo la membrana tra il pollice e l'indice. La seguì lungo il corridoio fino alla camera dove l'aveva sistemata per il tempo che sarebbe stata ospite a casa sua. Una camera che aveva scelto non solo perché era bella, ma perché era molto lontana dalla propria nell'altra ala della casa.

Alla fine non si era rivelata una gran protezione. Non quando Charlotte raggiunse la porta chiusa, vi si appoggiò con la schiena e gli sorrise con le pupille dilatate dal desiderio, la mano calda nella sua. Era così bella che quasi non riusciva a respirare quando la guardava. In silenzio, Charlotte mise la mano dietro e aprì la porta, facendolo entrare in camera.

«Ravviva il fuoco, per favore» gli chiese.

Ewan sbatté le palpebre, perché fino a quando lei non disse quelle parole era come se fosse stato vittima di un incantesimo. Si guardò intorno. La camera era buia perché il suo servitore non era venuto a prepararla, ma non così buia da non riuscire a vedere il letto. Il suo letto. Dove Charlotte intendeva...

Avrebbe dovuto andarsene. Nel suo cuore palpitante sapeva che sarebbe stata la cosa giusta da fare. Ma non se ne andò. Si limitò a fare qualche passo avanti e cominciò a smuovere le braci e ad aggiungere ceppi alle fiamme. Nel mentre, la sentì chiudere la porta dietro di sé, la sentì girare la chiave nella serratura per assicurarsi che nessuno li interrompesse.

Mentre aumentava la luce nella stanza, si voltò e la trovò ancora sulla porta, che lo osservava con occhi socchiusi e velati. Ma lui la conosceva e capiva che, nonostante tutta la fiducia che cercava di dare a vedere in quel momento, era nervosa. Le tremavano leggermente le mani. Il suo sguardo saettò su di lui come se non fosse sicura di dove guardare.

E questo in qualche modo gli diede forza. Si mosse verso di lei, arrendendosi a ciò che stava per accadere. La spinse delicatamente contro la porta e chinò la testa per baciarla ancora una volta. Charlotte si sollevò immediatamente contro di lui, il suo nome le sfuggì dalle labbra mentre gli si apriva. Le affondò la lingua in bocca, e questa volta lasciò che il calore lo investisse. Questa volta accettò davvero che accadesse.

Aveva immaginato quel momento tante volte. Lo aveva sognato. Ma la realtà era molto superiore alla fantasia. Si sentiva il corpo in fiamme mentre le affondava le dita nei capelli, allentando le forcine che tenevano insieme la sua acconciatura e che finirono per cadere intorno a loro sul pavimento. Non le aveva mai toccato i capelli prima ed erano morbidi come la seta. Quando le ricaddero sulle spalle, quel profumo di limone e vaniglia gli riempì le narici e lo fece diventare ancora più duro dal desiderio di quanto non fosse stato un attimo prima.

Si spinse contro di lei d'istinto, dondolando i fianchi contro i suoi, e lei inclinò la testa all'indietro con un gemito di piacere.

«Mio Dio» farfugliò Charlotte mentre Ewan passava a baciarle il collo. «Riesco già a sentire quanto sei grosso.»

Lui sorrise contro la sua pelle. Non era un gran esperto, ma si rendeva conto che era un complimento. In quel momento non riusciva a pensare a nient'altro che a incunearsi dentro di lei, a fare ciò che aveva fantasticato per anni mentre giaceva da solo nel suo letto. Quante volte era venuto immaginandosi questa donna sotto di lui? Intorno a lui? Non era sicuro che sarebbe durato un minuto quando la fantasia fosse diventata realtà.

Charlotte gli mise le mani sul petto e lo spinse, facendolo allontanare. «Togliti i vestiti» sussurrò. «Voglio vederti.»

Lui esitò un attimo, poi annuì. Si tolse la giacca e la gettò da parte, poi iniziò ad armeggiare con i bottoni del panciotto mentre lei stava a guardare, con uno sguardo intenso e concentrato. Gli sembrava di avere dita troppo grosse, troppo goffe mentre cercava di liberarsi.

Alla fine Charlotte ridacchiò. «Forse è meglio se ti spoglio io, dopotutto» sussurrò, e tornò nel suo spazio. Alzò il viso per guardarlo negli occhi mentre gli scostava le mani e cominciava a slacciargli il panciotto. Le sue dita premettero contro di lui attraverso il tessuto mentre faceva scivolare via il gilet e poi cominciò a sciogliere e srotolare la sua cravatta. Lentamente, gli tolse tutti gli strati di vestiti, tutta la protezione che teneva tra sé e il mondo.

Sembrava una metafora della loro relazione. Charlotte era l'unica che lo avesse mai visto per quello che era veramente. Anche il resto dei suoi amici, il club dei duchi che lo aveva accettato come un fratello, non lo conosceva quanto lei. Ora gli tolse la camicia e la mise da parte lasciandolo nudo dalla vita in su.

Ewan si aspettava che cominciasse a sbottonargli i pantaloni, ma quando Charlotte lasciò cadere la camicia sul pavimento, si limitò a fissare ciò che aveva rivelato. Aveva la bocca leggermente aperta e gli occhi spalancati quando protese un braccio con riverenza e gli toccò il petto.

«Mio Dio» sibilò mentre gli sfiorava la pelle calda con le dita. «Come fai a mantenerti così... muscoloso?»

Ewan abbassò lo sguardo, osservando le dita di lei tracciargli i pendii e le valli lungo il petto e lo stomaco sodi. Sapeva di avere un aspetto diverso dagli altri uomini del suo rango. La maggior parte di loro non evitava la vita in società né lavorava la propria terra.

Lui invece sì, quando era necessario. Gli piaceva, a dire il vero. Era qualcosa di autentico. Non richiedeva parole.

«Lavoro» disse con un semplice gesto.

Charlotte lo fissò in faccia, e poi un sorriso le increspò lentamente le labbra. «Certo» mormorò. «Sei davvero unico, amore mio.»

Avrebbe potuto rispondere, perché quelle parole lo avevano colpito dritto allo stomaco, ma lei non glielo permise. Si sporse in avanti per sfiorargli il petto con le labbra e a Ewan si svuotò la mente da tutti i pensieri mentre veniva scosso da una sensazione dura, pesante e selvaggia. Lo stava leccando. Gli leccava il petto facendo roteare la lingua attorno a un capezzolo mentre trascinava le mani più in basso, giù sul ventre, e poi lungo la parte anteriore dei suoi pantaloni per tracciare il profilo del suo membro inturgidito.

Le sfuggì un suono gutturale di piacere e di approvazione, e lui giurò di essere diventato abbastanza duro da piantare un chiodo. Continuò ad accarezzarlo mentre lo leccava sempre più in basso, e poi la sua bocca incontrò le dita mentre cadeva in ginocchio davanti a lui. Alzò gli occhi per incontrare il suo sguardo mentre gli slacciava i pantaloni che gli caddero intorno ai piedi.

Quando fu faccia a faccia con il suo uccello Ewan divenne rosso in viso. Imbarazzo per essere così esposto fisicamente, eccitazione per avere le mani di Charlotte addosso, la sua bocca su di lui, tutto lo travolse a ondate. Gli girava la testa, i pensieri lo attaccavano da tutte le angolazioni.

E poi Charlotte si alzò leggermente in ginocchio e lo prese tra le labbra. Ewan perse quasi l'equilibrio quando la sensazione dall'inguine gli fluì attraverso tutto il corpo facendolo tremare. Si era già preso in mano, ovviamente. Quasi sempre l'atto era accompagnato da fantasie proibite sulla stessa donna che ora lo accarezzava con la bocca.

Ma non era mai stato così. Charlotte lo stimolò lentamente, tenendo lo sguardo fisso su di lui mentre lo prendeva fino in gola e poi lo rilasciava, mentre afferrava la base dell'asta e muoveva delicatamente la mano con lo stesso ritmo.

Ewan abbassò la mano. Voleva allontanarla per ridurre la potente sensazione, ma in qualche modo invece aggrovigliò le dita nei suoi capelli e la tenne lì, sentendole la testa oscillare avanti e indietro contro il palmo mentre lo prendeva, ancora, e ancora e ancora.

Sentì muoversi il proprio seme, quel dolore rivelatore che cresceva e fioriva, segno che stava per venire. Ma non voleva farlo in questo modo.

In qualche modo trovò la forza di spingerla via, di tirarla su in piedi e di baciarla di nuovo, questa volta in modo brusco mentre la spingeva verso il letto. Era ancora completamente vestita, così cominciò ad armeggiare lungo la parte posteriore del suo vestito, tirando i bottoni, facendone saltare alcuni che si sparpagliarono sul pavimento finché non tirò l'abito in avanti e la lasciò con solo la camiciola addosso.

Fece dei lunghi respiri mentre si allontanava da lei. Voleva guardarla. Aveva bisogno di guardarla. Dopotutto, quella era probabilmente l'unica volta in cui l'avrebbe vista così. Voleva assaporare ogni momento così da non dimenticarne nemmeno uno.

Charlotte non accennò a forzargli la mano. Si limitò a restare ferma davanti a lui, con la camiciola di seta bianca che le aderiva al seno prosperoso, alla vita snella, alla curva dei fianchi. Era una camiciola corta, così ebbe una visione completa delle sue gambe lunghe e magre avvolte in calze piuttosto trasparenti.

Ewan rabbrividì. Traboccava di bisogno e piacere come quando lo aveva succhiato. Guardarla era così bello. E voleva di più.

Le fece un gesto con la mano e lei sorrise, un sorriso pieno di malizia. «Il Duca di Donburrow mi sta chiedendo di togliermi la camiciola?» scherzò.

Lui annuì con ferocia e il sorriso di Charlotte si trasformò in una risata di gusto.

«Vuoi questo?» gli chiese mentre faceva scivolare giù una spallina lungo il braccio. «E questo?» insistette mentre ripeteva il gesto con l'altra spallina. Tenne una mano sulla scollatura della camiciola, però. Non si rivelò del tutto.

Ewan strinse le labbra e la fissò. Lo sguardo non la scoraggiò. Semmai, la frustrazione e la brama di Ewan la rendevano più spavalda.

«Forse vuoi questo?» Tirò e l'abito scivolò di qualche centimetro, rivelando la scollatura, ma non del tutto.

«Di più» gesticolò disperato.

Lei inclinò la testa, esaminandogli il viso al bagliore della luce del fuoco. Poi lentamente, in silenzio, fece scivolare la camiciola giù fino in vita e abbassò le mani.

A Ewan mancò quasi la terra da sotto i piedi. Era perfetta. Charlotte era alta, quindi i suoi seni pieni si adattavano al suo corpo lungo e magro. I capezzoli erano del colore di rose scure ed erano inturgiditi. Continuò a far scivolare la camiciola più giù, sui fianchi, sempre giù, fino a quando non le cadde ai piedi e la calciò via.

Era nuda davanti a lui, vestita solo di quelle calze velate, e tutto ciò che poteva fare era fissarla scioccato, sbalordito, rapito.

«Non restare a guardare e basta» sussurrò Charlotte come se gli leggesse nel pensiero. «Sono stata fatta per essere toccata, Ewan. Sono stata fatta per essere tua.»

Non era sicuro che fosse vero. Almeno la parte sul fatto che era stata fatta per essere sua. Ma fatta per essere toccata, oh sì, a quello poteva crederci. Fece un passo avanti, vuotando la mente da tutte le ragioni per cui non avrebbe dovuto farlo, per cui non se lo meritava.

E la toccò. Le prese i seni e sentì un suono di piacere basso e profondo provenire da qualche parte nel suo petto. Lei inclinò la testa all'indietro con un sussulto e questo lo spinse a continuare. Iniziò stimolarle i capezzoli con i pollici, girandoci intorno più volte mentre lei gli afferrava le braccia.

«Non si può dire che ti lasci fermare dalla mancanza di esperienza» ansimò Charlotte.

Ewan sorrise e chinò la testa. Voleva leccarla, assaggiarla, e lo fece, tracciandole il profilo del capezzolo con la punta della lingua. Lei gridò quando lo fece e lui alzò la testa per capire se fosse un'espressione di piacere o fastidio.

Piacere, a quanto pareva, perché aveva gli occhi chiusi e tremava tutta.

Tornò a baciarla, facendole roteare la lingua intorno ancora e ancora, e infine succhiandole la punta con un po' di forza. Charlotte gli mise le dita tra i capelli di scatto e lo tenne stretto al seno gemendo, mentre lui passava al capezzolo opposto dove ripeté il dolce tormento.

Charlotte cominciò a dimenarsi, a inarcare i fianchi verso di lui tra mugolii disperati e appassionati e lui la fissava, ipnotizzato dal piacere che manifestava. Voleva la sua parte di piacere anche lui, naturalmente, ma più di questo, voleva far godere lei. Voleva che gridasse, gemesse e fremesse.

«Ti prego» ruggì Charlotte, prendendolo per le braccia e attirandolo più vicino. «Ti prego.»

Lo tirò e caddero insieme sul letto. Ewan coprì il suo corpo caldo e morbido con il proprio e rabbrividì nonostante il calore della stanza e l'ardore che Charlotte gli ispirava. Era perfetta sotto di lui. Quel momento era perfetto, anche se la sua mente continuava a ricordargli che era tutto fuorché giusto.

Non importava più. Questa era un'onda anomala. Non poteva fermarla. Quello che sarebbe successo adesso era una forza della natura. Charlotte spinse e lui rotolò sulla schiena, trascinandola su di sé, sollevando la bocca sulla sua. Lo baciò con forza e lui assaporò la passione di Charlotte sulle sue labbra. Passione che aumentò quando gli si mise a cavalcioni sul suo corpo prono, posizionando la sua fessura umida su di lui finché non sentì il calore di lei sul glande inturgidito.

Ewan si tirò indietro, spalancò gli occhi e la guardò abbassarsi su di lui. Le sue morbide pliche si aprirono per consentirgli di entrare e lui strinse i denti per il puro piacere animale dell'atto. Era bagnata e stretta, gli cingeva il pene come un guanto fatto su misura. La sentì emettere un lieve grido mentre lo prendeva sempre di più, sempre più in profondità nel suo canale ben lubrificato finché non le fu dentro fino in fondo e la sentì tremargli intorno.

Non riusciva a trovare le parole da mimare mentre la fissava da sotto in su e lei sorrise. «Lo so» sussurrò. «Lo so, Ewan. Lasciati andare, lascia che accada.»

Lui annuì lentamente e allungò la mano per prenderle i fianchi. Mentre le premeva le dita nella carne, lei iniziò a cavalcarlo. All'inizio era lenta, roteava i fianchi su di lui con controllo e determinazione. Affondò su di lui, sfregando insieme i bacini ogni volta che calava su di lui e aumentando il piacere accecante che gli scorreva nel sangue e invadeva ogni estremità nervosa del suo essere.

Ma più Charlotte continuava, più irregolari diventavano le sue spinte. Aveva i lineamenti del viso contorti per il piacere, le tremavano le gambe contro i suoi fianchi mentre lo cingeva e aumentava gli sforzi in una tensione che non si rilasciava. Alla fine lanciò un urlo selvaggio e inarcò la schiena mentre gli esplodeva sopra.

E non era mai stata così bella come in quel momento di puro, incontaminato piacere. Le fissò il viso mentre tremava su di lui, memorizzando le sue labbra semiaperte, gli occhi chiusi, le mani strette a pugno contro il suo petto. Memorizzò come lo spremeva, mungendolo fino a farlo arrivare al piacere che sentiva crescere con più intensità di quanto lo avesse mai sentito arrivare prima.

Come se avesse percepito la stessa cosa, Charlotte aprì gli occhi e iniziò a muoversi più velocemente su di lui. Più forte. Lo baciò mentre lo prendeva, guidandolo verso una fine che Ewan non poteva controllare ma che voleva prendere mentre lei si contorceva su di lui.

E poi arrivò. Le strinse i fianchi più forte e la ribaltò mettendola sulla schiena. La coprì, affondandole dentro con una spinta dopo l'altra mentre lei gli andava incontro con un grido acuto che per poco non fece crollare la casa.

Raccolse tutte le forze per non eiacularle dentro. Si sfilò proprio quando iniziarono i primi spruzzi dell'orgasmo e si pompò in mano. Alla fine, crollò accanto a lei e la attirò contro di sé per tenerla più vicina e stretta che poteva.

CAPITOLO QUATTRO

Quando era una ragazza, Charlotte aveva sognato il suo futuro con Ewan, ed era stato tutto rose e fiori e castelli sulla collina. Invecchiando, avrebbe voluto baciarlo o tenergli la mano.

Quando era diventata adulta, tutto questo era cambiato. Il suo matrimonio le aveva insegnato qualcosa sul piacere, e nei suoi sogni era passata a immaginarsi le mani di Ewan su di lei. La sua bocca su di lei. I loro corpi sudati aggrovigliati in spinte appassionate.

Ma mai, in tutti gli anni che lo aveva desiderato e amato, aveva osato sperare in tanta tenerezza e piacere come quella che aveva appena provato. Magari Ewan era stato vergine prima di quella notte, ma il suo talento naturale compensava la mancanza di esperienza.

E ora se ne stava tra le sue braccia, le gambe nude aggrovigliate con le sue, il corpo che tremava ancora dopo due potenti orgasmi, e osò sperare di poter avere rose e fiori, baci e momenti romantici mano nella mano e tutta la passione che ribolliva tra loro.

Finché Ewan non si mosse. Piano piano si districò da lei e si mise a sedere, dandole le spalle mentre si sedeva sul bordo del letto. Aveva le spalle abbassate, la schiena leggermente curva. Era una posizione di dolore. Di sconfitta, e le si strinse il cuore a vederlo così.

Si mise a sedere e gli toccò la spalla con la mano e lui sussultò prima di voltarsi a guardarla. I suoi occhi scuri erano spenti quando a gesti le disse: «Scusa, Charlotte.»

Lo raggiunse sul bordo del letto facendo sporgere le gambe nude in modo che penzolassero accanto alle sue e scosse la testa. «Perché?» sussurrò, chinandosi per baciarlo.

Ewan la lasciò fare per un attimo, le sue labbra si ammorbidirono, il suo corpo si avvicinò alla resa che lei desiderava tanto. Ma poi si irrigidì e si tirò indietro. Charlotte lo guardò alla luce del fuoco ormai fioca e gli vide in volto la stessa espressione che aveva avuto la notte in cui gli aveva confessato di amarlo. La notte in cui l'aveva respinta.

Se non voleva ripetere quell'orribile esperienza, doveva fare marcia indietro. Rallentare. Prendere quello che poteva darle e metterlo a proprio agio perché le desse di più, piuttosto che gettarsi ai suoi piedi e implorarlo seduta stante.

Fece un lungo e profondo respiro. «Non allontanarti da me, Ewan.»

Lui cominciò a muovere le mani per rispondere e lei le prese in modo che non potesse farlo.

«Per favore» sussurrò. «Questo non dev'essere nient'altro che piacere, no? Ci vogliamo l'un l'altra, no?» Gli liberò le mani e gli tracciò la linea dura della mascella con le dita, sorridendo quando le basette le fecero il solletico. «Lo sento quando ti tocco. Lo vedo quando mi guardi. O vuoi negare che sia vero?»

Ewan sospirò profondamente e scosse la testa. «Non mi farei mai gioco della tua intelligenza, Charlotte, e non proverei a negare ciò che sai.»

Charlotte sorrise ancora di più davanti alla sua ammissione. Quella notte aveva fatto molti più progressi di quanto avesse mai sognato. Questo le dava la speranza di poter avere ancora di più. *Se* fosse stata attenta.

«Non sto cercando di forzarti a darmi di più» mentì. «Quando le festività saranno finite, tornerò a Londra. Mi rimetterò sul mercato matrimoniale.»

Ewan spalancò gli occhi ed un'evidente disperazione gli attraversò il viso mentre gesticolava: «Perché?»

Lei scrollò appena le spalle. «Soldi, Ewan. Ed è ciò che ci si aspetta da me. Quindi so qual è il mio futuro, e so che non me lo darai tu. Ma adesso sono qui con te. E ti voglio, come ti ho sempre voluto. Abbiamo poco tempo per stare da soli così. Non possiamo goderci questo momento? Solo questo? Non mi vuoi concedere almeno questo visto che mi neghi tutto il resto?»

Lui si voltò di scatto verso di lei, e in quel momento così teso Charlotte capì che Ewan voleva più di quanto lei chiedesse. Voleva le stesse cose che voleva lei. Ma poi Ewan cambiò espressione: scacciò quei desideri, li seppellì in profondità sotto uno strato di auto-recriminazione e ferma convinzione di non essersi meritato alcuna felicità o alcun futuro per colpa del silenzio che non poteva controllare.

Ma Charlotte aveva visto la verità, quella che lui aveva sempre negato, e la speranza le divampò dentro più forte e intensa di quanto non fosse mai stata prima.

Gli si avvicinò, sfiorandogli la spalla con le labbra, facendogliele scorrere sul collo per poi infilargli la lingua nell'orecchio. Aveva un sapore caldo, un sapore perfetto e lo sentì rabbrividire al suo tocco. Si voltò e la prese tra le braccia, mettendosela in grembo.

Charlotte aveva avuto la sua risposta, ma non ci pensò più quando venne spinta di nuovo sui cuscini. La bocca di Ewan la coprì, calda, inebriante e dolce. Charlotte si inarcò offrendosi a lui, aprendosi a tutto ciò che lui voleva, a tutto ciò che lui desiderava. Gli avrebbe dato tutto questo e anche di più se avesse significato anche solo una minima possibilità di conquistare il cuore che lui custodiva così gelosamente.

Ewan le aprì le gambe con le ginocchia e lei sussultò quando le trafisse il sesso ancora bagnato con una lunga, forte spinta. Lo sentiva così grosso dentro, la allargava al limite, finché non la riempì tutta facendola dimenare per il piacere. Si sollevò per andargli incontro, ricambiò le sue spinte stringendolo e rilasciandolo con i muscoli interni, lo osservò mentre la sua bocca si contraeva e il suo sguardo si velava di innegabile desiderio.

Ewan scivolò indietro e poi spinse di nuovo fino in fondo e lei si inarcò sotto di lui. Le colpiva punti interni che non aveva mai saputo esistessero. Luoghi che facevano cantare al suo corpo una nuova canzone di piacere, molto diversa da tutte quelle che aveva imparato nel suo matrimonio o per sua stessa mano.

Ewan le seppellì la bocca nel collo mentre spingeva forte e veloce, facendo roteare i fianchi in modo da toccare quel luogo magico nel suo profondo e stimolarle anche il fremente clitoride con i fianchi. Charlotte iniziò a tremare mentre gli affondava le unghie nelle spalle, mentre sussurrava il suo nome più e più volte perché non ricordava altra parola che quella.

Lui non vacillò mai, non cambiò mai ritmo, si limitò a spingere, spingere, spingere, sollevandola sempre più in alto prima di farla precipitare in una spirale di piacere. Gli urlò contro le labbra mentre la baciava durante la crisi. Charlotte aveva la mente vuota tranne che per le sensazioni: niente aveva più importanza dei loro corpi uniti e di tutto ciò che sentiva dalla testa alle dita dei piedi.

Tremava mentre scendeva dall'apice di un'estasi diversa da qualsiasi altra cosa avesse mai sperimentato. Ewan stava ancora spingendo dentro di lei, il collo flesso, gli occhi chiusi, poi aprì le labbra e buttò fuori il fiato. Charlotte lo fissò, affascinata dalla bellezza di quest'uomo che manteneva sempre il controllo e che finalmente si era lasciato andare. Ewan si sfilò ma rimase sopra di lei, e lei lo sentì pompare il suo calore tra loro mentre gli si aggrappava, per tenerlo più vicino e non lasciarlo mai andare.

Ora doveva solo trovare un modo per fargli capire che quello era dove lui aveva sempre voluto essere.

· · ·

Ewan aprì gli occhi lentamente e fu accolto da uno spettacolo meraviglioso e inaspettato. Charlotte giaceva accanto a lui, il corpo piegato contro il suo, i capelli sparsi sulle braccia e sul petto. Nel *suo* letto. Si erano trasferiti lì durante la notte. Voleva andare da solo, per evitare che qualcuno venisse a cercarlo nelle prime ore del mattino e lo trovasse nella stanza di Charlotte.

Ma lei aveva opposto resistenza, lo aveva sedotto e seguito. Adesso erano qui insieme e lui non aveva mai amato di più il proprio letto. La luce nella camera era fioca, ma quel tanto che bastava per studiarla mentre dormiva.

Era bellissima, ovviamente. Charlotte era sempre stata bellissima. Anche quando era una bambina, i suoi capelli luminosi, gli occhi verdi e la sua risata spontanea avevano fatto girare la testa a molti ragazzi che conoscevano. Crescendo, la sua bellezza era solo aumentata. Non aveva mai avuto una fase goffa come tante ragazzine. Era fiorita ed Ewan aveva osservato a bocca aperta ogni momento della sua trasformazione da ragazza a donna.

E non si poteva negare che adesso fosse una donna. Una donna sicura di sé che perseguiva ciò che voleva con ostinazione e singolare determinazione. Opporle un rifiuto era sempre stato quasi impossibile. Adesso non era diverso.

Prese fiato e allungò una mano per tracciare la morbida inclinazione della sua spalla, la linea del suo braccio. Con le dita passò sul suo fianco sotto le coperte e memorizzò la curva dei suoi fianchi con le mani. Lei si mosse leggermente e lui si bloccò, guardando le sue labbra aprirsi in un piccolo sospiro di soddisfazione. Non si svegliò, però. Forse perché aveva il sonno pesante? O era solo esausta dopo una notte di appassionata esplorazione?

Charlotte voleva che fosse lui a scoprirlo. Voleva che prendesse questo momento e ne facesse una cosa loro. Ma... non era sicuro. Alla luce del giorno, anche con lei raggomitolata contro il suo corpo, sapeva che non era giusto. Non era qualcosa che facevano un gentiluomo e una signora.

Solo che a quel corpo non sembrava importare. Anche ora, quando Charlotte piegò la mano contro il suo petto e gli si accoccolò più vicino, sentì le sue parti basse prendere vita e chiedergli che le facesse delle cose. Cose maliziose e stupende.

Anche la sua mente voleva delle cose. Dopotutto, aveva amato Charlotte dal momento in cui gli aveva preso la mano e l'aveva trascinato dentro per ascoltare suo padre il giorno in cui era stato abbandonato con sua zia e suo zio. Amarla era diventato più facile tanto quanto desiderarla era diventato sempre più doloroso.

La amava adesso, mentre la osservava con quel suo sorrisino sul viso mentre sognava... be', poteva solo immaginare quello che sognava. Se fosse stato un altro uomo, le avrebbe chiesto di sposarlo anni fa. Appena avesse fatto il suo debutto in società, sarebbe andato da suo fratello e ne avrebbe chiesto la mano in modo che nessun altro potesse mai avanzare pretese.

Ma non era un altro uomo. Non era normale. Non era a posto. Era guasto. Suo padre glielo aveva detto cinque volte al giorno per dieci anni, ed Ewan sapeva che aveva avuto ragione. Quale altro uomo doveva girare con un taccuino in tasca solo per comunicare? E se il taccuino non c'era? Era ridotto a gesticolare e a grugnire come un animale. La gente fissava. Sussurrava. Rideva. Parlavano di lui come se non ci fosse o non fosse abbastanza intelligente da sentire i loro scherni.

Che vita sarebbe stata per Charlotte?

E se avessero avuto dei figli? E se avesse trasmesso la sua tara a un bambino o a una bambina? Poi avrebbe dovuto stare a vedere quel bambino percorrere un sentiero orribile come aveva fatto lui.

Trasalì al pensiero, al dolore che lo accompagnava. Non avrebbe trasmesso quel dolore a nessuno, nemmeno al suo peggior nemico. Come poteva anche solo considerare di trasmetterlo a questa donna che amava e ai figli che avrebbero avuto insieme?

Qualsiasi cosa Charlotte stesse cercando di fare con questa seduzione, probabilmente non era in grado di resisterle fisicamente, ma doveva restare forte quando si trattava di tutto il resto. Quando si trattava di un futuro che sapeva di non potere avere.

Un colpo alla porta esterna della camera interruppe quel suo problematico flusso di pensieri. Charlotte si mosse di nuovo quando avvertì il suono, alzò la testa con gli occhi annebbiati dal sonno e quando lo vide sorrise. Si rannicchiò contro di lui.

«Pensavo che fossi un sogno» mormorò, con la voce ancora impastata dal sonno. «Sono così felice che sia vero.» Bussarono di nuovo e scosse la testa. «Che ore sono?»

Ewan rispose a segni: «Presto. Devo andare ad aprire.»

Si chinò per baciarla, poi riuscì a staccarsi dalle sue braccia e ad alzarsi dal letto caldo. Afferrò una vestaglia appoggiata sullo schienale di una sedia e controllò di avere il suo taccuino in tasca prima di uscire dalla camera.

Quando aprì la porta, trovò Smith che lo aspettava nel corridoio. Il maggiordomo normalmente si presentava vestito di tutto punto, ma quella mattina era stato chiaramente interrotto nel bel mezzo della sua toletta. Aveva i capelli leggermente arruffati e la giacca storta.

«Mi dispiace molto svegliarvi, Vostra Grazia» disse inchinando il capo. «Ma ha continuato a piovere tutta notte. L'acqua sta salendo come l'anno scorso.»

Ewan annuì prima di scrivere: «*Allora dobbiamo arginare l'acqua con i sacchi di sabbia ed evacuare i fittavoli più vicini alla riva del fiume.*»

«Una mezza dozzina di uomini sono scesi al fiume per iniziare a riempire i sacchi di sabbia, Vostra Grazia» rispose Smith.

Ewan si guardò alle spalle. La parte irresponsabile di lui voleva lasciare che il suo personale si occupasse del problema per restare a letto con Charlotte tutto il giorno. Ma non poteva farlo. E forse era comunque meglio restare lontani per un giorno. Lo avrebbe aiutato a ritrovare la distanza che preferiva mantenere tra loro.

«*Mi vesto e li raggiungo*» scrisse. «*Non mi serve un valletto.*»

«Molto bene, signore» disse Smith. «Vi serve altro?»

Ewan scosse la testa, allungò una mano per stringere la spalla di

Smith in segno di ringraziamento e rientrò in camera. Mentre tornava in camera da letto, trovò Charlotte seduta sul letto, con le lenzuola malamente avvolte intorno al corpo. Fu immediatamente colto da un desiderio impellente che lo fece diventare duro da star male sotto la vestaglia.

«Un'inondazione?» chiese Charlotte con voce preoccupata.

Ewan si tolse la vestaglia e andò nel suo guardaroba per prendere alcuni dei suoi abiti da lavoro. Mentre si infilava i pantaloni, con la mano gesticolò: «Sì, la prossimità della mia tenuta sia al fiume che al mare la rende un posto bellissimo, ma anche pericoloso. Sia quest'anno che lo scorso anno le forti piogge hanno causato allagamenti. Mio padre lasciava che i fittavoli si arrangiassero da soli, ma io la vedo come una mia responsabilità.»

«E quindi riempite i sacchi di sabbia?» chiese lei, osservando ogni sua mossa mentre si vestiva. Il suo sguardo concentrato non rendeva facile la cosa. «È così che ha detto Smith?»

«Esatto» rispose a segni, poi si infilò la camicia da sopra la testa. Quando ebbe le mani di nuovo libere, continuò: «Servono a creare una diga temporanea che diriga l'acqua lontano dalle case. Visto che è già successo lo scorso anno, significa che dobbiamo costruire un muro di contenimento in primavera. Ma per ora, devo uscire ad aiutare gli uomini.»

Charlotte si alzò in piedi, le lenzuola finirono a terra svolazzando e rivelarono il suo corpo completamente nudo. Ewan deglutì forte nonostante il nodo alla gola e si sforzò disperatamente di concentrarsi su quello che Charlotte stava dicendo.

«Vengo con te.»

Lui sbatté le palpebre e la sua nudità finì in secondo piano a quella dichiarazione scioccante. Ewan scosse la testa e a gesti rispose: «Troppo pericoloso!»

Lei inarcò un sopracciglio e afferrò il vestito della sera prima. Mentre cercava faticosamente di infilarselo, disse: «Avrai bisogno di tutto l'aiuto possibile. E non sarebbe più facile comunicare a gesti piuttosto che cercare di scrivere appunti sotto la pioggia?»

Ewan strinse le labbra. Non aveva torto. In condizioni meteorologiche avverse, a volte era difficile comunicare. Un rallentamento delle operazioni poteva significare danni alla sua tenuta o addirittura alla sua gente. Ma lui guardava Charlotte, splendida e sofisticata perfino con il vestito semiaperto e i capelli sulle spalle, e faceva fatica a immaginarla arrancare sotto la pioggia e il fango nel suo abito.

«Ti bagnerai» si affrettò a protestare. «E prenderai freddo.»

Lei scrollò le spalle. «Ho abiti più pesanti e la maggior parte sono abiti scuri da lutto. Non mi dispiacerebbe vederli distrutti. Ho persino degli stivali, dato che ho visitato Meg e Simon prima di venire qui e Meg adora fare passeggiate in giro per il suo parco, col bello o il cattivo tempo.»

Ewan sospirò. Ancora una volta, era impossibile dirle di no. Charlotte fece un passo avanti e gli diede un bacio. «Non puoi spezzarmi, Ewan. Sono più forte di quel che sembro.»

«Non ne ho mai dubitato» gesticolò lui lentamente.

Charlotte gli toccò la guancia e poi gli voltò le spalle. «Allacciami i bottoni per favore. Poi andrò subito a mettere qualcosa di vecchio e brutto e mi tirerò indietro i capelli. Non ci metterò più di un quarto d'ora, te lo prometto. Abbastanza perché tu possa occuparti di altri preparativi.»

Ewan le allacciò i bottoni, cercando di ignorare la scossa quando le sfiorò la morbida pelle con le dita. Poi la fece girare per guardarla in faccia. «Devi promettermi che starai attenta» gesticolò.

Charlotte annuì. «Promesso, Ewan. Ci vediamo nell'atrio in un battibaleno!»

Detto questo, raccolse le sue scarpine e corse fuori dalla stanza, lasciandolo a fissarla. Aveva pensato che quella giornata poteva essere l'occasione per prendere le distanze da Charlotte e dal modo in cui gli si era avvinghiata intorno così facilmente.

Ma ora Charlotte stava per dargli una sbirciata nell'anima, e lui nella sua. Perché sapeva bene che il modo in cui quelli di rango trattavano la gente comune diceva molto su chi fossero. Non aveva dubbi che in lei avrebbe visto gentilezza, ma anche la distanza che il suo rango richiedeva.

E lei avrebbe toccato con mano quanto lui apparteneva alla marmaglia comune. Restava da vedere cosa avrebbe fatto con quell'informazione.

CAPITOLO CINQUE

«Vostra Grazia!» gridò un uomo quando Ewan smontò da cavallo. Lui offrì una mano a Charlotte per aiutarla a fare altrettanto, ma non si trattenne e si voltò verso gli uomini riuniti accanto al fiume in piena.

Charlotte aggrottò la fronte mentre lo guardava. Capiva esattamente perché Ewan fosse così preoccupato: l'acqua scorreva pericolosamente vicina a molte delle case dei suoi fittavoli. Ma gli uomini si erano già messi al lavoro. C'era un enorme mucchio di sabbia in mezzo al gruppo di case e una dozzina di uomini lo stavano spalando per riempire dei sacchi che venivano poi presi in consegna per costruire la diga improvvisata che stava iniziando a formarsi per proteggere gli edifici.

«È peggio dell'anno scorso» disse l'uomo che si era avvicinato, con gli occhi leggermente spalancati. «Vi siamo grati per il vostro aiuto.»

Ewan lanciò un'occhiata a Charlotte e lei si affrettò a raggiungerlo mentre lui iniziava a parlare a gesti. «Sua Grazia dice che è felice di essere qui e che gli dispiace di non aver costruito il muro di contenimento l'estate scorsa.»

L'uomo la guardò confuso e lei sorrise per metterlo a suo agio.

«Sono Lady Portsmith» disse, tendendo una mano. «Sono qui per aiutare.»

L'uomo sbatté le palpebre mentre si inchinava. «Ehm, Marcus Chadworth, milady. Sono il capomastro del duca.»

«Piacere di conoscervi. Ora ditemi dove posso aiutare» rispose Charlotte, voltandosi verso Ewan.

Le guance del duca erano leggermente arrossate anche se irrorate dalla pioggia abbondante. Sembrava completamente a disagio e lei si accigliò. Voleva che la sua presenza rappresentasse un aiuto, non un ostacolo o un imbarazzo.

«Forse potreste aiutare con le donne e i bambini per ora» suggerì il signor Chadworth con una rapida occhiata a Ewan. «Quelli in queste tre case devono essere evacuati.»

«Certo» disse lei allontanandosi mentre i due uomini si univano agli altri a riempire e rimorchiare i sacchi di sabbia. Ewan non estrasse il suo taccuino mentre si avvicinava, ma alzò una mano e fu accolto, calorosamente e rispettosamente, da coloro che erano al suo servizio e sotto la sua protezione. Le lanciò un'occhiata, poi afferrò una pala e cominciò a spalare sabbia dentro ai sacchi.

Charlotte fece un profondo respiro e si costrinse a non stare in piedi a fissarlo come una scema. Anche se avrebbe potuto restare a guardarlo tutto il giorno da quanto era affascinata per come si muovevano i suoi muscoli sotto il cappotto.

Invece, si diresse verso le case che le avevano detto dover essere evacuate. C'erano dei carri davanti a ciascun cottage, mezzi carichi dei frammenti delle vite di coloro che erano all'interno. Scosse la testa quando scorse la paura sul viso di una donna che uscì dalla prima casa trascinandosi dietro un baule.

«Venite, lasciate che vi aiuti» insistette Charlotte, affrettandosi ad afferrare l'altra estremità. Insieme lo sollevarono sul retro del carro.

«Grazie» disse la donna, asciugandosi la pioggia dalla fronte. Le lacrime le scintillavano negli occhi. «Vi sono in debito.»

«Non c'è di che» disse Charlotte. «Sono qui per aiutarvi. Datemi un compito e farò tutto ciò che posso.»

La donna si irrigidì e fissò Charlotte un po' più attentamente. «Siete una nobile» disse.

Charlotte sorrise. «Suppongo di sì.»

La donna indietreggiò. «Non dovete disturbarvi, milady.»

Charlotte corrugò la fronte davanti a quel rifiuto. «Andiamo, avete bisogno di aiuto e io sono qui per offrirvelo.»

«Non è giusto» insistette la donna.

Charlotte non poté fare a meno di ridere. «Quel che non è giusto è stare qui a lasciarvi spazzare via dalla piena perché ho un rango invisibile superiore al vostro.» Tese un braccio e prese le mani della donna. «In qualsiasi altro giorno vi lascerò chiamarmi "milady" fino allo sfinimento. Oggi, mi chiamo Charlotte e sarò molto felice di aiutarvi se me lo consentite.»

La donna si agitò un attimo e poi diede un'occhiata al livello del fiume in aumento. Lei sospirò. «Io sono Eliza, milady» disse. «E... e suppongo che mi farebbe comodo un po' di aiuto in cucina.»

«Ottimo» disse Charlotte, prendendo a braccetto la sua nuova amica. «Fai strada.»

Lanciò un'ultima occhiata a Ewan mentre entrava in casa, ma lui non la ricambiò. Era troppo impegnato a lavorare sodo per la sua gente. Persone a cui teneva, era abbastanza ovvio.

E questo significava che anche lei ci teneva.

La pila di sabbia che i manovali di Ewan avevano portato su dal mare stava iniziando a diminuire mentre Charlotte aiutava Eliza e alcune altre donne a mettere una manciata di oggetti sull'ultimo carro.

«Torneremo a breve per i bambini» disse l'uomo alla guida del carro, inclinando verso di loro il cappello fradicio e spronando i cavalli ad avviarsi su per la collina.

Charlotte si rivolse alle sue nuove amiche con quello che sperava fosse un sorriso incoraggiante. Nell'ultima ora, aveva sentito la paura nelle voci delle donne, l'aveva vista sui volti dei loro figli e le aveva spezzato il cuore.

«E se la diga non reggesse?» rifletté Eliza ad alta voce.

Sua figlia, una bambina che non poteva avere più di sei anni, tese il braccio per prendere la mano di sua madre mentre guardava il muro che gli uomini avevano costruito sulla riva del fiume. Sembrava che riuscisse già a trattenere lo sciabordio delle onde, ma Charlotte non era più certa della sua capacità di arginare la marea di quanto fossero gli altri.

«Li aiutiamo?» chiese, indicando il mucchio di sabbia. Gli altri si mostrarono incerti sul da farsi e Charlotte sorrise ancora di più per cercare di confortarli. «È un gioco! Chi aiuta a riempire il maggior numero di sacchi vince.»

«Cosa vincono?» chiese uno dei bambini, una dolce ragazzina di nome Maribelle.

Charlotte si accovacciò per mettersi al livello della piccola. «Che ne dici di torte fatte dalla cuoca della casa grande e di una bambola nuova non appena il ponte riapre e io posso andare al villaggio?»

«Non voglio una bambola!» gridò uno dei ragazzi.

Charlotte si rialzò. «Allora una spada di legno per il ragazzo che ne riempie di più e, naturalmente, le torte. Affare fatto?»

In tutto c'erano otto bambini che cominciarono a guardarsi l'un l'altro, l'eccitazione aveva sostituito la paura, anche se solo per un attimo. Il cuore di Charlotte sussultò osservandoli. Ricordava che Ewan assomigliava molto a questi piccoli quando suo padre lo aveva abbandonato tanti anni prima. L'incertezza era la cosa peggiore per i bambini.

Tutti quanti corsero giù per la collina, seguiti dalle donne. C'era solo un uomo rimasto a riempire sacchi di sabbia quando raggiunsero la pila, gli altri stavano ammucchiando i sacchi. Il tipo lanciò un'occhiataccia a Charlotte quando gli si avvicinò. «Cosa volete?»

Charlotte inarcò le sopracciglia. «Siamo venuti ad aiutarvi. Ha più senso che voi aiutate a impilare i sacchi sulla sponda. Fatemi vedere come si riempiono i sacchi e ce ne occuperemo noi.»

Lui scosse la testa. «Non potete fare sul serio.»

Charlotte si raddrizzò e assunse la sua migliore espressione da "signora del maniero". «Certo che sì, invece. Possiamo perdere tempo a discuterne o potete lasciarci aiutare. Non intendo offrire una terza opzione.»

L'uomo corrugò la fronte e poi alzò le mani. «Va bene.»

Rapidamente mostrò a Charlotte e agli altri quanta sabbia mettere nei sacchi e come legarli saldamente. Poi afferrò due delle borse pesanti e si diresse verso la sponda del fiume per unirsi agli altri.

Charlotte alzò gli occhi al cielo davanti a quell'atteggiamento, ma mise al lavoro i suoi protetti mentre la pioggia continuava a cadere copiosa e il fiume continuava a salire.

E wan risalì il pendio della collina, cercando di ignorare il dolore ai muscoli. Era un lavoro duro e pesante costruire la barriera, e un monito che anche se giocava a svolgere del lavoro fisico, di sicuro non era forte come alcuni dei suoi fittavoli o servitori.

Tutti quei pensieri svanirono dalla sua mente quando raggiunse la cima della collina e trovò Charlotte sotto la pioggia battente, la gonna fradicia e l'orlo coperto da una spanna di sabbia. Stava legando un sacco gridando trionfante: «Finito!»

Ewan sbatté le palpebre e si chiese se avesse le allucinazioni. Uno degli uomini aveva detto qualcosa sui fittavoli che aiutavano a riempire i sacchi, ma non aveva idea che Charlotte si fosse unita ai loro ranghi. Dal modo in cui si stringevano tutti intorno a lei, sembrava che fosse effettivamente a capo del gruppo.

I bambini la guardavano da sotto in su e ridevano, le donne la osservavano ammirate. E in quel momento sembrava che fosse perfettamente inserita nella loro cerchia, nonostante fosse la figlia di un duca e la vedova di un conte. Non c'erano confini tra lei e la sua gente, e in quel giorno, in cui sapeva che i fittavoli avevano paura, era ciò che contava.

Charlotte si voltò e lo vide. Con un sorriso, alzò la mano in segno di saluto e corse verso di lui. A Ewan balzò il cuore in petto e le andò incontro con le braccia, come se potesse semplicemente avvolgerla dentro di sé.

«Come va?» gli chiese piano con tono serio ma con il viso ancora luminoso per non mostrarsi timorosa a coloro che li stavano guardando.

«Resisterà, ammesso che la pioggia continui a diminuire come ha cominciato a fare, finalmente» gesticolò Ewan esausto, incapace di trattenere un sospiro.

Charlotte rilassò leggermente le spalle e sul suo viso passò un'espressione di sollievo che lui si sarebbe aspettato se la casa di Charlotte stessa fosse stata in pericolo. Ma era normale che esprimesse tanta empatia. Era Charlotte.

«Posso dirglielo?» gli chiese.

Lui annuì. Charlotte gli mise la mano nell'incavo del braccio e lo spinse verso il gruppo di donne e bambini. «Il duca dice che secondo loro il tempo sta migliorando e che la forza della diga impedirà che la piena esondi.»

Una delle donne iniziò a piangere e le altre le si strinsero intorno. I bambini fecero salti di gioia. Il cuore di Ewan si gonfiò d'orgoglio a quella vista. Aveva delle brave persone sotto di sé. Prendeva sul serio il loro benessere.

Mimò lettere e parole a una velocità vertiginosa e Charlotte tradusse al gruppo: «Sua Grazia crede che le famiglie Nickel, Swanright e Beckham farebbero meglio a rifugiarsi altrove per stasera. Possono alloggiare al grande capanno da caccia dove sono stati portati gli oggetti e ci sono dei letti comodi, e dal castello vi verrà mandato un bel banchetto.»

«Le nostre torte?» gridò uno dei ragazzi.

Ewan lanciò un'occhiata a Charlotte. «Torte?» le chiese a gesti.

«Ho promesso delle torte al ragazzo e alla ragazza che avrebbero aiutato a riempire il maggior numero di sacchi di sabbia» spiegò Charlotte. «Anche se penso che dovrebbero esserci torte per tutti!»

Ewan annuì. «Sono d'accordo. Torte e fagiano, spezzatino di verdure, pane, formaggio e vino.» Spalancarono tutti gli occhi sbalorditi e lui sorrise. «Lo stesso banchetto verrà inviato alle case delle famiglie che non sono state evacuate come ringraziamento per tutto l'aiuto dato oggi.»

La porta di uno dei cottage più in alto sulla collina si aprì e si precipitò fuori una donna con un'enorme teiera e un piatto di semplici focacce e pane. Era la signora Boyd, la cui casa non era minacciata dall'inondazione.

«Per voi e per gli uomini, Vostra Grazia.» Cominciò ad affaccendarsi e un altro fittavolo si precipitò ad aiutarla a riempire le tazze. Gli uomini stavano risalendo la collina dietro di lui e accettarono con gratitudine la bevanda calda per togliersi il freddo dalle ossa. Ewan prese la sua tazza per ultimo aspirando il profumo del tè profumato.

Mentre beveva un sorso, la signora Boyd sorrise a Charlotte e le porse una tazza. «Sarà una bella cosa avere una nuova duchessa nella tenuta.»

A quell'affermazione Ewan si trattenne a malapena dallo sputare il suo sorso di tè sull'erba calpestata. Charlotte lo guardò con la coda dell'occhio prima di sorridere gentilmente alla signora Boyd.

«Oh, santo cielo, io non sarò la nuova duchessa» spiegò gentilmente. «Io e il duca siamo... siamo solo vecchi amici. Stiamo aspettando l'arrivo dei nostri parenti quando il ponte verrà riaperto per festeggiare il Natale. Non potevo lasciarlo venire qui da tutti voi e non offrirmi di aiutarvi.»

La signora Boyd arrossì. «Oh, e io che mi vado a impicciare. È solo che ho pensato che...»

Charlotte protese il braccio e mise una mano sulla sua. «Non c'è niente di male, ovviamente. Se oggi ho fatto bene la parte della Duchessa di Donburrow, ne sono felice.»

Ewan deglutì mentre la conversazione passava ad altre cose. Non vi prestò praticamente attenzione. Riusciva solo a guardare Charlotte. Anche bagnata e sporca, era bellissima. Poteva mettere a proprio agio chiunque: ci riusciva senza nemmeno provarci. Ed era chiaro dal modo in cui le signore della sua tenuta le facevano i complimenti che aveva conquistato tutti all'istante.

Si agitò leggermente, cercando di impedirsi di concentrarsi a pensare a lei come davvero sua sposa, la sua duchessa. Charlotte avrebbe reso le cose molto più facili, soprattutto perché era chiaro che aveva stabilito un legame con la sua gente nel giro di poche ore. E l'idea che sarebbe sempre stata al suo fianco, sempre nel suo letto, sempre tra le sue braccia...

Scosse la testa e si fece avanti per restituire la tazza vuota alla signora Boyd. Fece alcuni gesti e Charlotte tradusse: «La carrozza per riportarci alla tenuta sta arrivando, a quanto pare. Gli uomini sorveglieranno la barriera che abbiamo costruito, e se qualcosa cambia o peggiora, non esitate a mandare un messaggio. Possiamo evacuare altre famiglie.»

«Grazie, Vostra Grazia» disse Chadworth, allungando una mano. Ewan la strinse, e poi strinse le mani di tutti gli uomini con cui aveva lavorato fianco a fianco quel giorno. Charlotte non era stata con lui in quei momenti, ma non aveva avuto bisogno di parlare per comunicare.

Questa era la ragione principale per cui gli piaceva fare lavori fisici. Poteva guadagnarsi il rispetto con il proprio fisico senza bisogno che qualcuno decidesse se aveva una mente.

Le signore stavano salutando Charlotte e lui fece un cenno al suo valletto e aspettò vicino alla portiera della carrozza. Quando finalmente Charlotte si voltò verso di lui, sorrise.

«Il Duca di Donburrow in persona che mi vuole aiutare a salire in carrozza» lo prese in giro dolcemente. «Che grande onore.»

Ewan scosse la testa ridendo mentre le prendeva la mano. Le dita di Charlotte si flessero attraverso i guanti e il cuore gli balzò in petto. Anche al freddo e sotto la pioggia reagiva a lei. Non poteva farci niente, a quanto pareva.

Charlotte si sistemò al suo posto, e lui salì dopo di lei e chiuse la porta dietro di sé. Ci volevano più di venti minuti per arrivare al castello da questa parte della tenuta, e si accomodò a sedere con la prospettiva di un viaggio al freddo.

«Ho pensato che tornare in carrozza sarebbe stato meglio che andare a cavallo» le spiegò a gesti.

Lei annuì. «Sì, ammetto che è bello starsene seduti e lasciare la fatica a qualcun altro dopo una mattinata così lunga.»

«Sei stata brava con i fittavoli. Sei riuscita a tranquillizzarli.»

«Be', ora sono in debito di svariate spade di legno per bambini e di bambole, a quanto pare» disse Charlotte con una risata. «Quando il ponte sarà di nuovo aperto, spero che verrai con me in città e mi aiuterai a scegliere i loro premi.»

Ewan inclinò la testa per guardarla nella carrozza buia. «La tua gentilezza ti viene naturale, non è vero? Non ci pensi nemmeno.»

Charlotte si agitò, come se quell'affermazione la mettesse a disagio in qualche modo. «Mio padre potrebbe aver avuto i suoi... problemi... ma la mancanza di gentilezza non era tra questi. Mi piacciono le persone, mi piace ascoltare le loro storie. Mi ricorda quanto simili siamo tutti.»

«Alcune signore del tuo rango non la vedrebbero in questo modo.»

«Fin troppe» concordò lei aggrottando la fronte. «Ma se la mia casa fosse minacciata da un'inondazione, reagirei come quelle donne oggi. È una reazione *umana*: non ha nulla a che fare con la posizione, la classe sociale o i soldi.»

«Mi sembra un buon modo di vedere la cosa» le rispose Ewan a gesti e si rilassò contro il sedile della carrozza. Rifletté un attimo sulle parole di Charlotte e poi le sue mani iniziarono a muoversi, facendo altri segni quasi contro la sua volontà. «Mi sono sentito... diverso da tutti quelli intorno a me per così tanto tempo, è più diffi-cile per me stabilire quei legami.»

Charlotte si piegò in avanti. «Sei sempre stato in grado di creare dei legami con i tuoi amici. Con Me.»

Lui scrollò una spalla, anche se non riuscì a distogliere lo sguardo dal suo viso. Era così vicino adesso. Gli sarebbe bastato allungare la mano per tracciare la sua guancia. Rivendicare le sue labbra.

Charlotte doveva aver letto la sua intenzione, il suo desiderio, perché gli si mise accanto. Lentamente, si tolse i guanti bagnati e li gettò sul sedile opposto, poi sollevò una mano tremante per scostargli una ciocca di capelli bagnati dalla fronte.

«Sei molto bello... bagnato» sussurrò.

All'improvviso Ewan non si curò di avere freddo. Non gli importava se era fradicio fino al midollo. Gli importava solo della donna accanto a lui. Gli importava solo della pressione del corpo di Charlotte contro il fianco, della sensazione dei suoi polpastrelli mentre gli tracciava la mascella.

Si chinò e la baciò. Charlotte emise un leggero suono di resa in fondo alla gola e gli si sollevò contro, come se stesse cercando di avvicinarsi. Ewan si voltò sul sedile, appoggiandosi a lei, premendola contro la parete della carrozza mentre la circondava con le braccia e diventava più insistente con le labbra contro le sue.

Charlotte si aprì e lui le immerse la lingua in bocca, assaporandola, annegando in lei, godendosi le sensazioni e il suo profumo e il suo sapore che sembravano circondarlo da capo a piedi. Era perso in lei, lo era sempre stato, e questo scambio fisico lo rendeva solo più chiaro.

Avrebbe dovuto preoccuparsene. Avrebbe dovuto resistere. Ma non poteva. Non quando Charlotte sollevava i fianchi verso i suoi, non quando le sue braccia gli circondavano il collo e inclinava la testa per consentirgli un migliore accesso. Non quando lei era l'unica cosa che contava nel suo mondo.

La carrozza si fermò ed Ewan trasalì, alzando la testa sorpreso. Si erano persi nei baci per così tanto tempo? Sembrava fosse passato un attimo da quando avevano lasciato gli altri, ma eccoli lì, alla tenuta. Si raddrizzò e la guardò con aria contrita. Ma lei sembrava tutt'altro che dispiaciuta. Era arrossata e sorridente quando la portiera della carrozza si aprì e apparve un valletto per aiutarlo a scendere.

Lui si voltò e la aiutò a scendere a sua volta e insieme raggiunsero la casa. Smith li aspettava sulla porta ed Ewan gli lesse in viso la preoccupazione per il loro aspetto, sporchi e fradici com'erano.

«State bene?» chiese Smith mentre iniziava a prendere i loro cappelli, giacche e guanti bagnati.

«Molto bene» disse Charlotte. «Sembra che Ewan e i suoi uomini abbiano costruito una diga che proteggerà i cottage.»

«Se regge» gesticolò Ewan e Charlotte gli strinse delicatamente il braccio.

«Questa è un'ottima notizia» disse Smith, ed Ewan lo vide rilassarsi per il sollievo. Rimase nuovamente colpito al pensiero di quante brave persone lavoravano al suo servizio. In questo era molto fortunato.

«Quanto avete chiesto è pronto» continuò Smith, facendo un cenno a Ewan. «Volete che lo predisponiamo anche per voi o preferite il tè prima?»

Charlotte scosse la testa e guardò Ewan. «Di che cosa sta parlando?»

Le sorrise e a segni le disse: «Pensavo che ti meritassi un bagno caldo e fumante dopo tutto il lavoro che hai fatto oggi. Ho mandato a dire di fartelo trovare pronto quando ho richiesto la carrozza.»

Charlotte lanciò un'occhiata a Smith, poi di nuovo a lui. Poi gesticolò: «E lo farai con me, Ewan?»

Lui deglutì e sentì le guance avvampare. Ma non era imbarazzo. Smith non conosceva il loro linguaggio dei segni. No, questa era una vampata di desiderio. Di bisogno.

E sapeva che non l'avrebbe respinta. «Di' a Smith di non preoccuparsi per me. Prenderemo il tè...»

Ewan scrollò le spalle e lei sorrise prima di voltarsi verso Smith.

«Sua Grazia dice di non preoccuparvi per lui al momento, ma che prenderemo il tè insieme tra due ore.»

«Molto bene, milady» disse Smith, poi se ne andò via discretamente per lasciarli soli.

Ewan la fissò e mosse le dita: «Potreste sopravvalutare la mia prestanza, milady».

Charlotte gli prese la mano e lo trascinò verso le scale limitandosi a rispondergli con una risata. E lui si arrese, perché era impossibile fare altrimenti. Soprattutto quando gli offriva tutto ciò che aveva sempre desiderato.

CAPITOLO SEI

Charlotte trascinò Ewan in camera sua e sorrise. In un angolo c'era una grande vasca di ottone, piena di acqua fumante e persino di petali di fiori. Perfetto, perché ovviamente Ewan aveva progettato tutto perché fosse perfetto.

Come sempre.

Si voltò verso di lui mentre chiudeva la porta dietro di loro e gli sorrise. «Prima abbiamo fatto le cose in fretta» sussurrò. «Questo pomeriggio mi piacerebbe molto prendermi il tempo che ci vuole con te.»

Ewan annuì lentamente e lei vide che le stava facendo scorrere lo sguardo addosso come una cascata. Anche se era fradicia fino al midollo, coperta di sabbia e fango, con i capelli arruffati dal vento e dalla pioggia, Ewan la guardava come se fosse una dea. La faceva sentire una dea.

E lui era il suo amante e il suo compagno per la vita, anche se non ci credeva, ancora.

Fece un passo avanti e gli toccò la camicia bagnata. Era mezza incollata al suo ampio petto. Alzò gli occhi esprimendo la sua approvazione con lo sguardo mentre slacciava lentamente ogni bottone. Lui si tolse la camicia e restò in piedi con solo i pantaloni indosso. Charlotte si leccò le labbra. Santo cielo, era davvero muscoloso. Sembrava scolpito nel marmo. Lo toccò e avrebbe potuto credere che avesse veramente della roccia sotto la carne, da quanto era duro e perfettamente formato.

Ewan rimase immobile mentre Charlotte gli faceva scorrere le dita sul petto e trovava la patta dei pantaloni. La allentò senza interrompere il contatto visivo e la lasciò cadere in avanti. Era già duro, eretto in una fiera dimostrazione del desiderio che aveva combattuto per così tanto tempo.

Lo prese con una mano e lo accarezzò dalla base alla punta, suscitandogli un suono profondo dal petto e una forte esalazione di fiato. Ewan buttò la testa all'indietro e lei lo studiò affascinata mentre il piacere gli addolciva l'espressione, rubandogli un po' del suo autocontrollo.

Lo voleva tutto.

Ma lui sembrava avere idee diverse. Si raddrizzò senza preavviso, la afferrò per le spalle e la girò, premendole una mano sulla schiena per farla piegare leggermente in avanti mentre le tirava il vestito, sbottonandola con un semplice movimento delle dita. Quando l'aria calda della camera entrò in contatto con la sua pelle gelata, Charlotte si lasciò sfuggire un sospiro di piacere che continuò amplificato mentre Ewan le spingeva giù quell'arnese fradicio, staccandoglielo dalle braccia e strappandoglielo dai fianchi così che le andò a formare un mucchio umido attorno ai piedi. Charlotte si tolse gli stivali e le calze, poi si voltò verso di lui e scoprì che anche lui si era tolto il resto dei vestiti.

La stava fissando, e basta, e lei arrossì anche se inarcò leggermente la schiena, cercando di offrirgli la migliore angolazione del proprio corpo. Il modo in cui deglutì a fatica, il modo in cui gli si dilatarono le pupille, le fece capire che gli piaceva quello che vedeva.

E lei poteva dire altrettanto. Le sue spalle larghe, il petto e il ventre scolpiti, i fianchi stretti, le cosce tornite, il sesso bello grosso, avrebbero potuto essere tutti disegni di un libro delle sue fantasie. O forse quel libro era già stato scritto molto tempo addietro con lui come musa ispiratrice.

In quel momento non importava. Quello che importava era che lo voleva. E fin tanto che Ewan si fosse concesso di volerla a sua volta, lei avrebbe approfittato di ogni singolo momento che potevano condividere.

Fece un passo avanti e si fermò proprio di fronte a lui. «E adesso?» sussurrò. «Cosa vuoi, Ewan?» Lui indicò la vasca e lei rise. «Da sola?»

Ewan scosse lentamente la testa, poi la condusse alla vasca. Le prese la mano e la aiutò a tenersi in equilibrio mentre entrava in acqua. Sibilò di piacere quando l'acqua bollente entrò in contatto con la sua pelle fredda. Quando si fu sistemata, Ewan si inginocchiò accanto alla vasca, guardandola attraverso le onde limpide. Charlotte inclinò la testa, studiandogli il viso mentre lui infilava la mano nell'acqua per lisciarle le dita lungo il fianco e la coscia nuda.

Era difficile ricordare che appena il giorno prima le aveva detto di essere vergine. Fare l'amore con lui era stata una sensazione estremamente potente, ma doveva ricordare che stava ancora imparando a conoscere il suo corpo e i suoi gusti, oltre a scoprire i propri.

Aprì lentamente le gambe e allungò una gamba fuori dalla vasca per schiudere il suo sesso mentre si appoggiava all'indietro con la schiena. I seni erano a malapena coperti dall'acqua. Ewan si voltò di colpo verso di lei, una domanda.

«Immagino che tu voglia vedere» disse, mantenendo un tono innocente nella voce. «Che tu voglia toccare.»

Non le rispose a gesti, ma riportando la sua attenzione sul ben di Dio che gli aveva appena imbandito davanti. Le accarezzò delicatamente un seno e le strofinò il pollice sul capezzolo facendola sussultare di piacere.

«Mi piace» sussurrò, a malapena in grado di formare parole. «Solo un po' più forte però.»

Lui obbedì, stringendo il pollice intorno alla punta fino a quando lei si aggrappò al bordo della vasca con un lieve grido che non riuscì a trattenere. Ewan sorrise a quel suono e si spostò sul seno opposto, cominciando a pizzicarlo allo stesso modo. Charlotte si sentiva già il sesso umido e pronto. Si sentiva formicolare in anticipazione dell'unione dei loro corpi.

Ma Ewan non aveva finito con la sua esplorazione. Trascinò il dorso della mano lungo la parte anteriore del suo corpo, tracciandole il ventre, il fianco e poi il sesso aperto.

Le fece scivolare una mano dietro e la sollevò leggermente, tirandole la parte inferiore del corpo verso la superficie dell'acqua. Allora Charlotte capì cosa voleva. Voleva vederla. Così si alzò più in alto e gli diede ciò che desiderava.

Lui la fissò, gli tremavano le mani, e poi le appoggiò il palmo sul sesso provocandole una scossa che la fece sussultare e voltare la testa mentre il piacere la assaliva. Era incredibile come un suo semplice, piccolo tocco potesse accendere in lei un desiderio così elettrizzante. Suo marito non ci era mai riuscito. Era stata un'impresa raggiungere l'orgasmo. Con Ewan, le sembrava di poter venire alla minima carezza.

Ma non era soddisfatto di quel semplice tocco. Con delicatezza le separò le pliche, aprendola e rivelando la fessura bagnata della vulva e la perla scintillante del suo clitoride. Aspirò tra i denti facendola formicolare tanto quanto il suo tocco, poi Charlotte chiuse gli occhi per concentrarsi mentre il suo dito le tracciava l'apertura.

Charlotte gli coprì la mano con la sua, le loro dita si intrecciarono contro il suo sesso scivoloso mentre lo metteva in posizione. Gli premette il pollice sul clitoride e lentamente gli fece fare un movimento circolare. Quando aprì gli occhi, lui la stava fissando in viso e lei sorrise.

«Proprio così» ansimò, liberandogli la mano in modo che potesse prendere le redini di questo momento. E lo fece, alla perfezione. Esercitò la stessa pressione che gli aveva chiesto sul capezzolo, e non gli ci volle molto prima di farla sobbalzare con una scarica di desiderio che la portò a sollevare ripetutamente i fianchi verso di lui alla ricerca dell'estasi.

«È qui che provi piacere» gesticolò con la mano non impegnata.

Charlotte stava facendo fatica a prendere fiato, figuriamoci a trovare le parole mentre lui girava, girava e girava con una costanza esasperante che la stava portando al limite, ma non ancora del tutto.

«Sì» ansimò. «Oh si. Quando mi tocchi lì, quando ci premi contro mentre facciamo l'amore... alcuni uomini ci...»

Si interruppe e un caldo rossore le soffuse le guance. Accidenti, era difficile spiegare queste cose. Non erano discorsi da signora: glielo avevano insegnato per tutta la vita.

«Che cosa?» le chiese facendo dei movimenti a scatti.

«Ci mettono contro la bocca» ansimò mentre afferrava il bordo della vasca con entrambe le mani.

Ewan spalancò gli occhi a quel suggerimento e si leccò lentamente le labbra. «Voglio farlo» gesticolò.

Lei annuì, anche se avrebbe potuto acconsentire a qualsiasi cosa le suggerisse in quel momento, era quasi arrivata al limite del piacere. «Più tardi» gemette. «In questo momento voglio...»

Non riuscì a finire. Le sue carezze lente e costanti raggiunsero il culmine in quel preciso istante. Sussultò di piacere, sfregando contro le sue dita mentre veniva scossa da un'onda dopo l'altra dell'orgasmo. Buttò la testa all'indietro, gridando nella quiete della stanza, senza preoccuparsi che l'acqua uscisse dalla vasca mentre si strusciava contro le sue dita.

Stava appena riprendendosi dal culmine del piacere quando lui si alzò e scavalcò il bordo della vasca. Charlotte spalancò ancora di più le gambe, creando uno spazio che lui riempì penetrandola con una singola forte spinta mentre ancora tremava. Si sollevò contro di lui, mentre l'acqua sciabordava sui loro corpi e le loro bocche si trovavano.

Durante il suo matrimonio, a volte si era ritrovata a fantasticare mentre faceva l'amore. A immaginare quest'uomo, ovviamente, che le faceva queste cose. Era una fantasia che l'aveva aiutata a trovare piacere nell'ambito del letto coniugale.

Ma ora Ewan era qui. Era il suo corpo muscoloso che rotolava su di lei, la sua bocca che le baciava la gola umida, il suo sesso che la riempiva, i suoi fianchi che ruotavano contro di lei per sfregare contro il clitoride e riaccenderle la passione. Non c'era più bisogno di fantasticare.

Lo abbracciò e si arrese alla sensazione. Il suo peso contro di lei, le sue labbra che le tracciavano la spalla, il leggero morso dei suoi denti contro la carne, le sue mani che le cullavano la schiena. Ogni suo dito la stringeva forte, attirandola più vicino, come se potessero fondersi in un'unica entità. L'acqua era ancora calda e lui era bollente contro la sua pelle. I confini tra loro si fecero confusi e poi svanirono, e furono pura energia in movimento alla ricerca di qualcosa di bello.

Il secondo orgasmo la travolse più forte del primo. Ondeggiò contro di lui, gli affondò le dita nella carne bagnata mentre volava e volava nell'oblio dell'estasi. Ne discese solo quando lui si sfilò con un profondo sospiro e tese il viso in preda al suo stesso orgasmo.

Lo attirò a sé, alzandosi per baciarlo ancora una volta. Era scioccata dall'intensità della loro sintonia, ed era determinata a non rinunciarci mai. E a non rinunciare a lui. Ma sapeva che alla fine Ewan avrebbe potuto non permetterle di trattenerlo.

Ewan avvolse le braccia intorno a Charlotte, attirandola a sé perché gli si appoggiasse contro il petto. Dopotutto, in qualche modo erano riusciti a lavarsi davvero nella vasca, e ora le ciocche ondulate dei suoi capelli bagnati gli coprivano il petto e le braccia. Gli piaceva così.

«Grazie per l'aiuto. È stato un lavoro duro, per di più al freddo» gesticolò.

Charlotte si voltò schiacciandogli i seni contro il ventre e gli appoggiò la testa sul petto sorridendo. «Te l'ho già detto, sono stata contenta di poter dare una mano. Hai persone meravigliose nella tua tenuta, Ewan.»

Lui annuì mentre sollevava le mani per confermare a gesti: «Le migliori del paese.»

«E hanno molto rispetto per te» disse lentamente, quasi con prudenza, pensò Ewan. Come se non fosse certa della sua reazione.

Non che potesse biasimarla. Il rispetto era un argomento delicato per lui, grazie alle complicazioni del suo passato e al modo in cui gli altri lo vedevano a causa del suo mutismo.

«Percepisco il loro rispetto» scelse ogni parola della sua risposta con la stessa attenzione. Non perché non si fidasse della reazione di Charlotte, ma perché voleva misurare la sua. «Qui mi sento... a casa. Non è come a Londra quando sono con... altri.»

Charlotte sollevò le dita per tracciargli delicatamente la mascella. «Come me?» sussurrò.

Lui scosse la testa. «Sono sempre stato a mio agio con te. Non permetteresti niente di meno.»

Le si incresparono gli occhi con un accenno di risata, ma lui vide qualcosa di più profondo nel suo sguardo. Qualcosa che aveva sempre temuto e da cui era sempre fuggito quando si trattava di lei. Charlotte voleva dire qualcos'altro. Voleva pressare l'argomento. Era la sua natura.

«Charlotte» gesticolò, interrompendo qualunque cosa avesse sulla punta della lingua. «Ti voglio. È ovvio. Ti ho sempre desiderato, da quando ricordo di avere nozione di quel che fanno un uomo e una donna insieme.»

«Ma?» lo spronò lei.

«Ma tu... non capisci che tipo di futuro avresti con un uomo come me» concluse.

Charlotte si mise a sedere diritta, un movimento goffo nella vasca stretta. I suoi occhi fiammeggiavano quando disse: «Pensi che non lo capisca? Una vita con un uomo come te, intendi un uomo che adoro alla follia? Un uomo che considero mio amico, un uomo che è il miglior amante che abbia mai avuto? *Quella* vita? So esattamente come sarebbe quella vita.»

Strinse le labbra. Charlotte voleva sempre fingere che le sue parti guaste non esistessero. Che se avesse unito la sua vita alla propria, sarebbe stata in qualche modo una vita libera dalle sue tare.

Ewan si alzò in piedi e uscì dalla vasca. Mentre si avvolgeva un soffice asciugamano intorno alla vita, con una mano, cominciò a rispondere a gesti: «No, non lo capisci! Maledizione, Charlotte, non sai com'è la mia vita.»

«Allora parlamene» insistette Charlotte mentre usciva dall'acqua anche lei.

Fu quasi distratto dai rivoli d'acqua che scendevano lungo la sua carne perfetta, ma respinse i desideri crudi e animali che gli ispirava e si concentrò su ciò che aveva da esprimerle. Adesso.

«Non sai cosa vuol dire avere persone che parlano di te quando sei lì vicino, che ti parlano intorno come fanno con me» gesticolò, consapevole che gli tremavano le mani e che faceva fatica a trovare i segni di una lettera o di una parola. «Non sai come ci si sente quando ti chiedono se sei stupido oltre che muto. Oppure quando pensano che sei toccato perché non puoi parlare. O quando ti urlano contro quando parlano perché pensano che tu non possa sentire.»

Charlotte non disse nulla, ma le vide tremare il labbro inferiore mentre lo lasciava continuare. E continuò. Perché doveva farlo. Perché non poteva fermarsi. Perché le parole gli volavano dalle dita con un'urgenza che non poteva più definire o arginare.

E poteva raccontarsi di dire queste cose per proteggerla, ma in verità era perché non poteva più tenersele dentro. Non con lei.

«Non sai cosa vuol dire avere sempre in tasca un blocco di carta e una matita» proseguì. «O il panico che ti viene se, Dio non voglia, quel blocco e quella matita vengono persi o danneggiati. Non sai come ci si sente quando tuo padre ti abbandona perché sei disabile e per il fatto stesso di esistere sei un insulto al suo onore. O come ci si sente a scoprire, alla sua morte, che quello stesso padre ha predisposto infiniti sbarramenti per farti sembrare incapace di assumere il suo titolo. Come ci si sente a dover combattere contro i tuoi stessi fratelli e tua madre per quell'eredità, mentre ti sputano addosso ogni volta che ti vedono e ti chiamano animale.»

Abbassò le mani e si voltò. Gli batteva forte il cuore, perché prima di quel momento non aveva mai espresso nessuna di quelle cose tutte in una volta a una persona. Alcuni amici ne avevano informazioni frammentate, suo zio era stato testimone di molte vicende, ma nessuno sapeva tutto. Tutto di lui.

Ma ora Charlotte lo sapeva.

«Ewan, per favore guardami.»

La sua voce morbida era un canto di sirena, e lui un marinaio che si dirigeva verso gli scogli. Ma questo non gli impedì di fare esattamente quello gli aveva chiesto. Quando si voltò verso di lei, era uscita dalla vasca. Le sue ciocche bionde e umide le ricadevano intorno alle spalle, il suo corpo era avvolto solo in un asciugamano, i suoi occhi verde scuro brillavano di lacrime non versate ed emozioni represse, non poteva distogliere lo sguardo.

Non voleva nemmeno farlo, nonostante sapesse cosa fosse meglio.

Era tranquilla, calma, come sempre. «Mi dispiace» gli disse.

«Non è colpa tua» gesticolò lui, abbassando lo sguardo.

Charlotte fece un passo avanti, ma si fermò a poca distanza. «Non per quello che è successo, anche se certamente mi dispiace anche per quello. Quello che volevo dire è che mi dispiace di aver detto che conoscevo la tua vita. Non è vero. Quando dici queste cose, non riesco a immaginare il dolore che devi provare. Le cose che hai sopportato non sono qualcosa da prendere alla leggera. Ma...»

Fu lui ad avvicinarsi adesso. Allungò il braccio per premerle due dita sulle labbra carnose. «Ssssh. La pioggia ha cominciato a diminuire, l'acqua si ritirerà e il ponte è ancora integro, quindi potrebbe passare solo un giorno o due prima che arrivino gli altri. Abbiamo pochissimo tempo. Viviamo questo momento finché non potremo più farlo. Questo è tutto quello che ho da dare.»

Charlotte strinse le labbra e gli premette un bacio sulle dita prima che le lasciasse cadere per lasciarla parlare. Vide il dolore sul suo viso, lo vide nei suoi occhi, e sapere di essere stato lui a provocarlo... di nuovo... gli spezzò il cuore.

Ma la voce di lei era forte quando disse: «Molto bene, Ewan. Solo questo. Se questo è tutto ciò che posso avere, non lo rifiuterò.»

CAPITOLO SETTE

E wan sapeva che avrebbe dovuto provare sollievo per il fatto che Charlotte aveva acconsentito alla sua richiesta. Se non si aspettava di più, non avrebbe sofferto quando tutto questo fosse finito. Ma non era quello che provava. Invece, non poteva negare la delusione che lo attanagliava. *Doveva* allontanarla dal futuro che poteva vedere scintillare nel suo sguardo. Ma una volta accettato questo, sapeva per amara esperienza che Charlotte avrebbe trovato qualcun altro che le avrebbe dato un futuro diverso. Si sarebbe risposata e poi per lui sarebbe stata persa per sempre.

Questo era tutto ciò che aveva. E voleva disperatamente farne un'esperienza meravigliosa per entrambi.

Allungò una mano e infilò un dito nell'asciugamano, poi tirò in modo che il tessuto cadesse e la lasciò nuda. Charlotte gli mise un braccio intorno al collo, offrendogli la bocca. Ewan la prese, infilando la lingua tra le labbra, assaporando il suo dolore e il suo desiderio mentre si fondevano in un'unica emozione che sembrava troppo potente da respingere.

Con un gemito, le fece scivolare le braccia sotto le ginocchia e la portò a letto. Quando la sistemò contro i cuscini e si sistemò accanto a lei, le guardò il corpo da capo a piedi. Voleva memorizzare ogni centimetro di lei nel tempo che gli era rimasto. Quando i ricordi sarebbero stati tutto ciò che gli restava, sarebbe stato contento di averlo fatto.

Charlotte lo baciò di nuovo e aprì leggermente le gambe. Quando Ewan si staccò, abbassò lo sguardo per osservarla. Nella vasca aveva parlato di uomini che mettevano la bocca su una donna. Non aveva fatto che pensarci da quando glielo aveva detto. Era ossessionato dall'idea di assaggiare Charlotte così intimamente...

Voleva conoscere anche il suo sapore, da abbinare alle sue future fantasie. Fece scorrere la bocca lungo il suo corpo, gustando l'essenza dolce e pulita della sua pelle appena lavata. Fece roteare la lingua attorno a un capezzolo e lei si inarcò sotto di lui.

Alzò lo sguardo per ammirare l'estasi sul suo viso e sorrise. Oh sì, voleva conoscere tutti i suoi sapori. La leccò, imitando il modo in cui le piaceva quando la toccava con le dita. Era così facile imparare come darle piacere, perché dava altrettanto piacere a lui. Quando gemette sotto di lui, gli mise le dita tra i capelli bagnati, e gli massaggiò la cute attirandolo ancora più vicino, fu il paradiso. Puro paradiso.

Succhiò più forte e la sentì ansimare sotto di lui, le sentiva le gambe scuotere all'impazzata. Era già di nuovo duro come una roccia, sentiva l'inguine pulsare al ritmo con cui la leccava. Ma cercò di non farci caso. Ignorò la parte di lui che gli diceva di aprirle le gambe, di saccheggiare e prendere, rivendicare e marchiare.

In quel momento voleva solo farla godere e imparare cosa le piaceva. Ci sarebbe stato molto tempo per il resto. Si staccò dal capezzolo con uno schiocco. Lentamente, si fece strada fino al seno opposto mordicchiandola, tracciando la curva della mammella con la bocca e poi prendendole il capezzolo in profondità per farci roteare la lingua intorno ripetutamente.

Charlotte adesso stava sollevando i fianchi al ritmo che Ewan stava tenendo con la bocca. Abbassò le mani mentre continuava a darle piacere al seno. Si crogiolava alla morbida sensazione della sua pelle liscia sul ventre, sulla curva dei fianchi. Affondò leggermente le unghie in quel punto e lei emise un grido di piacere.

Ewan sorrise contro la sua pelle e ripeté il gesto mentre lei tremava sotto di lui. La reattività di Charlotte guidava il suo stesso istinto, il piacere che lei provava lo colpiva nel profondo.

Voleva toccarla nelle parti intime. Le passò le dita sui fianchi, giù per la coscia, e lei gli si aprì con un sospiro. Continuò a leccarle e succhiarle il capezzolo mentre le separava le pliche e trovava l'apertura lubrificata e pronta. Le passò sopra le dita, osservando come sobbalzava con i fianchi quando ne immergeva la punta dentro, o il modo in cui rabbrividiva quando le sfiorava il clitoride.

Le staccò la bocca dal seno mentre la stuzzicava con le dita e fece scorrere la lingua lungo il corpo. La leccò, facendola sobbalzare contro la sua mano mentre muoveva la bocca sullo stesso tracciato percorso prima con la mano.

Alla fine, si sistemò tra le sue gambe, aprendole di più mentre guardava il dolce paradiso del suo sesso bagnato. Brillava alla luce del fuoco, e lui sentiva l'odore della sua eccitazione, primitiva e dolce. Non c'era da stupirsi che agli uomini piacesse. Non aveva nemmeno ancora iniziato e aveva già l'acquolina in bocca.

«Aprimi» mormorò lei sopra di lui.

Alzò lo sguardo e la trovò che lo osservava. Aveva il viso segnato dalla tensione e arrossato dal desiderio. Si accigliò e scosse la testa.

«A modo tuo, vero?» disse con una risata, capendo perfettamente la sua espressione. «Molto bene, ma sappi che probabilmente l'attesa mi ucciderà.»

Ewan sorrise e riportò l'attenzione al suo sesso. La aprì di più, esaminando la parte che aveva rivelato. Lentamente, si chinò e le fece scivolare la lingua sopra.

Era pulita per via del bagno, lubrificata per l'eccitazione. Gridò il suo nome quando lui ricominciò a leccarla dall'alto verso il basso con un colpo rapido. Il sapore di Charlotte gli esplose sulla lingua, una dolcezza che non aveva mai conosciuto. Si buttò a capofitto, accarezzandola con la lingua più e più volte mentre lei si contorceva sopra di lui. Voleva perdersi in lei, ma si sforzò di rimanere lucido. Per darle piacere, aveva bisogno di prendere nota di ogni singola reazione, per capire cosa la faceva gemere e inarcare.

E la trovò, dopo aver esplorato a lungo ogni centimetro della sua intimità. Trovò la protuberanza del clitoride e ogni volta che la succhiava, lei gridava. Iniziò a concentrarsi su quel punto, facendole roteare la lingua intorno, spingendo forte con la parte piatta, succhiandola delicatamente. Le cominciarono a tremare le gambe e gli strinse i capelli con le mani mentre si sollevava verso di lui.

Sentì il fremito del suo orgasmo solo una frazione di secondo prima che lei gridasse, e la leccò fino alla fine, senza mai smettere anche se lei si dimenava e sussultava e lo chiamava per nome. Solo quando Charlotte crollò di nuovo sui cuscini con uno sguardo vitreo annebbiato, lui tornò su ripercorrendo all'indietro tutto il suo corpo.

Charlotte lo attirò a sé, lo baciò con passione e gemette quando sentì il sapore di se stessa sulle sue labbra. Si aprì di più e lui non ebbe bisogno di ulteriori inviti. Affondò nell'umidità del suo sesso, rabbrividendo mentre lei lo stringeva centimetro dopo centimetro. Per un momento Ewan rimase immobile in quel modo, baciandola mentre i suoi muscoli interni ancora palpitanti lo massaggiavano leggermente.

Ma era troppo eccitante e non poteva più trattenersi. Cominciò a flettere i fianchi, incuneandosi profondamente dentro di lei prima di ritirarsi e ripetere l'azione. Charlotte si sollevò sotto di lui con il fiato corto e il viso di nuovo contorto dal piacere.

Si guardarono fissi negli occhi mentre la prendeva, e l'intimità rivelò molte cose di lei. Vide quanto profondamente lei tenesse a lui, quanto voleva che tutto questo non finisse mai. Lui provava gli stessi sentimenti, anche se sapeva che tutto questo non poteva essere. Ciò rendeva quei momenti insieme ancora più potenti, più speciali. Non potevano durare e quindi doveva assaporarli.

Spinse più forte, l'eccitazione concentrata nell'inguine lo rendeva ancora più duro e gli tendeva i testicoli. La vide anche lei avvicinarsi lentamente all'orgasmo. Voleva portarla all'estasi, voleva che venisse mentre i loro corpi erano uniti. Roteò i fianchi e lei ansimò, stringendogli le gambe intorno, poi sussurrò: «Ewan, Ewan, ti...»

Lui le chiuse la bocca con la sua e le parole di Charlotte si persero contro le sue labbra, così come le sue grida quando venne. Lo spremette con il corpo e lui spinse sempre più forte finché sentì tendersi i testicoli e gli si offuscò la vista. Solo allora si sfilò per far fuoriuscire il seme lontano da lei.

Crollò sul letto accanto a Charlotte, attirandola contro il proprio petto nudo. Lei lo abbracciò e gli affondò la testa contro la spalla. Restarono così per quella che sembrò un'eternità.

Ed Ewan riusciva a pensare a una cosa sola. Aveva zittito Charlotte un attimo prima perché la conosceva. Sapeva che era stata sul punto di dirgli che lo amava.

E non poteva lasciarglielo dire. Non voleva che lei lo amasse. Non avrebbe portato altro che dolore e sofferenza per entrambi. Le cose erano già cambiate tra loro, non poteva permettere che cambiassero ancora di più.

In qualche modo doveva prendere le distanze da lei. Ma non in quel momento. Non lì.

Charlotte percorreva il perimetro della biblioteca di Ewan fissando tutti i libri con un sorriso. Trovava impossibile capire come qualcuno potesse presumere che Ewan non fosse altro che brillante. Sui suoi scaffali c'erano tomi consunti dall'uso che trattavano ogni argomento possibile, dalla scienza all'astronomia ai romanzi contemporanei. E sapeva che li aveva letti tutti. Negli anni della loro amicizia avevano passato molte ore a discutere di libri.

Solo un altro modo in cui avevano creato il legame tra loro.

«È stata una cena meravigliosa» disse, voltandosi verso di lui.

Ewan stava versando loro da bere dal decanter sulla credenza, e alzò lo sguardo con un sorriso e un cenno del capo.

«Non dirlo al mio personale, ma penso che potresti avere la migliore cuoca d'Inghilterra. Forse di tutto l'impero.»

Le porse lo sherry e a gesti rispose: «Sono d'accordo, ma ce lo terremo per noi o lo verranno a sapere tutti e qualcuno me la rapirà.»

Charlotte rise e si sentì il cuore più leggero. Sebbene fosse al settimo cielo per l'ardente sintonia che avevano iniziato a condividere qui, era questo che le piaceva di più. La mancanza di affettazione nella loro amicizia. Il tempo che passava con lui. Vedere quanto avevano in comune, ma quanto le loro differenze si completavano a vicenda.

Se solo Ewan avesse potuto permettersi di capirlo.

«Devi essere impaziente di vedere Baldwin e tua madre» gesticolò lui, apparentemente ignaro di tutto quello che Charlotte aveva in cuore.

Si costrinse a concentrarsi sulla sua dichiarazione. «Sì. Ho lasciato Londra più di un mese fa, per vedere Simon e Meg, quindi mi sono mancati entrambi. Sarà bello vederli e condividere le vacanze con loro e con il Duca di Tyndale e tua zia.»

Lui annuì, ma Charlotte pensò di vedere un lampo di rimpianto nel suo sguardo. Dipendeva dal fatto che una volta arrivati gli altri, questa cosa tra loro, qualsiasi nome gli si volesse dare, sarebbe cambiata? O stava leggendo troppo nella contrazione della sua guancia o nel battito dei suoi occhi?

«Dopo che saranno arrivati» continuò, scegliendo con cura le parole. «Suppongo che le cose saranno molto diverse.»

Ewan si voltò verso di lei di scatto. «Dovremo occuparci dei festeggiamenti, sì» gesticolò.

Charlotte deglutì. «Non è quello che intendevo, Ewan» sussurrò.

Lui si voltò e lei lo raggiunse, posandogli lentamente un dito sul mento. La guardò e le si strinse il cuore. Ewan era sempre stato complesso. Era riuscita a decifrare le sue emozioni anche quando gli altri non ci riuscivano. Il suo dolore. La sua paura. La sua rabbia.

Stasera tutto quello che vedeva era il suo rimpianto. Un rammarico che la feriva profondamente, perché sapeva che lo si poteva leggere sotto due punti di vista. Il rimpianto che condivideva anche lei di non poter rimanere isolati in quel mondo dei sogni per sempre. Ma anche rammarico di aver permesso di spingere le cose fino a quel punto.

«Cosa succederà a me e a te?» chiese, trattenendo il respiro mentre aspettava la sua risposta.

Ci fu una pausa che sembrò durare un'eternità, poi Ewan alzò le mani tremando: «Pensavo fossimo d'accordo che tutto questo non fosse permanente. Che tutto questo fosse tutto ciò che possiamo avere?»

«È questo quello che vuoi davvero?»

Ewan si allontanò e si spostò sull'altro lato della stanza prima di frugare in tasca e tirare fuori carta e matita. Charlotte sentì il cuore balzarle in petto. Ewan le scriveva raramente per comunicare. Il loro linguaggio segreto evitava che ce ne fosse bisogno.

Il fatto che ora preferisse scrivere significava che stava cercando di prendere le distanze anche più di quanto lei avesse temuto. Lo fissò mentre scarabocchiava una risposta e poi le porse la replica.

«Quello che voglio è irrilevante. Questo è un momento rubato fuori dal tempo, Charlotte. Ci ripenserò con grande piacere, ma non cambia niente.»

Charlotte alzò di nuovo lo sguardo su di lui, ma lui le aveva voltato le spalle e stava aggiungendo dei ceppi nel camino. Voleva balzare in avanti e gridare che lo amava. Voleva chiedergli di vedere cosa potevano essere, che lasciasse entrare nel cuore la speranza nel futuro.

Ma conosceva fin troppo bene quest'uomo. Non reagiva bene alle imposizioni. Semmai, lo facevano rinchiudere ancora di più nel suo guscio. Se voleva che lui vedesse il futuro, doveva *mostrarglielo.* Dopo che si fosse arreso, avrebbe potuto fargli le sue richieste.

Si avvicinò e allungò una mano per toccargli la spalla. Lui sussultò leggermente, proprio come la prima notte dopo che avevano fatto l'amore. Si voltò verso di lei lentamente con un'espressione dura e indecifrabile.

Charlotte si costrinse a sorridere. «Non è ancora arrivato nessuno. Andiamo di sopra, Ewan. Creiamo più ricordi a cui entrambi potremo ripensare. Forse hai ragione a dire che ora non è il momento di preoccuparsi del futuro.»

Ewan strinse le labbra e lei vide il suo conflitto interiore. Era proprio quello che voleva, che combattesse con se stesso, perché era l'unico modo in cui il cuore di Ewan aveva la possibilità di vincere sulla testa.

E quella sera, in quella battaglia, vinse il cuore. Ewan le prese la mano, piegò le grandi dita attorno alle sue e la condusse fuori dalla stanza, poi la scortò su per le scale, e la portò in camera sua.

Charlotte sospirò mentre la lasciava entrare. Non era l'ideale, ma era un passo avanti. Ad ogni passo che la portava più vicina alla vita che voleva, sapeva che poteva avere ulteriore gratificazione. Ma esponeva a ulteriori rischi il corpo, il cuore e l'anima.

CAPITOLO OTTO

La luce del mattino invernale aveva appena iniziato a illuminare i bordi delle tende quando Ewan si svegliò. Rimase immobile per un momento, gli occhi ancora chiusi, godendosi ciò che sentiva e annusava intorno a lui.

Charlotte.

Era raggomitolata con la schiena contro il suo petto, lui le aveva messo le braccia intorno e il profumo di vaniglia dei suoi capelli gli entrava nelle narici. Aveva spesso immaginato che fosse quello il profumo del paradiso.

Piano piano, lasciò che i suoi occhi si aprissero e la guardò. Si adattava perfettamente a lui. Era una donna alta, quindi era proporzionata rispetto alla sua stazza. Il suo corpo si allineava perfettamente con il suo, come gli stava facendo sapere in quel momento il suo membro di nuovo duro mentre spingeva contro il morbido fondoschiena di lei.

Quanto voleva semplicemente scivolarle dentro, sentirla bagnarsi e gemere mentre si svegliava con lui che le faceva l'amore. Quanto voleva passare una giornata sdraiato a letto con lei, a ridere, parlare e fare l'amore come se quello fosse il futuro che avrebbe condiviso con lei.

Ma era quello il problema. *Non* era il loro futuro. Le aveva permesso di entrare nel tessuto della sua vita negli ultimi giorni. Il suo lato emotivo non voleva che finisse mai.

Il lato razionale la vedeva diversamente. Quello che le aveva detto sulle difficoltà del futuro era solo parte di ciò che temeva. Non poteva nemmeno iniziare a esprimere il resto. Perfino a lei.

Sospirò mentre si estraeva con cura da intorno a lei. Charlotte si mosse un po', solo un sussurro del suo nome nell'oscurità, ma poi si sistemò più a fondo nei cuscini e il suo respiro tornò a farsi pesante.

Ewan afferrò i pantaloni da terra e poi si trasferì nella stanza adiacente dove lo aspettava il suo guardaroba. Aveva un valletto, ma non lo chiamò perché si affrettò a vestirsi da solo e poi scese al piano di sotto.

I servitori gli sorrisero e gli diedero il buongiorno, abituati a vederlo alzarsi presto. Non era mai stato uno da gozzovigliare a letto tutto il giorno. Mentre attraversava il corridoio, vide Smith in uno degli atri che parlava con un altro domestico. Entrò nella stanza bussando alla porta per avvertirli della sua presenza.

«Vostra Grazia» disse Smith. «Buongiorno.»

Ewan si frugò in tasca e strinse le labbra quando si rese conto di non avere un taccuino con cui comunicare. Smith non disse nulla, ma ne tirò fuori uno dalla sua tasca, insieme a una matita tozza.

Ewan gli fece un cenno di ringraziamento e si affrettò a scrivere: «*Si sono fatti sentire gli uomini che hanno sorvegliato la diga di sacchi sabbia?*»

«Sì, Vostra Grazia. Chi è tornato ieri sera tardi ha detto che sta reggendo e che l'acqua sta cominciando a ritirarsi. Penso che stamattina volessero accertarsi che il ponte fosse solido.»

Ewan si bloccò. Quando il ponte fosse stato sicuro da attraversare, il resto delle famiglie si sarebbero unite a lui e Charlotte per le festività natalizie. Mancavano solo pochi giorni a Natale.

E tutto quello che voleva come regalo era un po' più di tempo con la donna al piano di sopra che dormiva ancora nel suo letto.

Deglutì, scacciando quei pensieri. Erano pericolosi e non potevano portare a nulla di buono per nessuno dei due. Avrebbe dovuto essere felice che gli altri stessero arrivando, non solo perché era affezionato ai suoi ospiti, ma perché avrebbero creato una necessaria barriera tra lui e Charlotte.

«*Vorrei unirmi alla squadra che uscirà questa mattina*» scrisse. «*Sono già partiti?*»

«No, credo che stessero andando alla stalla a prendere i cavalli. Potete raggiungerli se lo desiderate.»

Ewan annuì per ringraziare e poi scrisse: «*Quando Lady Portsmith si sveglia...*»

Si fermò e fissò la pagina davanti a lui. Non era sicuro di cosa voleva scrivere. Quello che voleva comunicarle. Alla fine cancellò il biglietto e scosse la testa. Fece un cenno al servitore e se ne andò prima che il maggiordomo potesse sollevare l'argomento che aveva appena cercato di evitare.

La donna dalla quale aveva bisogno di staccarsi, ma che teneva tutto quanto gli era più caro nel palmo della sua mano delicata.

Charlotte allungò la mano sul grande letto di Ewan e scoprì che il suo lato era vuoto. Aprì un occhio con un gemito e si guardò intorno. Era nella camera di Ewan, dove aveva trascorso la notte. Era un letto grande: doveva esserlo per accogliere un uomo così imponente. Era anche beatamente caldo e confortevole. La camera era stata decorata con toni verdi tenui, marroni e grigi. Era un gusto maschile ma comunque elegante. Non aveva idea di chi avesse preso quelle decisioni. Sua zia, forse. Non credeva che a Ewan importasse.

Quello che gli importava erano i libri, le carte e i ritratti degli amici sparsi per la stanza. Tutto ciò che rendeva questo il suo dominio.

Si alzò e afferrò una delle sue camicie, gettata sul pavimento la sera prima mentre faceva l'amore con lei. Se lo portò al naso e annusò il suo profumo virile e silvestre. Poi se la mise sulle spalle e se la abbottonò a metà mentre camminava per la stanza.

C'era una lettera di uno del club dei duchi di Ewan in cima a una pila di libri. Il Duca di Willowby, Lucas, apparentemente. Sotto c'era un tomo sulla gestione delle inondazioni. Chiaramente un argomento che Ewan aveva sempre in mente per via della situazione nella sua tenuta.

Camminò lungo la parete e si fermò ad aprire le tende. Non pioveva più e una luce grigia e opaca riempiva la stanza. Il prato dietro la casa si estendeva fino alle scogliere e lì, a meno di trecento metri di distanza, c'era il mare. Sorrise alle onde vorticose in lontananza. In estate, questa sarebbe stata una bellissima vista. Ewan avrebbe aperto le finestre e il rumore dell'oceano avrebbe riempito la stanza.

Come sarebbe stato fare l'amore con lui con il suono del mare come musica di sottofondo?

Naturalmente, Ewan non prevedeva che sarebbe stata qui in estate. Un fatto che sembrava più chiaro che mai quando pensava che non le aveva lasciato nemmeno un biglietto che spiegava perché se ne era andato.

Continuò a esaminare l'ufficio e sorrise mentre si avvicinava a una collezione di miniature in cima a uno dei suoi tavoli. Molti erano suoi amici del suo club di duchi, fondato molto tempo prima dal Duca di Abernathe, dal Duca di Crestwood e dal Duca di Northfield. Ewan era stato trascinato nel gruppo da suo cugino Matthew, dopo essere andato a vivere con loro. Dopo essere andati a scuola. Nel corso degli anni Charlotte aveva assistito con piacere mentre Ewan usciva dal guscio grazie a quegli uomini. Era a suo agio con loro e nessuno di loro l'aveva mai trattato in modo diverso nonostante non potesse parlare.

C'era un ritratto appeso sopra la collezione di miniature. Un giovane Ewan, forse di dodici o tredici anni, ancora incerto, in piedi con lo zio, la zia e il cugino Matthew. Suo zio, allora Duca di Tyndale, aveva un braccio avvolto gentilmente intorno alle spalle di

Ewan mentre sua zia teneva la mano di Matthew. Charlotte tracciò le labbra leggermente socchiuse di Ewan e i suoi occhi si gonfiarono di lacrime mentre pensava non solo al danno che aveva subito da bambino, ma anche all'affetto che alla fine era arrivato a trovare. A volte Ewan riusciva a ricordare solo un lato di quell'equazione. A volte sembrava che l'odio di suo padre fosse tutto ciò che contava o che lo definiva.

Si voltò per allontanarsi dall'immagine quando qualcosa attirò la sua attenzione. Un'altra miniatura, ma questa era stata nascosta dietro una scatola di sigari nell'angolo del tavolo. Allungò una mano per estrarla e trattenne il respiro.

Era lei. Si rese conto che il ritratto era la versione in miniatura di quello grande che suo padre le aveva commissionato quando aveva sedici anni, appena un anno prima di morire. Ed Ewan ne aveva una copia. Una copia leggermente consunta, in effetti. Quasi come se la... toccasse.

Scosse la testa e la mise da parte. Il suo cuore voleva leggere un intero futuro nel fatto che Ewan possedeva quel ritratto. Dovette fare uno sforzo per non lasciarsi prendere dall'emozione a quella scoperta.

Dopo tutto, c'erano altri fattori in gioco. Non aveva dubbi che Ewan le volesse bene. Lo aveva sempre saputo. Gli ultimi giorni insieme avevano solo consolidato questa realtà. Eppure lui la respingeva ancora. Anche quella mattina, l'aveva lasciata a dormire nel suo letto, senza nemmeno dirle dove andasse.

Probabilmente si era ritirato nel suo ufficio, forse per fare qualche lavoro legato alla tenuta. Il ritratto le dava speranza, ma doveva vederlo come parte del suo piano più ampio per abbattere le barriere che Ewan aveva alzato contro il loro futuro. Il che significava che doveva trovarlo e continuare quella battaglia.

Raccolse il vestito e la biancheria intima arrossendo mentre la sua mente tornava a quando Ewan aveva usato i denti per rimuovere alcuni capi di vestiario. Poi aprì la porta e sbirciò nel corridoio. Era silenzioso.

Fece un profondo respiro e corse lungo il corridoio verso l'altro lato della tenuta. Quando entrò nella sua stanza, guardò in basso e solo allora si ricordò che indossava la camicia di Ewan.

«Be', non è che non siamo stati ovvi fino a questo punto» mormorò mentre si tirava l'oggetto sopra la testa e lo sostituiva con la sua vestaglia. Poi chiamò la sua cameriera e si trasferì nel suo guardaroba. Stava studiando gli abiti da indossare quando entrò Sylvie.

«Buongiorno, milady» disse la sua cameriera con un sorriso luminoso.

«Salve, Sylvie» rispose Charlotte mentre estraeva un vestito dall'armadio. «La seta blu, credo.»

«Ottima scelta» disse Sylvie, e prese l'abito. Charlotte non poté fare a meno di notare che lo sguardo della sua cameriera volò dal letto perfettamente in ordine alla camicia da uomo e all'abito del giorno prima buttati sul pavimento.

Charlotte ignorò il suo sguardo e Sylvie iniziò a vestirla. Non ci volle molto, perché era stata con la giovane donna sin dal suo matrimonio cinque anni prima. Avevano sempre lavorato in perfetto accordo.

Mentre si sedeva per lasciare che Sylvie la pettinasse, disse: «Spero che tu ti trovi bene qui.»

Sylvie annuì. «Oh sì, mia signora. È una bella casa e la servitù è gentile e accogliente con gli ospiti. Non si aspettano nemmeno che occupi il mio tempo libero aiutandoli, anche se lo faccio.»

Charlotte lanciò un'occhiata alla sua cameriera nel riflesso dello specchio. «Immagino che tu abbia avuto molto tempo libero durante questa visita.»

Le gote di Sylvie diventarono paonazze. «Be', immagino di sì.»

Charlotte strinse le mani sui braccioli della sedia. Non aveva chiamato Sylvie per aiutarla di notte dal suo arrivo alla tenuta di Ewan. Le uniche mani che l'avevano spogliata negli ultimi giorni erano state quelle di Ewan. E probabilmente lo sapevano tutti.

«Hai visto il Duca di Donburrow questa mattina?» chiese, rifiutandosi di girare ancora intorno all'argomento.

Sylvie scosse la testa. «No, milady. Mi sembra che sia uscito di casa piuttosto presto.»

Charlotte si voltò. «Uscito? Dov'è andato?»

«Non ne sono sicura. Non parlano molto di lui quando sono presente.»

Charlotte la guardò di nuovo. Il rossore di Sylvie era ancora più accentuato. «Sono educati quando parlano di lui?»

«Oh sì, mia signora!» si affrettò a dire Sylvie. «Sembra che abbiano molto rispetto per lui. E affetto. Non ne ho sentito dire male, nonostante non possa parlare.»

Charlotte sussultò. Ecco quello di cui Ewan le aveva parlato il giorno prima. La riserva che veniva inserita sempre quando si parlava di lui. Le persone erano gentili *nonostante*... lui era brillante *nonostante*...

Capiva bene come gli anni passati a sentire quelle cose lo avessero influenzato. Per lei rappresentava un enorme ostacolo da superare, fargli capire che non c'era nessun *nonostante* con lei. Che il *nonostante* non aveva importanza e non ne aveva mai avuta.

Sylvie la pettinò in fretta e Charlotte le fece un cenno. «Grazie. E potresti assicurarti che la camicia di Sua Grazia vada in lavanderia e venga riportata nella sua stanza? Magari con il minor clamore possibile.»

«Certo, milady.» rispose Sylvie.

Charlotte le diede una piccola pacca d'incoraggiamento sulla mano e la lasciò ai compiti della giornata mentre lei lasciava la sua camera e si faceva strada lungo il corridoio. La persona con cui aveva bisogno di parlare era Smith, perché molto probabilmente sarebbe stato lui a sapere esattamente dove era andato Ewan e quando sarebbe tornato.

Perché ovviamente sarebbe tornato. Non se ne era andato e basta. Lo sapeva, ma l'idea le provocava ancora un nodo in gola e le rendeva difficile respirare mentre scendeva le scale.

Al piano di sotto c'era una cameriera che spolverava un tavolo. Si fermò e salutò Charlotte con una riverenza. Si affrettò a indirizzare Charlotte allo studio di Ewan, dove si trovava Smith. Charlotte trovò la strada e si fermò davanti alla porta dello studio, fece un profondo respiro e poi l'aprì.

Smith era, infatti, in piedi davanti alla scrivania di Ewan, a sistemare le carte e a scrivere alcuni appunti per il suo padrone, su questioni di casa, pensò Charlotte.

«Buongiorno, Smith» gli disse.

Questi si voltò con un'espressione cordiale. «Lady Portsmith, buongiorno. Non ci aspettavamo di vedervi alzata così presto. Posso ordinare che vi venga immediatamente portato da mangiare in sala colazione.»

«No» rispose. «Grazie mille, ma questa mattina non ho particolarmente fame. Speravo in realtà che poteste dirmi dove è andato il duca. Ho sentito che è uscito di casa piuttosto presto.»

L'espressione di Smith cambiò leggermente. Il calore di poco prima svanì sostituito da una freddezza e un atteggiamento protettivo professionali che gli assottigliarono occhi e labbra. «È andato a controllare la diga, milady.»

Charlotte trattenne il respiro. «Non c'è niente che non vada, spero! La pioggia è diminuita moltissimo nelle ultime dodici ore.»

«No, non c'è niente che non vada» la rassicurò Smith facendo un passo verso di lei. «Sua Grazia è semplicemente... scrupoloso... quando si tratta di cose del genere. Ha ricevuto rapporti a ritmo serrato, ovviamente, ma si è sentito obbligato a vedere la situazione con i propri occhi.»

Fu travolta dal sollievo, ma era venato da un pizzico di delusione. Dopo che aveva aiutato con i sacchi di sabbia il giorno prima, era dispiaciuta che Ewan non avesse pensato di portarla con sé. Le sarebbe piaciuto vedere i suoi fittavoli e avere la certezza che tutto andava bene.

Ovviamente non le competeva. Non era la sua duchessa.

«Bene, grazie» disse, voltandosi. «Mi dispiace molto di avervi disturbato.»

«Nessun disturbo, milady» disse il maggiordomo. Poi ci fu una pausa prima che sbottasse: «Posso... posso parlarvi di una cosa?»

Charlotte si voltò indietro, sorpresa dalla domanda e dal tono con cui era stata posta. Smith stava spostando il peso da un piede all'altro, aveva il colorito acceso sulle guance e le mani che si agitavano ai fianchi.

«Certo» gli disse, avvicinandosi sospettosa. «Dal vostro tono sembra qualcosa di serio.»

«Sì» concordò. «E molto probabilmente inopportuno.»

Lei sbatté le palpebre e poi chiuse la porta dietro di sé. Fece cenno alle sedie sistemate davanti al fuoco. Smith esitò prima di accomodarsi su una delle due, sebbene fosse seduto in avanti e dritto come un fuso.

Charlotte sorrise per alleviare la sua ansia. «Di cosa si tratta?»

«Conoscete Sua Grazia da molto tempo» iniziò lentamente.

Lei annuì. «Quasi da sempre.»

«E so che, come i suoi ottimi amici, lo avete visto attraversare alcuni dei momenti peggiori della sua vita.» Charlotte inclinò la testa, non capendo dove stesse andando questa conversazione. Smith arrossì. «Voglio dire, c'eravate.»

Pensò agli anni in cui si era sposata. Pensò a come il rapporto tra lei ed Ewan si fosse assottigliato, un modo per evitarsi da parte di entrambi, pensò ora. E per lo stesso motivo. Nessuno dei due voleva violare i voti matrimoniali che lei aveva pronunciato, e se si avvicinavano troppo...

«Sì» disse. «Ci ho provato.»

«Anche io c'ero, dall'inizio» disse Smith con un sospiro. «Sapete che ho servito l'ultimo duca?»

Charlotte inclinò la testa. «Penso di sì. Come maggiordomo?»

«Ero un semplice valletto sotto il nonno dell'attuale duca. Fui elevato a maggiordomo sotto suo padre. Ero già stato promosso quando i genitori di Sua Grazia si sposarono e quando ebbero il loro primo figlio.»

Fece una smorfia di dolore e Charlotte si sporse in avanti. «Quando è iniziata la crudeltà?»

«Non faceva quasi alcun suono da bambino» disse Smith. «Nemmeno quando crebbe e gli altri bambini cominciavano a fare i primi versetti. La duchessa se ne vantava, affermando che era il più disciplinato. Alcuni di noi in famiglia temevano che ci fosse qualcosa che non andava, ma cosa potevamo dire?»

«Niente» lo rassicurò Charlotte. «Non a quelle persone.»

Lui annuì. «Ben presto divenne chiaro che c'era qualcosa di terribile che non andava e... e le cose sono presto diventate orribili da quel momento in poi. Ricordo il duca che urlava e sbraitava in faccia a un bambino di due anni terribilmente terrorizzato che non *poteva* dargli ciò che voleva.»

Charlotte chinò la testa mentre le lacrime le sgorgavano dagli occhi. «Non riesco a capacitarmi di come si possa trattare un bambino a quella maniera.»

«Li ho visti tormentarlo e poi, lentamente, quando ebbero altri figli ed era chiaro che quei bambini non erano... *guasti* è la parola che usavano... li ho visti tutti abbandonarlo.»

«Dev'essere stato molto difficile» sussurrò Charlotte.

«Quasi insostenibile» confermò Smith. «Volevo licenziarmi, ero così...»

Sollevò il mento e Charlotte fu colta alla sprovvista. Smith era il migliore dei maggiordomi. Era stato addestrato a essere stoico e calmo, eppure eccolo lì, con la faccia arrossata, la bocca contratta, le mani serrate. E lo stimò ancora di più.

«Dovevate essere arrabbiato» suggerì.

Smith annuì di scatto. «Ne parlai con mio fratello. Era a servizio nella casa del Conte di Listonwood. Frank mi disse che se me ne fossi andato, non ci sarebbe stato nessuno a proteggere il bambino. Che gli altri servitori avrebbero seguito le indicazioni di chiunque gestisse la casa.»

«Siete rimasto per... lui?» Sussurrò Charlotte.

Il maggiordomo distolse il viso. «Sì. E dopo che Ewan fu

cacciato da suo padre, sono rimasto perché... me lo chiese suo zio. In modo che ci fosse qualcuno in casa a riferire al Duca di Tyndale su qualsiasi cosa il Duca di Donburrow stesse facendo per danneggiare il suo legittimo erede.»

Charlotte rimase a bocca aperta. «Eravate la spia dello zio di Ewan?»

«Sì» ammise. «E non mi dispiace affatto di averlo fatto. L'attuale Duca di Donburrow è l'uomo migliore che abbia onorato quel titolo da diverse generazioni.»

«Ewan sa che ruolo avete avuto per suo conto?» chiese Charlotte.

Smith si irrigidì. «No. Preferirei che le cose restassero così, perché sapete che si sentirebbe a disagio se sapesse che sono stato il suo protettore dietro le quinte.»

Lei annuì. Aveva ragione, ovviamente. «Mi chiedo, però, perché rivelarmi questo segreto?» Cosa volete farmi capire?»

Smith si tormentò le mani. «È... che le vecchie abitudini sono dure a morire, milady.»

Charlotte lo fissò, incerta e poi l'espressione e l'intendimento di Smith divennero chiari. «State parlando di proteggere Ewan da... da me.» Smith non la guardava negli occhi. «State chiedendo quali siano le mie intenzioni?»

Smith scosse lentamente la testa, continuando a non alzare lo sguardo. «Non sta a me chiederlo.»

«Sembra di sì invece» disse gentilmente, perché non provava ostilità verso quell'uomo gentile e fedele. Dopotutto, aveva protetto l'uomo che amava. Per questo le sarebbe stata eternamente grata.

Alla fine le lanciò un'occhiata. «Riconosco che la mia domanda sia assolutamente inopportuna.»

«Sono contenta che qualcuno sia qui a chiederlo per conto suo» disse. Poi scosse la testa. «Smith, se dipendesse da me, passerei la mia vita con lui. In questo momento sono come voi. Sto facendo tutto ciò che è in mio potere, opportuno o meno che sia, per far capire a Ewan che un futuro con me è possibile.»

Smith sembrò recepire quelle parole, elaborandole completamente prima di avvicinarsi un po' di più. «Milady, vi ho sempre considerata la migliore delle donne. Temo, però, che Sua Grazia possa restare ferito sul sentiero che avete intrapreso. Temo che potreste soffrire anche voi.»

Charlotte sbatté le palpebre per scacciare lacrime improvvise. «Volete dire che temete che non mi lascerà avvicinare, qualunque cosa io faccia.»

Smith era chiaramente a disagio. Agitò i piedi e balbettò quando disse: «Non lo so. È difficile per lui.»

Lei annuì. «Sì.»

«Ma spero che lo farà» aggiunse Smith in fretta. «E se posso fare qualcosa per aiutarvi in questa impresa...»

Charlotte allungò un braccio e prese la mano del maggiordomo stringendogliela dolcemente. «Grazie, caro Smith, per questa gentilezza. La apprezzo, e apprezzo voi più di quanto sappiate.»

Il maggiordomo aprì la bocca per rispondere, ma furono interrotti dal suono di un leggero colpo alla porta. Insieme si alzarono e si voltarono verso la fonte del rumore. Charlotte trattenne il respiro, perché in piedi sulla soglia c'era Ewan, gli occhi scuri socchiusi mentre la osservava con il suo servo più fidato.

Non aveva idea di quanto avesse sentito della sua conversazione con Smith, la sua espressione era troppo indecifrabile per indovinare. Anche Smith sembrava incerto, poiché si precipitò fuori dal cerchio di sedie e si diresse verso la porta. «Bentornato, Vostra Grazia. Posso fare qualcosa per voi?»

Ewan spostò lo sguardo su di lui e poi scosse la testa.

Smith si inchinò leggermente. «Allora andrò a occuparmi degli ultimi preparativi per la colazione. Buona giornata.»

Quando se ne fu andato, Charlotte fece un profondo respiro, si alzò in piedi e andò incontro a Ewan. Lui osservò ogni suo passo, chiuso in se stesso, persino diffidente. Lei sorrise per metterli entrambi a proprio agio e poi si alzò in punta di piedi per dargli un bacio sulla guancia.

«Buongiorno» sussurrò. «Mi è spiaciuto svegliarmi senza di te.»

L'espressione di Ewan si addolcì e gesticolò: «Buongiorno, Charlotte.»

Poteva sentire così tante cose emanare da quell'uomo in quel momento. Il desiderio prima di tutto. Si stava piegando leggermente verso di lei, il suo calore corporeo la avvolgeva e le faceva tremare le ginocchia anche senza toccarla. Poteva dare sfogo a quel desiderio. Se avesse allungato la mano dietro di lui e avesse chiuso la porta, avrebbero fatto l'amore e sarebbe stato meraviglioso.

Ma non sarebbe servito a contrastare l'altra sua emozione: la riluttanza. Più diventavano intimi, più si opponeva al legame che si stava formando e che lui credeva davvero che non potevano creare o portare avanti.

Per quanto volesse toccarlo, dargli piacere, sedurlo, stava iniziando a capire che aveva bisogno di fare di più. Aveva bisogno di trovare una sintonia completa con lui. Di ricordargli la loro amicizia, il loro legame e mostrargli quanto poteva essere meraviglioso farlo durare tutta la vita.

Doveva farlo. E doveva dimenticare le sue paure che Smith avesse ragione sul fatto che Ewan non le avrebbe mai permesso di essere una parte permanente di lui. Si rifiutava di crederci. E avrebbe lottato per assicurarsi che non fosse vero.

CAPITOLO NOVE

Ewan spesso provava emozioni negative quando era con altre persone. Con gli estranei teneva un passo di distanza, gli facevano chiedere cosa pensassero di lui. Con Charlotte non era mai stato così. Non era mai stato nervoso con lei.

Fino a questo momento. Lì nel suo ufficio, con lei che gli sorrideva proprio come aveva fatto mille volte in passato, si sentiva... diverso in qualche modo. Come se dovesse essere pronto a difendersi.

Forse era perché era seduta così vicino a Smith quando era entrato. Ewan era bravo a leggere le persone. Quando qualcuno non parlava, a volte le persone si dimenticavano che quel qualcuno era presente. In diverse occasioni Ewan era stato molto consapevole dei segnali degli altri. Charlotte aveva i suoi, così come Smith.

Avevano parlato di lui.

Le due persone che probabilmente gli leggevano di più nel profondo: Smith perché era stato al corrente dell'infanzia di Ewan, Charlotte perché...

Perché era Charlotte. Lo leggeva più a fondo di chiunque altro. Vedeva tutto. Quasi tutto.

Charlotte inclinò la testa. «Mi guardi come se fossi pazza. Ho indossato il vestito al contrario?»

La domanda, posta con quel suo tono allegro che lo metteva sempre a suo agio, gli allentò la tensione. Scosse la testa mentre rispondeva a gesti: «No, sei bellissima.»

«Non stavo cercando un complimento» disse lei mentre gli faceva una piroetta. «Anche se ammetto di essere felice di essere tornata a indossare abiti colorati. Nero, grigio e viola sono così cupi.»

Gli prese entrambe le mani e lo portò con sé dentro la stanza, poi gli indicò la sedia che Smith aveva lasciato pochi istanti prima. Ci si accomodò, perché non aveva modo di dirle di no, e lei si sedette sull'altra. «Smith ha detto che eri andato a ispezionare la diga e il ponte» disse Charlotte.

Ewan sentì la preoccupazione nella sua voce, l'ansia per la sua gente, e gli riscaldò il cuore. «Va tutto bene» la rassicurò. «L'acqua si sta ritirando ora che le piogge si sono calmate. I miei uomini stanno ancora monitorando la situazione, ma le case sono intatte e le famiglie vi faranno rientro già domani.»

Charlotte sospirò sollevata. «Oh, ne sono felice. Pensi che avranno bisogno di aiuto?»

Gli batteva forte il cuore mentre la fissava. Figlia di un duca, moglie di un conte, suggeriva con grande spontaneità di assumersi quello che molti avrebbero considerato un lavoro umile non alla loro altezza. Di sicuro non riusciva a immaginarsi sua madre così gentile con persone così al di sotto del suo rango che conosceva a malapena.

«No. Il ritorno a casa richiederà molta meno urgenza che non l'evacuazione. I miei uomini aiuteranno ogni famiglia e potranno prendersi il loro tempo.»

«Molto bene» disse. «Ma per favore fammi sapere se c'è qualcosa che posso fare per i tuoi fittavoli. Voglio davvero rendermi utile.»

Ewan fece un lungo sospiro, perché si comportava come se fosse stata sua moglie. La signora del maniero poteva benissimo offrire tanta cura e attenzione alla sua gente. E per un breve momento gli riuscì facile immaginarla in quel ruolo. Così facile che gli si strinse il cuore.

«Charlotte, non credo che tu...» iniziò a gesticolare.

Lei si alzò dalla sedia, gli voltò le spalle e di fatto lo interruppe. Si avvicinò alla finestra e osservò il grigio mattino. «Sai cosa stavo pensando mentre ero seduta a parlare con Smith in questo tuo adorabile ufficio?»

Ewan sospirò mentre si alzava, e le si avvicinò. «Che cosa?»

«Che non ho mai fatto un giro di questo posto» disse con un sorriso luminoso.

«Davvero?» le chiese a gesti, frugando nella mente. «Com'è possibile?»

«Sono stata qui solo una volta» rispose lei, e il suo sorriso vacillò un po'. «Quando hai ereditato. C'era così tanto da fare e c'erano così tante persone a festeggiarti, mi sembrava di essere nel bel mezzo di un turbine. Volevo chiederti di mostrarmi ogni angolo, ma...»

Si interruppe e sulle sue guance si diffuse un colorito improvviso. Ewan strinse le labbra mentre muoveva lentamente le dita: «Ma?»

Charlotte si mordicchiò un po' il labbro. «Ero ancora sposata con Nathan» sussurrò. «Se ti avessi chiesto di accompagnarmi a fare un tour privato della tua casa sapevo che... che lui avrebbe saputo... avrebbe capito...»

Ewan restò a bocca aperta. Non avevano mai parlato di suo marito. Lui era sempre stato gentile con quell'uomo, anche se c'era una parte oscura di lui che odiava il Conte di Portsmith.

«Lo sapeva?» le chiese.

Lei sostenne il suo sguardo per un attimo prima di abbassare la testa. «Penso di sì, sì. Non credo di essere mai stata molto brava a nascondere ciò che provavo, specialmente se tu ed io eravamo nella stessa stanza.»

Ewan pensò al conte, alle volte in cui aveva sorpreso Portsmith a guardarlo. Aveva percepito la sua esitazione, il suo disagio. Questo era uno dei motivi per cui aveva iniziato a evitare uno stretto contatto con Charlotte. Sapeva di non avere il diritto di interferire nel loro matrimonio.

Ora si sentiva obbligato a chiedere: «Cosa ne pensava?»

Lei scrollò le spalle. «Non mi ha mai detto niente direttamente, ma non sembrava arrabbiato quando venne fuori l'argomento della nostra amicizia. Era solo *prudente* quando chiedeva di te. Nathan non... non mi amava» ammise lentamente. «E nemmeno io lo amavo. Quindi suppongo che se avessi amato un altro, non se ne sarebbe fatto un cruccio. Finché non lo tradivo o non lo umiliavo, un altro affetto lo liberava dal dover affrontare qualsiasi emozione scomoda avessi potuto sviluppare durante anni di matrimonio.»

Ewan la fissò. Com'era possibile che un uomo potesse stare con Charlotte, toccarla, stringerla, passare del tempo con lei e non amarla? Il conte era pazzo?

Ma c'era un'altra reazione che gli aveva rivelato la pacata confessione di Charlotte. Un sentimento molto pericoloso considerando la loro attuale situazione. Era *contento*. Contento che Charlotte non avesse amato un altro uomo e che il conte non l'avesse amata. Poteva aver toccato il suo corpo, ma non si era mai avvicinato al suo cuore.

Ewan si odiava per questo. Poteva benissimo immaginare che i suoi anni di matrimonio dovevano essere stati vuoti se c'era stata così poca sintonia tra loro. Non era un motivo per festeggiare, soprattutto perché il suo amore per lei poteva portare a ben poco.

Si sforzò di sorridere e gesticolò: «Sono stato un pessimo padrone di casa. Abbiamo un po' di tempo prima che la colazione sia pronta. Ti va di fare il tuo giro adesso?»

Charlotte si illuminò in viso. «Mi piacerebbe molto. Ti prego, fammi strada, non vedo l'ora di vedere tutto.»

Lui esitò un istante, poi le offrì il braccio. Lei gli guardò il viso, poi il braccio che le porgeva, e lentamente gli fece scivolare la mano nell'incavo del braccio. Ewan sentì la leggera pressione di ciascuna delle sue dita. Sentiva il suo corpo premuto contro il proprio e Dio, quanto questo contatto gli stimolava pensieri oscuri e pericolosi.

Pensieri che scacciò mentre la conduceva fuori dallo studio e lungo il corridoio per dare uno sguardo alla vita che conduceva ora. La vita che non avrebbe mai potuto includerla.

Charlotte non riuscì a controllare il suo sussulto di gioia quando Ewan la portò nella stanza accanto durante il loro giro. Ogni volta che pensava di aver visto la parte più meravigliosa, qualcos'altro la rendeva ancora più felice. Avevano visto diversi bei salotti che si affacciavano sul mare, erano tornati in quella biblioteca che le faceva battere il cuore, ed ora erano entrati in un'enorme sala musica con strumenti sparsi in ogni angolo, che aspettavano solo di essere suonati.

Si voltò verso Ewan battendo le mani. «L'hai tenuta perché sai quanto mi piace suonare.»

Il suo sorriso ironico lo tradì ancor prima di annuire e rispondere: «Vederti suonare è uno dei miei più grandi piaceri.»

Il cuore le balzò in petto davanti a quel complimento, davanti all'espressione sul suo viso quando lo pronunciò. C'era desiderio, ovviamente, ma anche qualcosa di più profondo. Qualcosa che voleva da morire.

Gli si avvicinò di un passo, il fascino degli strumenti musicali smorzato dal fascino di Ewan. Lui spalancò gli occhi e si voltò parzialmente mentre gesticolava: «Vieni, c'è molto altro da vedere.»

Charlotte si accigliò, ma si costrinse a non discutere, a non insistere. Lo seguì nel corridoio. Stavano passando da un'ala all'altra della casa e quando raggiunse le doppie porte che costituivano il passaggio, emise un lungo sospiro. Si fermò e lo vide aprire le ante delle porte e rivelare una galleria di ritratti.

Questi quadri non erano come quelli felici che teneva vicino a sé nella camera da letto principale. Erano dei duchi del passato, una famiglia che lo aveva rifiutato, e dall'espressione che aveva in viso,

Ewan lo sentiva acutamente quanto lei. Lo vide restare immobile, a fissare la stanza come se solo entrando potesse dare vita a quei ritratti e le persone all'interno potessero iniziare a prenderlo in giro.

Gli passò accanto ed entrò nella stanza. Dozzine di occhi fissi la guardavano dall'alto in basso. Era inquietante, ma in fondo non le era mai piaciuta una galleria di ritratti, in nessuna casa, compresa quella di suo fratello. Per Ewan questa esperienza doveva essere molto peggiore.

«Sono sempre dipinti in modo così severo, non è vero?» disse per rompere delicatamente la tensione e il dolore incontrollato che ora scorrevano sul bel viso di Ewan.

Lui annuì. «Quelli che ho avuto il dispiacere di conoscere *erano* severi» indicò in fretta. Le sue dita vacillarono e le scosse prima di continuare: «Non c'era gentilezza in mio padre, né nei suoi fratelli. Né nei miei.»

Charlotte rimase in silenzio di fronte alla sua ammissione. Questo era un altro argomento che raramente affrontavano. Aveva sempre voluto evitare di addolorarlo con un ricordo del suo passato difficile, ma ora gli si avvicinò e gli prese la mano.

«Ricordo come parlò di te» disse, «Quel giorno terribile in cui ti abbandonò alla famiglia di Matthew. So che era peggio con te quando eri da solo con lui. Ti va di parlarmene un po'?»

E wan strinse gli occhi davanti alla sua domanda gentile. Bastavano quelle parole a riportargli alla mente una cascata di ricordi che lo travolse, spingendolo sotto, annegandolo con il loro peso e la profondità del dolore che provocavano.

«Diceva che ero guasto» gesticolò lentamente, usando lettere piuttosto che segni per formare le parole, così che il flusso della confessione fosse un po' rallentato. Così che fosse costretto a concentrarsi su ciò che stava dicendo piuttosto che sul significato di quelle parole. Non servì. Si sentiva ancora il petto gonfio di dolore.

«Mi vedeva come un'ombra su se stesso. Mi odiava perché lo facevo sembrare... debole.»

Adesso gli sembrava di vedere suo padre. Alto, grosso, rosso di rabbia. Che urlava ordinandogli di parlare. Sua madre, accanto a lui, impassibile, che osservava tutto con un'espressione piuttosto annoiata. Quanto ci aveva provato, tendendo la gola fino a farla diventare secca, spingendo l'aria finché non ne era rimasta più nei polmoni.

Invano. Aveva sempre fallito.

«Era lui il debole perché faceva del male a un bambino» disse Charlotte, la sua voce gentile lo trascinava via da quel vivido passato e lo riportava nel presente. «Era debole perché non riusciva a vedere oltre qualcosa che non ti definisce più del colore dei tuoi capelli o del colore dei tuoi occhi.»

«Come puoi dirlo?» le chiese, e il cuore gli batteva all'impazzata mentre la fissava.

Charlotte scrollò le spalle. «Perché è vero. Ovviamente fa parte di te. Una parte importante. Ma tu sei Ewan perché sei brillante. Sei Ewan perché sei gentile. Sei Ewan perché sei leale.»

«Io sono il duca silenzioso» fece di scatto. Gli tremarono le mani mentre mimava quelle terribili parole. Un soprannome che odiava.

«Tu sei Ewan» sussurrò, e gli si avvicinò per tracciargli la guancia con la punta delle dita, per esprimergli il suo amore con lo sguardo fingendo che il resto non avesse importanza. «Il modo in cui ti ha trattato è stato abominevole. Ma ho anche visto come ti trattava tuo zio. Non conta qualcosa anche questo?»

Ewan pensò a suo zio Aldous. Anche lui alto, più alto di suo padre. Più grosso di suo padre. L'uomo che sorrideva e gli arruffava i capelli. L'uomo che diventava severo solo quando Ewan non dava il massimo. L'uomo che era orgoglioso di lui.

«Certo che conta» gesticolò. «Senza Aldous e Mary, sarei stato perso. Mio padre mi avrebbe mandato in quel manicomio a marcire.»

La sentì trattenere il respiro, la vide sussultare al pensiero. Ma lo lasciò continuare.

«Il fatto che mi amasse significava tutto per me. Ma devi capire, Charlotte, che non c'è la sua voce nella mia testa. E non è la sua voce quella che trovo di più in società quando si tratta di quelli che non sono...» Esitò prima di formare la parola. «Perfetti.»

«E quelle voci contano di più?» chiese lei. «Più di quella di Aldous e Mary, di Matthew, di Baldwin e di tutti i tuoi amici? Più... più della mia?»

«Se dovessi vivere nella mia testa, Charlotte, capiresti» gesticolò. Poi fece un passo indietro, uscì dalla galleria temuta e odiata, tornando nella sala più luminosa. «Mi dispiace, mi ritrovo stanco dopo questa mattinata. Perché non fai colazione? Forse possiamo rivederci a mezzogiorno.»

Non aspettò la sua risposta, anche se era un gesto scortese. Si limitò a girare i tacchi e si allontanò da lei e da tutto quello che voleva da lui. Da tutto quello che non poteva darle.

Se ne andò, e non seppe nemmeno lui come ci riuscì.

CAPITOLO DIECI

Charlotte aveva sempre saputo di correre un rischio ad andare a casa di Ewan sperando, o meglio *progettando* di perseguire la vita che voleva con lui. Era stato un rischio quando aveva creduto che la sua casa sarebbe stata piena di famiglia e amici. Era stato un rischio maggiore quando erano finiti da soli. Era stato un rischio baciarlo, toccarlo, avvolgerglisi attorno e sperare.

Ma pur conoscendo il rischio che aveva corso a occhi ben aperti fin dal primo secondo in cui era entrata a casa sua e lo aveva trovato in agguato nell'atrio, il suo rifiuto di poche ore prima bruciava ancora.

E ora se ne stava alla finestra della sua sala musica a fissare il mare in lontananza, cercando di lenire quel dolore. Senza riuscirci. Le parole di Ewan le danzavano davanti agli occhi, i dolorosi movimenti delle sue dita e quell'espressione che diceva che lei non avrebbe mai capito e che sarebbe stato sempre solo.

Sospirò allontanandosi dalla finestra e andò a prendere posto al pianoforte di Ewan. Lui non suonava, ma quando Charlotte premette le dita sui tasti, lo trovò perfettamente accordato.

«C'era da aspettarselo» mormorò ad alta voce mentre lasciava danzare le dita sui tasti. Probabilmente era un'altra cosa che aveva fatto per lei. Oh, anche sua madre suonava. Anche sua zia, ma molto poco. Ma il pianoforte era per lei. Come la bellissima camera da letto. Come il suo cibo preferito. Come il modo in cui le dava piacere. Era tutto per lei tranne l'unica cosa che voleva sopra ogni altra.

Il suo cuore.

Mosse le dita e iniziò lentamente a suonare la sua canzone preferita, "Robin Adair". Per un po' la suonò in silenzio, ma il testo le risuonò in testa e alla fine iniziò a cantare.

«Era bello il ricevimento giovedì? Con Robin Adair sì. E ti divertisti a ballare? Certo, Robin era lì. Ma quando la musica finì, il mio cuore molto soffrì, a veder andar via Robin Adair.»

Aveva sempre pensato che fosse strano che a Ewan piacesse così tanto quella canzone. La storia di una donna che amava un uomo che la lasciava si adattava più alla vita di Charlotte che a quella di Ewan. Lui era sempre stato il suo Robin Adair, perché dava un senso a tutto, ma alla fine non restava mai con lei.

Alzò lo sguardo dal pianoforte. Le dita le tremarono sui tasti e smise di cantare. Ewan era appoggiato allo stipite della porta, e la osservava attentamente. I loro occhi si incontrarono e lui si irrigidì, come se volesse andarsene.

Charlotte raddrizzò la schiena e ricominciò a suonare la canzone, questa volta senza cantare. Inarcò un sopracciglio in silenziosa sfida, desiderando che Ewan si arrendesse.

Lui trasse un lungo respiro, poi si staccò dalla porta ed entrò nella stanza. Lo osservò, pur continuando a suonare, mentre chiudeva la porta. Mentre girava la chiave. Mentre attraversava la stanza. Gli fece spazio e Ewan prese posto accanto a lei sulla panca del pianoforte. Chiuse gli occhi e lei continuò a suonare, riversando in ogni nota tutto il suo amore per lui mentre si concentrava sulle dita e sulla posizione di ciascuna.

Era a metà della seconda strofa della canzone quando Ewan si chinò e lei sentì il suo fiato contro il collo. Rabbrividì, il suo stesso respiro si fece corto quando la baciò sulla pelle. In qualche modo continuò a suonare mentre con le labbra le tracciava la gola, la spalla fino al bordo di pizzo smerlato dell'abito. Ewan infilò un dito sotto il pizzo e lo fece scivolare, tirandolo giù dalla spalla e seguendo la pelle che aveva rivelato con le labbra, la lingua, arrivando a mordicchiarla leggermente.

Charlotte trattenne il fiato e le caddero le dita dal pianoforte. Non importava più. Non avevano bisogno di musica. Si voltò sulla panca, avvinghiandosi a Ewan mentre alzava le labbra. Lui inclinò la testa e la baciò, sondandola con la lingua in profondità, divorandola con tutta la passione che ardeva e ribolliva sotto la superficie della loro amicizia, come sempre.

Charlotte gemette dolcemente, un suono di piacere che non poteva trattenere, gli afferrò i risvolti e si strinse a lui. Era stata una giornata molto lunga, una giornata emozionante, e questo momento, questo tocco, quest'uomo era ciò di cui aveva bisogno più di ogni altra cosa.

Dal fervore del suo tocco, sembrava che anche lui provasse le stesse cose. Portò le mani sul retro del vestito e slacciò i ganci, separando il tessuto in modo da poter far scorrere le dita anche sotto la camiciola. Le accarezzò la pelle nuda e lei interruppe il bacio buttando la testa all'indietro con un sibilo di piacere.

Ewan spostò le labbra sulla sua gola esposta, e lei gli infilò le dita nei capelli mentre lui succhiava e leccava la carne sensibile e delicata. Mentre seguiva un percorso preciso con le labbra, tirandole il vestito sempre più in basso finché non le si fermò intorno ai fianchi.

Era nuda dalla vita in su e lui si ritrasse per fissarla. I suoi occhi scuri erano dilatati dal desiderio, concentrati su di lei, e Charlotte si inarcò leggermente, forse anche un po' orgogliosa, per mostrarsi meglio.

Anche se l'aveva toccata e vista così più di una volta, gli tremò la mano quando ne passò il dorso sul suo seno. Charlotte ne fu scossa dal piacere fino a rabbrividire, arrendendosi all'innegabile potere del desiderio, sapendo che sarebbe stato soddisfatto.

Ewan le prese in mano un seno, passando il pollice sul capezzolo, poi abbassò la testa e succhiò delicatamente. Lei sussultò, chiuse gli occhi, e sentì che le gambe cominciarono a tremare mentre lui faceva roteare la lingua intorno alla punta. Lo voleva. Presto. Adesso. Duro e veloce, lento e languido, non importava.

Gli tolse la giacca, tirandogli la camicia, tirando fino a quando non la aprì sul davanti e rivelò quel petto muscoloso e mascolino. Dio, era perfetto. Scolpito nel marmo, eppure caldo, fatto apposta per lei.

Gli premette le mani sul petto e lo spinse indietro, costringendolo ad alzarsi in modo che non inciampasse nel folto tappeto sotto il pianoforte. Ewan la fissò, osservandola mentre allungava le mani e gli sbottonava la patta dei pantaloni abbassandola con dolorosa lentezza, liberandogli il membro già duro ed eretto.

Gli tirò giù i pantaloni e lo guardò. Si leccò le labbra e lo prese in mano, accarezzandolo dalla base fino alla punta. Ewan emise un gemito gutturale, chiudendo le mani a pugno lungo i fianchi mentre lei ripeteva il movimento con voluta lentezza per torturarlo. Lo voleva. Voleva prenderlo e farlo suo. Era stanca di combattere. Voleva che si arrendesse.

«Sdraiati» gli ordinò.

Ewan alzò un sopracciglio e indicò le poltrone accanto al fuoco dall'altra parte della stanza. Aveva un'espressione adorabile da quanto era confuso, perché la stanza non aveva un divano.

Lei scosse la testa. «Sul pavimento.»

Ewan sorrise a dispetto delle domande che avrebbe potuto avere su che programmi avesse. Con un calcio si tolse gli stivali e i pantaloni ancora intorno alle caviglie, poi fece come gli aveva chiesto e si distese sul tappeto accanto al pianoforte, davanti al fuoco. Si era appoggiato all'indietro bilanciandosi sui gomiti, e la stava trafiggendo con lo sguardo. Il bagliore dorato delle fiamme creava un tremulo alone sul suo corpo e a Charlotte balzò il cuore in petto.

Dio, quanto amava quest'uomo. Da sempre. Per sempre. Nonostante... no, non nonostante il suo mutismo. Nonostante il fatto che si sforzasse così tanto di tenerla a distanza, per proteggerla proprio da ciò che voleva.

Oggi se lo sarebbe preso.

Si alzò dalla panca e fece scivolare via il vestito. Poi si tolse le scarpine, ma tenne le calze di pizzo, poi si mise in ginocchio e gli si avvicinò. Gli si mise sopra a cavalcioni e lui le prese la nuca, tirandola giù per un bacio che la divorò completamente. Charlotte si sciolse in quel bacio, in lui, gli strinse le guance e in quel momento intenso ed elettrico si consegnò a Ewan anima e corpo.

Mentre si baciavano, Ewan le fece scivolare le mani lungo i fianchi. Trovò le anche e lei sentì le sue dita premerle con forza nella carne mentre la posizionava sopra di lui. Non aveva bisogno di ulteriori indicazioni. Allineò il suo corpo bagnato alla sua erezione e lui le scivolò dentro senza trovare alcuna resistenza.

Charlotte gettò indietro la testa in preda al piacere, perché calzava perfettamente dentro di lei. Toccava tutti i punti giusti, punti sorprendenti e inaspettati, tanto che gli si sfregò addosso per farlo entrare fino in fondo. Ewan la fissò meravigliato, osservandola mentre gli metteva le mani piatte sul petto e iniziava a cavalcarlo.

Si scordò il senso del decoro, le preoccupazioni o le domande che aveva in testa. Dimenticò tutto tranne la connessione dei loro corpi e il modo in cui la accendeva. Spinse giù, forte e veloce, cercando l'estasi con avido fervore, studiandogli il viso mentre cambiava espressione in preda al piacere. Roteò i fianchi e strinse i muscoli interni per tenerlo ben stretto dentro di lei.

Alla fine Ewan si sollevò sotto di lei, le labbra aperte e il respiro corto. Il piacere stava montando in lei, costante e inesorabile. Si ritrovò a gemere come una sgualdrina cercando di raggiungerlo, spingendo sempre più forte e veloce finché il mondo non si offuscò e gettò la testa all'indietro in preda agli spasmi ormai fuori controllo.

Ewan la accompagnò con le sue spinte fino alla fine, guardandola in viso mentre si dimenava e si contorceva durante la crisi. Gli crollò addosso sfinita, coprendogli il collo e le guance di baci, trovandogli le labbra e reclamandole.

Non era ancora venuto e sembrava contento di lasciare che Charlotte lo baciasse mentre si riprendeva dall'orgasmo. Si tirò indietro, lo fissò negli occhi, e un pensiero le balzò in testa. Un pensiero terribile. Un pensiero perfino crudele. Eppure...

Gli prese le mani, intrecciando le dita con le sue, lo tenne fermo contro il tappeto e ricominciò a cavalcarlo. Spinse con tutte le forze, aiutandolo a perdersi nel ritmo del sesso.

Lo sentì perdere la presa sul controllo che manteneva sempre così bene. Charlotte sentì le sue spinte diventare più irregolari mentre incrociava il suo sguardo e inarcava i fianchi. Charlotte comprese il messaggio che le stava inviando. Stava per venire. Voleva che lei si spostasse per non eiacularle dentro.

Non lo fece. Distolse leggermente lo sguardo e continuò a spingere, incitandolo a godere, pur sapendo che era sbagliato farlo con quello scopo.

Ewan emise un grugnito gutturale e spinse di nuovo verso l'alto, facendole capire una seconda volta che stava perdendo la presa e che aveva bisogno che lei si togliesse.

E ancora una volta Charlotte chiuse gli occhi e ignorò i segnali, fingendo di non capire.

Lui grugnì di nuovo, questa volta più disperato, e poi la sua maggiore forza fisica ebbe la meglio. La fece rotolare sulla schiena e si sfilò proprio mentre stava venendo. Il suo seme le schizzò sulla pelle e lui, che aveva capito le sue intenzioni, la fissò inorridito con uno sguardo accusatorio, e incredulo che la ferì nel profondo facendola sentire in colpa.

Ewan pensava di essersi reso conto che Charlotte era disperata. L'aveva capito dal momento in cui lo aveva toccato in salotto il giorno in cui era arrivata. L'aveva percepito in ogni carezza e da allora ne aveva sentito il ritmo in ogni conversazione.

Aveva cercato di fingere di poter ignorare quella disperazione. Di poter arrendersi a questa sintonia maliziosa e innegabile tra loro per il tempo in cui sarebbero rimasti soli per poi districarsi senza ferirla.

Ma ora era sdraiato su un fianco, sfinito e ben consapevole delle sue intenzioni quando facevano l'amore. Ben consapevole del fatto che aveva cercato di costringerlo a venirle dentro per creare la minaccia di un bambino... e fargli fare la cosa onorevole sposandola.

Gli tremavano le mani davanti a quel tradimento. «Perché?» chiese con un gesto, con le mani che vibravano così forte che temeva che lei non ne avrebbe capito il significato.

Charlotte non si era spostata dal punto dove l'aveva lasciata sulla schiena e distolse il viso. «Mi dispiace.»

Ewan le prese il mento e la costrinse a guardarlo di nuovo, così che non potesse eludere le sue parole. «Perché lo hai fatto, Charlotte?» scandì ogni gesto perché ogni parola fosse chiara e ferma a dispetto di come si sentiva lui.

Lei esitò un attimo poi gli occhi le si riempirono di lacrime. «Ti amo.»

Ewan sussultò e si ritrovò a scostarsi, come se potesse sfuggire a quelle parole. Charlotte aveva già provato a dirglielo una volta. Allora l'aveva fermata. Ora non ci era riuscito e la confessione aleggiava tra loro come un proiettile appena sparato che non poteva più essere ripreso.

«No» gesticolò.

Charlotte rotolò fuori da sotto il pianoforte e si alzò in piedi. Le lacrime le scorrevano sul viso, anche se gli occhi le fiammeggiavano di rabbia. «*Perché?* L'ho detto, e allora? Lo hai sempre saputo. E anch'io. Perché dirlo ad alta voce peggiora le cose?»

«Perché non posso!» ribatté lui con le mani, rimettendosi anche lui in piedi.

Charlotte si voltò di scatto e afferrò il suo vestito. Mentre si sforzava di districare la camiciola dall'abito, esclamò: «Lo dici, lo *pensi*, ma non è vero. Potresti se lo volessi. Se osassi.»

Ewan la prese per il braccio e la fece voltare verso di lui. «Per questo volevi forzarmi la mano?»

Charlotte si liberò con uno strattone e lo fissò. «So di aver sbagliato» disse piano, chinando la testa con il senso di colpa stampato in viso. «L'ho capito appena mi è venuta in mente quell'idea. Sapevo che era sbagliato e l'ho fatto comunque. E mi dispiace moltissimo.»

La rabbia di Ewan si attenuò. Le sue parole d'amore gli risuonavano ancora nelle orecchie. La guardò e vide il suo dolore e la sua disperazione, ma vide anche la sua speranza. Tanta speranza per un futuro insieme a lui. Se l'avesse afferrata, l'avrebbe colta come un fiore e gli avrebbe permesso quella vita dorata che lei si era immaginata nelle sue fantasie.

«Sai cosa immagino quando oso pensare al futuro che descrivi?» gesticolò.

Charlotte deglutì e alzò la testa di scatto, sorpresa. «Te lo immagini?»

«Naturalmente. Decine di volte, centinaia.» Si passò una mano una mano sul viso quando le si illuminarono gli occhi. «Immagino noi due esattamente come fai tu. Allegri, felici e beati. Per un po'. Fino a quando non ti sarai stancata di vivere ritirata in campagna. Fino a quando i mormorii ti imbarazzeranno anzi che farti arrabbiare.»

Charlotte schiuse la bocca. «Pensi così male di me da credere che sarei imbarazzata da quello che dice la gente? Che mi importerebbe più dell'opinione altrui che dei miei sentimenti?»

«Perfino mio zio a volte sussultava quando gli dicevano che si era fatto carico di un peso enorme. Quando gli facevano decine di domande sulle mie capacità.» Si voltò. «Non credo che sarebbe diverso per te.»

Charlotte emise un suono sommesso. Un singhiozzo che troncò mordendosi le labbra. «Ewan, non ho idea se quello che pensi di tuo zio sia vero. Non l'ho mai visto mostrarti altro che amore e gentilezza profondi. Non l'ho mai sentito esprimere altro che la più totale accettazione. Posso solo parlare per me. Non riesco a immaginare un momento in cui proverei altro che amore per te. È sempre stato così, così a lungo che il mio amore per te è parte di me tanto quanto i miei... capelli o i miei occhi o il modo in cui firmo il mio nome su una lettera.»

«E resterebbe tutto uguale sapendo che non *volevo* un figlio?» gesticolò Ewan. La vide sbiancare ed ebbe la risposta. «Se ti fossi venuto dentro e ci fossimo sposati, ma non ci fosse stato nessun bambino, avresti sofferto quando ne avessi gioito anziché esserne rattristato? Arriveresti a odiarmi se mi rifiutassi di darti la possibilità di diventare madre?»

Charlotte lo fissò e lui capì che non comprendeva. Non ci riusciva. Charlotte non aveva mai nemmeno considerato quello che lui sentiva nel profondo dell'anima. Era lì che erano due mondi a parte.

«Perché?» sussurrò Charlotte. «Perché negheresti un erede al tuo ducato e a te stesso la possibilità di amare un bambino?»

Ewan esitò per un attimo. Aveva l'immagine di quel bambino così chiara nella mente. Una bambina con il sorriso luminoso di sua madre. Un ragazzino con i suoi occhi. Bambini biondi, con tratti di entrambi.

Ma c'era un tratto che poteva trasmettere a quei bambini al cui pensiero gli si strinse il cuore.

«Non costringerei nessuno, specialmente chiunque amassi, a vivere la vita che ho vissuto io.» Scandì le parole con i gesti lentamente, penosamente, gli sembrava di avere le dita più grosse del solito e di non saperle più usare.

Charlotte deglutì a fatica e lui vide che finalmente aveva capito. «Tu... temi che i tuoi figli erediteranno...»

«La mia tara» completò con un gesto arrabbiato delle dita che tagliò l'aria tra loro come una frusta. «E quindi non mi sposerò, Charlotte. Non avrò figli. Non rischierò di distruggere le loro vite. O la tua vita, negandoti la possibilità di avere figli tuoi o facendoti assistere all'inferno che patirebbe qualsiasi bambino che concepissimo, come è successo a me. Non lo farò.»

Charlotte lo fissò, senza parlare, senza battere ciglio. La sua espressione gli spezzò il cuore, non solo perché era piena di indicibile dolore, ma anche perché ora era piena di comprensione. Aveva finalmente trovato un modo per farle vedere lo stesso tetro futuro che vedeva lui.

E non aveva il sapore di una vittoria.

Raccolse i vestiti, si infilò i pantaloni, si mise la camicia. Charlotte restò a guardarlo mentre lo faceva, immobile, ancora ammutolita.

«Te ne vai?» gli chiese alla fine, la sua voce roca e carica di un'emozione cupa e intrisa di dolore.

«Ti aiuto a vestirti» le propose.

Lei esitò un istante, poi si infilò la camiciola sopra la testa e si rimise il vestito. Quando gli voltò le spalle, gli sembrò che si stesse voltando dall'altra parte in un modo molto più permanente. Le abbottonò il vestito, ma era impacciato con le dita, e il suo corpo era fin troppo consapevole di lei. La sua mente era fin troppo consapevole del dolore che le aveva causato.

Quando fu pronta, si voltò a guardarlo in faccia. Sembrava che stesse aspettando qualcosa, cosa lui non lo sapeva. Aspettava e basta. E naturalmente fu in quel momento così intenso che bussarono alla porta.

CAPITOLO UNDICI

Il suono di nocche che battevano sul legno della porta fu come uno sparo che fece sussultare Charlotte. Quando era sola con Ewan, anche quando era in corso la discussione peggiore che avessero mai avuto, era troppo facile dimenticare che il mondo continuava ad esistere al di fuori di loro due.

Almeno lo era per lei. A giudicare dalle dolorose parole di Ewan, era ovvio che lui invece era sempre pienamente consapevole del mondo esterno.

«Avanti» gridò allontanandosi da Ewan e dalla sua affermazione che non voleva un figlio. Era una ferita ancora fresca nel cuore.

La porta si aprì rivelando Smith. Avrebbe potuto immaginare cosa stessero facendo, nonostante fossero di nuovo vestiti, perché Ewan aveva ancora le gote in fiamme. Giocherellava con le mani dietro la schiena mentre si rifiutava di guardarli negli occhi.

«Vostra Grazia, ho avuto notizie dagli uomini giù al fiume.»

Ewan stava ancora osservando Charlotte, ma a quel punto rivolse tutta l'attenzione al suo servitore. Si frugò in tasca e Charlotte sospirò. «Posso tradurre» si offrì. «A meno che tu non ritenga che voglia dire intromettersi nei tuoi affari.»

Ewan scosse la testa e gesticolò: «No, sarebbe di grande aiuto. Grazie.»

Si costrinse a sorridere a Smith. «Qual è il messaggio, Smith?»

Il maggiordomo sostenne dolcemente il suo sguardo per un attimo prima di dire: «Il fiume oggi è sensibilmente calato. Tanto che gli uomini vorrebbero sapere se possono rimuovere la barriera.»

Ewan ci pensò un momento e guardò fuori dalla finestra. Il cielo era ancora grigio, ma era di un colore pallido e scialbo. «Aspettiamo un altro giorno» rispose a gesti e Charlotte tradusse. «Ma domani pomeriggio possono rimuoverla se non piove.»

«Molto bene» disse Smith. «Trasmetterò il messaggio immediatamente. Inoltre, avevano novità riguardo al ponte.»

Charlotte si bloccò, fissandolo. Novità riguardo al ponte significavano novità sulle famiglie in arrivo. Su questo rifugio privato che tornava a essere un luogo pubblico. Su qualunque cosa ci fosse tra lei ed Ewan che finiva perché sapeva che lui non avrebbe mai permesso che esistesse nel mondo normale.

Sentì la mano di Ewan sul suo braccio e voltò il viso di scatto per guardarlo. La stava osservando con aria interrogativa e a gesti le chiese: «Hai capito l'ultima cosa che ho detto?»

Lei scosse la testa. «No mi spiace. Cos'era?»

Smith si schiarì la gola. «Oggi gli uomini ci sono passati sopra a cavallo. L'acqua non si è alzata tanto da invadere la carreggiata e sono convinti che sia solido. Ora che il fiume è così lontano, non c'è motivo per cui il resto degli ospiti non possa unirsi a voi.»

«Quando?» sussurrò Charlotte nello stesso momento in cui Ewan formava le lettere della stessa parola.

«Questa sera» disse Smith, quasi scusandosi. «Se volete che mandino un messaggio e aiutino le famiglie a trasferirsi dalla locanda di Donburrow, potrebbero essere qui questa sera.»

Charlotte si voltò verso Ewan e scoprì che la stava fissando a sua volta. Alzò le mani e fece: «Devo dirgli di mandarli a chiamare?»

Era fermo, non distoglieva lo sguardo, i suoi occhi scuri le scrutavano il viso. Poi trovò il taccuino in tasca e scrisse una breve nota. La porse a Smith che la esaminò prima di dire: «Sì, signore. Predisporrò tutto come avete indicato. Con permesso.»

Charlotte fissò confusa mentre il maggiordomo si inchinava per uscire e li lasciava di nuovo soli. Deglutì a fatica. «Cosa gli hai detto?»

«Di aspettare un'altra notte» indicò andandole incontro. Le toccò il mento e lo sollevò mentre abbassava le labbra verso le sue. La baciò, un bacio gentile ma pieno di promesse, poi si allontanò. «Ho bisogno di un'altra notte.»

«Anch'io» disse lei con voce rotta mentre gli prendeva la mano. Ewan glielo lasciò fare, intrecciò le dita con le sue e gliele strinse delicatamente.

Charlotte non disse nient'altro, ma lo condusse fuori dalla stanza, lungo i corridoi, su per le scale e infine nella camera padronale.

Sapeva che quest'ultima notte non avrebbe cambiato nulla di quello che era successo tra loro. Sapeva che era determinato e testardo rispetto a ciò che pensava di potere e non potere fare. Ma non importava. Quella notte non riguardava il futuro o il passato. Riguardava il presente. E non aveva intenzione di buttarlo via.

Non quando poteva essere l'ultimo momento tra loro che le concedeva.

Il sole era già tramontato da ore ed Ewan aveva gettato dei ceppi nel fuoco dopo l'ultima volta che avevano fatto l'amore. Avevano consumato una cena fredda nella sua camera, Charlotte vestita solo della sua camicia, lui della vestaglia. Ora erano di nuovo nel suo letto, lei mezza fuori dalle coperte mentre lui le faceva scorrere la mano lungo il fianco nudo.

Charlotte schiuse gli occhi e sospirò in quel modo irregolare che gli faceva capire che la stava toccando in un modo che le dava piacere. E come gli piaceva farla godere. Guardare il suo viso contorcersi in preda alla passione era la cosa più bella del mondo.

Farla soffrire al contrario era la cosa peggiore. Oggi aveva fatto entrambe le cose. In rapida successione, in effetti. Ma lei non aveva detto nulla sulla sua confessione che non avrebbe mai voluto un figlio. In effetti, sembrava che non volesse proseguire la discussione sull'argomento. Questo fatto gli era di sollievo ma lo rattristava in egual misura.

«A cosa stai pensando?» sussurrò Charlotte aprendo quei suoi occhi verdi e fissandoli su di lui.

«Come fai a sapere che sto pensando?» gesticolò Ewan dopo aver sollevato con riluttanza la mano dalla sua pelle.

«A volte pensi a voce molto alta. Posso quasi sentirti.» sorrise lei

Ewan buttò fuori il fiato. «Sto pensando solo che questa è la nostra ultima notte» disse.

Il sorriso di Charlotte scomparve. «Sto cercando di non pensarci. Ma suppongo che dobbiamo discuterne. Tra due giorni sarà Natale e poi mancherà solo un'altra settimana prima di tornare tutti a Londra dopo il nuovo anno.»

Ewan distolse lo sguardo. In realtà non aveva intenzione di tornare a Londra con gli altri. Odiava soggiornarvi ed evitava la città ogni volta che poteva.

«Devi venire» disse Charlotte, leggendo quei pensieri che dovevano essere molto rumorosi, in effetti. «Emma presto avrà il suo bambino e Graham e Adelaide stanno per sposarsi. Non puoi perderti quei momenti.»

Si agitò. Come sempre, erano i suoi amici a tenerlo nel giro, coinvolgendolo come se appartenesse alla loro cerchia. Con loro, con lei, si sentiva sempre come se vi appartenesse davvero. «Sì, hai ragione. Ma non sono sicuro di cosa stiamo parlando.»

«Avremo altri nove giorni» spiegò Charlotte. «Hai intenzione di fingere che questa... cosa tra noi non sia mai accaduta?»

«Devo dire a tutti cos'è successo?» rispose lui a gesti, cercando di alleggerire l'atmosfera con un sorriso. «Immagino che Baldwin e tua madre prenderebbero molto bene la notizia della nostra relazione.»

Charlotte non rise insieme a lui, ma allungò la mano per tracciargli le labbra con la punta delle dita. «Sai che non è quello che intendo. Sai che sto parlando di te e me. Mi eviterai? Questa sarà davvero la nostra ultima notte insieme, non solo la nostra ultima notte da soli?»

Ewan chiuse gli occhi per un attimo. La sua parte razionale ed equa gli diceva di interrompere subito la loro storia. Era ragionevole interromperla adesso all'arrivo dei loro parenti. Tornati a Londra, di certo non potevano continuare. Charlotte aveva già detto che sarebbe rientrata in società. A cosa sarebbe servito rimandare un esito che non avrebbe fatto che spezzargli il cuore?

Eppure con lei sdraiata accanto a lui, i loro corpi che si toccavano, le sue mani che memorizzavano la morbidezza della sua pelle, l'idea di finirla non sembrava... giusta.

Si girò per mettersi sopra a lei, aprendole le gambe con i fianchi. Charlotte si adagiò contro i cuscini e lo guardò negli occhi, senza mai distogliere lo sguardo mentre lui le scivolava dentro con una lunga spinta. La riempì completamente e si chinò per sfiorarle delicatamente il naso contro il suo. Charlotte sollevò le labbra, baciandolo prima che lui si allontanasse e cominciasse a prenderla e non distolse lo sguardo mentre lui le roteava i fianchi contro. Non batté nemmeno le palpebre mentre si sollevava e andava incontro alle sue spinte cingendolo come un guanto. Mantenne lo sguardo anche quando aprì le labbra e gridò il suo nome nel momento in cui il piacere la travolse e venne, spremendolo tutto, sfidandolo a reclamarla come aveva cercato di costringerlo a fare all'inizio della giornata.

Era tentato. Ma si sfilò quando sentì tendersi i testicoli e rilasciò il seme in mezzo a loro. Appoggiò la fronte contro quella di lei col fiato corto.

«È questa la mia risposta?» sussurrò Charlotte con voce tremante.

Ewan annuì e a gesti disse: «Dovremmo farla finita. Ma se mi sei vicina, potrei non essere in grado di resistere.»

Charlotte sorrise e gli seppellì la testa nell'incavo della sua spalla, coprendogli il collo e la mascella di piccoli baci. Da parte sua, continuò a tracciare il profilo del suo corpo, scrivendole le parole «Ti amo, ti amo, ti amo» sulla pelle.

Ma sapeva che non avrebbe mai potuto scriverle o mimarle in un modo che lei avrebbe capito.

CAPITOLO DODICI

La mattina dopo Charlotte scese le scale che conducevano all'atrio con la sensazione che tutti avrebbero visto che aveva dormito solo poche ore la notte prima. E quelle ore le aveva passate in buona parte a fare l'amore con il bellissimo duca che ora stava ad aspettarla in fondo alla scalinata.

A differenza di lei, sembrava rimesso a nuovo. La barba era ben curata, i capelli tirati via dal viso, la cravatta perfettamente annodata e il panciotto impeccabile. Quando la vide, gli si illuminò il viso e a Charlotte sembrò che il mondo intero si fermasse.

«Buongiorno» la salutò a gesti, e poi le fece l'occhiolino. «Di nuovo.»

Lei non poté fare a meno di ridere del suo sfacciato benvenuto. Dopotutto, era appena uscita dal suo letto poco più di un'ora prima. Il suo primo buongiorno era iniziato in modo molto più sensuale.

«Buongiorno, Vostra Grazia» disse con una riverenza altrettanto scherzosa che gli fece allargare il sorriso. Erano questi momenti, più di ogni altra cosa, a farle desiderare il futuro che lui insisteva a respingere. I momenti in cui la sintonia tra loro era immediata.

Le offrì il braccio, aprirono la porta e uscirono insieme sul pianerottolo anteriore. Era una mattina fredda, ma non c'era pioggia a rovinare la loro visuale sulla strada. E su quella strada arrivarono sfrecciando lungo il viale due carrozze.

Charlotte ebbe un tuffo al cuore, anche se sarebbe stata molto felice di vedere sua madre e suo fratello dopo più di un mese di assenza da Londra.

Tuttavia, sapeva di dover dire una cosa a Ewan prima che il decoro imponesse loro attenzione. Prudenza. Lo guardò con la coda dell'occhio e gli sussurrò: «Non sono pentita.»

Ewan si voltò di scatto verso di lei e quando le carrozze si fermarono, a gesti le disse: «Nemmeno io.»

Charlotte si concesse un ultimo sorriso triste e poi rivolse la sua attenzione alle carrozze. I valletti si affrettarono ad aprire la portiera della parte anteriore della prima e Charlotte lasciò il braccio di Ewan con un gridolino prima di precipitarsi verso sua madre. La Duchessa di Sheffield poggiò il piede sul vialetto con le braccia già aperte e Charlotte le volò incontro.

«Tesoro mio, tesoro mio, che meraviglia vederti!» cinguettò la duchessa dando un bacio su ciascuna delle guance di Charlotte. «Mamma mia, avevo dimenticato quanto sei bella vestita di abiti colorati, mia cara. Sei davvero raggiante.»

Charlotte si districò dalle braccia della madre e si voltò verso il fratello. Baldwin era spesso visto come severo, molto corretto, caratteristiche che spiccavano nel suo gruppo di amici chiassosi, benvoluti e talvolta scapestrati. Ma Charlotte lo conosceva. Conosceva il suo calore umano e la sua gentilezza e sentì tutto questo diretto verso di lei quando la abbracciò.

«La mamma ha ragione, sei raggiante» le sussurrò contro i capelli. «Buon Natale, Charlotte.»

Si allontanò e intravide un accenno di preoccupazione sul viso di Baldwin, ma lui si voltò prima che lei potesse commentare, e il loro gruppo si spostò verso quello di Ewan. Charlotte sorrise, e come poteva non sorridere vedendo la scena felice davanti a lei? La zia di Ewan, la Duchessa di Tyndale, aveva preso le guance di Ewan tra le mani guantate e stava dicendo: «Buon Signore, dovresti raderti, tesoro mio.»

Ewan scosse la testa con un sorriso divertito e abbracciò suo cugino Matthew. Charlotte emise un sospiro felice. Era sempre bello vederlo con i suoi amici, ma mai come con Matthew. Tyndale e Donburrow erano come fratelli, anche se Tyndale era più basso di mezza testa e scuro di capelli mentre Ewan era biondo.

«Charlotte» disse Matthew, scrollandosi di dosso il braccio di Ewan e andandole incontro. Le prese le mani e se ne portò una alle labbra per un saluto da gentiluomo. «Povera ragazza, rimasta sola con questo tipo per tre giorni.»

Charlotte rise alla sua battuta, anche se non poté fare a meno di notare il guizzo di dolore nel suo sguardo. L'espressione che aveva da anni, causata da una perdita incommensurabile. «Siamo sopravvissuti.»

La Duchessa di Tyndale, che tutti nel loro gruppo avevano chiamato Zia Mary per quanto riusciva a ricordare, si fece avanti e la baciò sulla guancia. «Sei davvero bellissima, mia cara. Oh, siamo così felici di essere qui finalmente!» Sollevò una mano mentre Ewan afferrava il suo taccuino. «La locanda non era male, Ewan, non devi scusarti per l'alloggio. Semplicemente volevamo tutti essere qui. E adesso eccoci qui.»

Smith attendeva nell'atrio mentre il gruppo entrava alla rinfusa. Porse il suo benvenuto mentre prendeva tutti i cappotti, i guanti e i fantasiosi cappelli delle duchesse. Stavano parlando tutti insieme, ma Smith sembrava non esserne toccato, annuiva e rispondeva quando era il caso.

«Qualcuno vuole un po' di tè?» chiese infine Charlotte alzando la voce per vincere il frastuono. Ewan le lanciò uno sguardo per ringraziarla di avere assunto il compito di padrona di casa, anche se tutti sapevano che sarebbe stato più il ruolo di sua zia che il suo. A Zia Mary non sembrava importare, però, perché lanciò a Charlotte uno sguardo amichevole. «Mi rendo conto che è presto, ma una bevanda calda potrebbe rinfrancarci.»

«Mi piacerebbe molto un po' di tè» disse la madre di Charlotte mentre si stringeva a Baldwin.

E così si trasferirono tutti in salotto, continuando a parlare in gruppo. Charlotte li lasciò andare e finalmente lei ed Ewan rimasero gli ultimi. Lo guardò e poi allungò una mano. Lui se la infilò nell'incavo del gomito e la condusse dietro al resto degli ospiti.

Charlotte entrò in salotto e iniziò a versare il tè. Sua madre e la zia Mary aiutarono e presto tutti ebbero una tazza e un posto a sedere. Ewan era accomodato tra le due duchesse, per cui scarabocchiava a folle velocità sul suo taccuino mentre lo tempestavano di domande. Matthew si sedette dall'altra parte della madre, appoggiandosi allo schienale con un sorriso compiaciuto che probabilmente significava che era stato al centro dell'attenzione negli ultimi giorni ed era felice di rinunciarvi.

Il che lasciava Baldwin alla credenza con Charlotte. Teneva un piatto in mano mentre Charlotte ci impilava sopra delle fette di torta con un paio di pinze d'argento. Sentì che lui la stava osservando.

«Mi vuoi dire qualcosa?» gli chiese, alzando lo sguardo con un sorriso.

Lui scrollò le spalle. «Dovrei?»

Le batté forte il cuore. Lei e Baldwin erano sempre stati vicini, anche se forse non così legati come lo erano Meg e suo fratello James, il Duca di Abernathe. Tuttavia, era in grado di leggerla dentro. Anche quando si trattava di argomenti di cui non parlavano mai apertamente.

«Non c'è niente da dire» insistette, lei abbassando lo sguardo sul piatto e ammucchiando altre due fette di torta sulla già precaria pila.

Suo fratello fece un piccolo sospiro, quasi un suono di frustrazione, e si guardò alle spalle. «Hai passato tre giorni da sola con Ewan.»

Charlotte mise da parte le pinze e seguì il suo sguardo su Ewan. Non la stava guardando, e lei rabbrividì solo a vederlo.

«Siamo vecchi amici» disse alla fine. «Siamo... stati bene.»

Baldwin corrugò la fronte e il suo sguardo si addolcì con una tenerezza che le toccò il cuore. «Dolcissima Charlotte» sussurrò, «Non pensare che non sia consapevole dei tuoi sentimenti. Stai davvero bene?»

Lei deglutì a fatica. Ewan era uno di quegli argomenti di cui non avevano mai discusso. Aveva sempre pensato di mascherare molto bene il suo amore per lui, ma lo sguardo consapevole di Baldwin sfatò del tutto quella convinzione. Si voltò. «Sto bene» ribadì. «E *tu*? Come stai?»

La sua esitazione fu una risposta sufficiente, ma scrollò le spalle. «Sto bene, chiaro.»

Charlotte inarcò un sopracciglio. «Non ti credo» sussurrò.

Suo fratello le fece un mezzo sorriso. «Nemmeno io ti credo» rispose. «Siamo una bella coppia, no?»

Lei allungò una mano per sfiorargli la guancia. «Sì, in effetti.» Cercò il suo sguardo, trovando ancora quell'espressione preoccupata che aveva scorto prima. La preoccupazione che le dava così tanto da pensare anche nel bel mezzo della sua situazione con Ewan. «Andrà tutto bene?»

Baldwin annuì lentamente. «Lo spero di cuore.»

«Voi due, ci portate le torte o state lì a risolvere i problemi del mondo?» gridò Matthew con una risata che si diffuse al resto del gruppo.

«Se Charlotte si impegnasse, sono certo che potrebbe risolvere qualsiasi cosa» disse Baldwin con un altro lieve sorriso nella sua direzione prima di prendere il piatto di torte e metterlo al centro del tavolo sistemato tra tutte le sedie. «Io, d'altra parte, riesco a malapena ad annodarmi la cravatta.»

«È per questo che hai un valletto, mio caro» disse la Duchessa di Sheffield con un occhiolino impertinente verso suo figlio mentre si sedeva.

Risero di nuovo tutti insieme e Charlotte si sedette con un sorriso. Ma anche se manteneva un'espressione abbastanza amichevole, la sua preoccupazione era reale. Preoccupazione per Baldwin e per qualunque segreto le stesse nascondendo. E per se stessa. Sembrava che il futuro di tutti loro fosse in bilico.

Poteva solo sperare che suo fratello avesse ragione che alla fine sarebbe andato tutto bene.

Ewan versò tre bicchieri del suo miglior brandy e ne porse due a Matthew e Baldwin. Puntò il bicchiere verso il cugino e Matthew annuì mentre sollevava il suo.

«È un po' presto per dei brindisi intelligenti...» iniziò.

«E per del brandy» aggiunse Baldwin con una risatina.

«E per del brandy» concordò Matthew. «Ma farò del mio meglio. Gli ultimi sei mesi hanno visto molti cambiamenti nel nostro gruppo, ma la nostra amicizia resta salda. Quindi brindo al nostro legame e al nostro futuro, ovunque ci portino.»

Baldwin ed Ewan alzarono i bicchieri e tutti e tre gli uomini sorseggiarono il liquore. Ewan mise da parte il bicchiere e scrisse: *«Sono fuori Londra da novembre, per cui sono rimasto indietro. Ditemi tutto quello che è successo. Anche se sono certo che voi due ne abbiate discusso a lungo mentre eravamo bloccati a Donburrow.»*

Matthew si strinse nelle spalle. «Sì, ma sono sicuro che siamo entrambi felici di farti il riassunto. James ed Emma stanno contando allegramente i giorni che mancano all'arrivo del loro bambino. Non ho mai visto James così al settimo cielo.»

Ewan annuì. Era molto contento per il suo amico, il capo del loro piccolo gruppo di duchi formato tanto tempo fa. James ne aveva passate molte e aveva creduto che non si sarebbe mai sposato. Ora aveva trovato la compagna perfetta, come chiunque poteva vedere.

Ewan rifiutava di permettere a quel fatto di dargli speranza.

«E Simon e Graham?» scrisse. *«Ho sentito entrambi, ovviamente, ma voi che ne pensate?»*

Fu Baldwin a rispondere questa volta, con un ampio sorriso. «È passato circa un mese da quando hanno ricominciato a parlarsi, ma sembrano più uniti di quanto non fossero da anni. Simon e Meg stanno scandalizzando il mondo intero da quanto sono profondamente innamorati. Adelaide vive ancora con loro, anche se penso che non sia un segreto per nessuno che Graham trascorre la maggior parte delle notti con lei. Da qui la corsa all'altare con il nuovo anno.»

Ewan sospirò di sollievo. Aveva visto Graham soffrire profondamente dopo che Simon lo aveva tradito durante l'estate. Il fatto che i due amici non solo avessero ricucito il loro rapporto, ma che avessero anche trovato amore e felicità, era qualcosa che gli scaldava il cuore.

«Per quanto riguarda il resto» disse Matthew, «Hugh gira per Londra sempre di cattivo umore. Vorrei che parlasse con qualcuno di noi di qualunque cosa lo turbi.»

Ewan si accigliò. *«Scriverò a Brighthollow»* suggerì. *«Forse così potrebbe aprirsi.»*

«Se qualcuno ce la può fare, sei tu» disse Baldwin scrollando le spalle. «Diavolo, sei l'unico con cui Willowby si tiene in contatto, vero?»

«Un tempo era in contatto anche con Simon» scrisse Ewan con un sospiro. *«Ma negli ultimi mesi non credo che abbia scritto a nessuno. Sono preoccupato per Lucas. È così riservato e non è in Inghilterra da moltissimo tempo.»*

«Ho una mia teoria su Lucas. Io credo che sia una spia» disse Matthew ammiccando mentre beveva il suo drink.

«Non fare l'idiota» ridacchiò Baldwin ed Ewan sorrise.

«Roseford va ancora in giro a scoparsi mezza Londra» continuò Matthew. «Ci sono cose che non cambiano mai.»

Baldwin posò il suo bicchiere. «Altre invece sì. Hai sentito del padre di Kit?»

Ewan scosse la testa. Matthew piegò il capo. «È malato. Molto malato. Kit è fuori di sé.»

«Chi può biasimarlo?» disse piano Baldwin. «Il Duca di Kingsacre è un uomo eccezionale.»

Ewan annuì. «*Scriverò anche a lui. Presumo che sia in campagna?*»

«Sì, anche se sono sicuro che Kingsacre lo incoraggerà a continuare con la sua vita e i suoi doveri.» Matthew scosse la testa. «È fatto così.»

Ewan si accigliò. Kingsacre gli aveva sempre ricordato suo zio. Entrambi erano uomini buoni e perbene. Una rarità tra i padri del loro gruppo. La maggior parte non valeva la carta su cui scrivere i loro nomi. Per fortuna, i loro figli si erano trovati.

«E questo è tutto» disse Baldwin, e il suo sguardo incrociò quello di Ewan. C'era qualcosa in quello sguardo scuro che fece allarmare un po' Ewan. «Tranne te.»

Ewan indicò se stesso scuotendo la testa.

Baldwin alzò le sopracciglia. «Non fare quell'aria da *"chi io?"*, Donburrow. Ho la sensazione che tu abbia molto da raccontare.»

Ewan deglutì. Sheffield era uno dei suoi migliori amici: gli erano stati vicini fin dall'infanzia. Ma in quel momento, Ewan sentì intorno a sé una diffidenza che non aveva mai provato prima. Lentamente, scrisse: «*Non molto, a dire il vero. La pioggia ha messo a rischio il ponte, abbiamo dovuto fare un muro di sacchi di sabbia. Dovrò cercare una soluzione permanente in primavera, quindi se hai qualche consiglio in merito, per favore condividilo. Sono il più noioso del nostro gruppo, te lo assicuro.*»

Baldwin e Matthew lessero insieme il suo messaggio e Baldwin sbuffò. «Non è di questo che sto parlando. Cos'hai fatto a Charlotte?»

L'atmosfera nella stanza cambiò in un istante. Nell'aria c'era tensione tangibile. Matthew spalancò gli occhi e si allontanò lentamente dagli altri due uomini. Non così lontano da non poter intervenire se fossero venuti alle mani. Non così vicino da venire coinvolto o da prendere posizione.

Ewan deglutì a fatica mentre scriveva: «*Non so cosa vuoi dire.*»

«Certo che sì» replicò Baldwin a bassa voce. «Ma se hai bisogno che lo spieghi, posso farlo. Appena sono arrivato ho notato che era... a disagio. Solo *tu* puoi causarle questo stato d'animo.»

A quel punto Matthew si fece avanti. «Ascolta, Sheffield, non credo sia giusto.»

Baldwin mantenne lo sguardo su Ewan invece di voltarsi verso il loro amico. «Sono d'accordo. Non è giusto.»

Ewan chinò la testa. In tutti quegli anni, non aveva mai saputo se Baldwin fosse a conoscenza del legame tra Ewan e Charlotte. Naturalmente, tutti sapevano che erano amici, la loro cerchia di amici spesso sorrideva per il complicato linguaggio delle mani che avevano creato. Era certo che molti nutrissero dei sospetti, e avrebbe scommesso il suo patrimonio che Charlotte molto probabilmente aveva parlato dei suoi sentimenti a Meg, la sorella di James.

Ma Baldwin era sempre rimasto fuori dalla mischia. Non aveva mai sollevato l'argomento.

Adesso lo aveva fatto, e aveva un'espressione... dura. Protettiva. Come se Ewan fosse un nemico piuttosto che un amico. Forse se lo meritava dopo gli ultimi giorni. Anni.

Si schiarì la gola e scrisse: «*Non sto cercando di mettere Charlotte a disagio.*»

Lasciò la matita per un attimo sopra il foglio. Voleva dire di più. Sapeva che probabilmente aveva bisogno di aggiungere altro. Ma non gli venivano le parole. Probabilmente perché ogni parola che gli passava per la testa era una confessione. Una richiesta di aiuto. Una resa a tutto ciò che desiderava e a tutto ciò che lui temeva.

Alla fine porse il blocco a Baldwin che lesse la sua nota e la passò silenziosamente a Matthew. Sheffield si ammorbidì leggermente. «Lo so» disse. «So che non vuoi fare del male a mia sorella. Se pensassi di sì, ti sfiderei a un duello all'alba, amico o no. Ma devi capire che... la stai mettendo a disagio comunque.»

Ewan si agitò. Lo vedeva anche lui ovviamente. Lo *sentiva*. Portava quel senso di colpa come un mantello intorno alle spalle.

«Non so cosa sia successo tra voi due mentre eravate qui da soli» continuò Baldwin mentre Matthew restituiva il blocco a Ewan. «Ma sento un cambiamento. Spero che possa indicare un nuovo futuro per entrambi. Ma se non è così, spero che non le farai del male. Ha già sofferto abbastanza l'ultima volta.»

Ewan sussultò. Quindi Baldwin sapeva o aveva immaginato com'era andata in passato. Com'era il presente. Annuì lentamente.

«Scusate.»

I due uomini si voltarono ed Ewan trattenne il fiato. Charlotte era sulla soglia. Aveva un'espressione raggiante, serena, per cui non pensava che avesse sentito la loro conversazione. O almeno lo sperava.

«La mamma e la Duchessa di Tyndale hanno deciso di riposarsi, quindi stavo pensando che questo potrebbe essere un buon momento per andare in paese.»

Baldwin inclinò la testa. «Perché?»

«Be', contrariamente a voi, negli ultimi giorni non sono uscita di casa. Non mi dispiacerebbe vedere che esiste ancora un mondo fuori da queste mura. E ho promesso un po' di spade di legno e bambole, vorrei mantenere la parola data.»

Baldwin e Matthew si scambiarono uno sguardo confuso ed Ewan sorrise a Charlotte. Era ovvio che volesse mantenere la parola data ai bambini. Con l'arrivo di Natale tra pochi giorni, aveva senso portare i suoi presenti ai figli dei fittavoli lo stesso giorno in cui lui portava gli altri regali.

Ewan annuì e le disse a segni: «Ti accompagno io se desideri andare.»

«Ewan è d'accordo» tradusse lei. «Venite anche voi due o siete stanchi del paese?»

«Un po' stanchi, a essere onesti. Baldwin, che ne dici di una partita a biliardo?» rispose Matthew. Sorrideva, ma Ewan vide la tensione ancora sul suo viso. Stava cercando di fare da paciere mettendo spazio tra Baldwin ed Ewan in modo che il loro scontro non si trasformasse in un danno potenzialmente irreparabile.

Dopo gli ultimi mesi con Simon e Graham separati, nessuno voleva un esito simile.

Baldwin fissò Charlotte e poi Ewan. Poi annuì. «Anch'io preferisco il biliardo. Ma voi divertitevi. Presumo che tornerai in tempo per il pranzo se la mamma chiede tue notizie.»

«Penso di sì» disse Charlotte. «Devo prendere solo alcune cose.» Ewan annuì e le si illuminò il viso. «Eccellente. Chiederò a Smith di prendermi il mantello e i guanti.»

Si girò incamminandosi ed Ewan non poté fare a meno di guardarla. Era così concentrato su di lei che non si rese conto che Baldwin gli si era avvicinato finché la mano del suo amico non gli si chiuse intorno al braccio. Ewan si voltò con il cuore che gli palpitava e fissò il suo amico.

La voce di Baldwin era gentile mentre diceva: «Cerca solo di non ferirla. Meglio ancora, non farti del male. I vostri cuori sono legati a quanto pare, quindi so che se un cuore si spezza, si spezzerà anche l'altro.» Diede a Ewan una pacca sul braccio e poi disse: «Vieni, Tyndale. Sono pronto a umiliarti a biliardo.»

«Cattivone!» disse Matthew con una risata mentre trafiggeva Ewan con lo sguardo facendogli capire che avrebbero affrontato di nuovo l'argomento. Poi Matthew seguì Baldwin fuori dalla porta, lasciando Ewan da solo.

Sospirò. In qualche modo aveva pensato che avere gli altri qui avrebbe messo una sorta di cuscinetto tra lui e Charlotte. Invece, tutti sembravano vedere la sintonia tra loro e volevano incoraggiarla.

E stava per essere di nuovo da solo con lei. Un disastro annunciato che doveva evitare. Per entrambi.

CAPITOLO TREDICI

Charlotte si aggrappò alla mano di Ewan mentre scendeva dalla carrozza. La cittadina di Donburrow era un posto vivace, con una ridente locanda per i viaggiatori, svariati negozi e diversi residenti che sembravano tutti fermarsi per porgere i loro omaggi al duca.

Charlotte sorrise per la deferenza che mostravano, anche se c'era una parte di lei che era frustrata. Ewan credeva di essere visto come inabile da tutti quelli che lo incontravano, ma la sua gente chiaramente lo rispettava. I suoi amici lo adoravano. Era come se le cose negative che gli erano state dette o fatte avessero più peso di quelle positive.

Compresa lei.

Fece un bel respiro. Non voleva seguire quella linea di pensiero. Era stata molto attenta a scegliere argomenti di conversazione leggeri durante la mezz'ora di viaggio in carrozza dal castello. Avrebbe voluto lanciarsi tra le sue braccia, ma aveva resistito. Avevano parlato del tempo e delle festività imminenti e si erano riferiti le novità imparate sui loro amici.

Era stato piacevole e normale. Proprio come aveva voluto che fosse, nella speranza che lui vedesse quanto potesse essere facile e normale la loro vita.

«Spade e bambole» disse, infilandogli la mano nell'incavo del braccio e stringendoglielo delicatamente. «Fai strada.»

Ewan le fece un saluto militare con la mano libera e si diressero verso un emporio recante l'insegna Griffin. Le aprì la porta e la campanella sull'architrave tintinnò al loro ingresso. Charlotte si tolse i guanti e li infilò nella borsetta mentre si guardava intorno con un sorriso.

Non era un negozio elegante come quelli di Londra, ma era carino e accogliente, con un'ampia varietà di articoli all'interno. Si mosse tra i tavoli delle mercanzie, girando in qua e in là, toccando l'orlo di un cappello e prendendo un libro.

Sentì che Ewan la stava osservando, ma si rifiutò di ricambiare lo sguardo. Che guardasse pure. Che patisse il desiderio come lo pativa lei.

«Buon pomeriggio, Vostra Grazia» disse una voce dietro di lei. Si voltò a guardare un uomo smilzo uscire dal retro del negozio. Aveva i baffi arricciati e uno sguardo da falco che passò da Ewan a lei mentre si avvicinava con la mano tesa a Ewan.

«Che onore avervi qui, Vostra Grazia. Che onore!»

Charlotte strinse leggermente le labbra al tono di voce servile usato dall'uomo. Deferente al punto di leccare gli stivali, lo stesso che aveva sentito usare nei confronti di suo fratello, suo padre, suo marito e tutti gli amici di suo fratello nel corso degli anni. Ad alcuni con un titolo poteva piacere, ma a lei aveva sempre fatto l'effetto di unghie su una lavagna.

Ewan scarabocchiò qualcosa sul taccuino e l'uomo lo guardò. Charlotte pensò di aver colto un tenue verso di disgusto che il tipo nascose dicendo: «Ah, Lady Portsmith, sono Martin Griffin, proprietario di questo negozio da quasi trent'anni. Sua Grazia dice che state cercando alcuni articoli per Natale. Acquisti dell'ultimo minuto, immagino?»

Charlotte represse i sentimenti negativi che le ispirava quell'uomo sciocco e si sforzò di sorridere. «Sua Grazia ha assolutamente ragione. In realtà ho finito i miei acquisti natalizi, ma ho fatto alcune promesse ai fittavoli della tenuta che devo assolutamente mantenere. Sono qui alla ricerca di bambole e spade di legno. Ne avete?»

L'uomo corrugò la fronte come se non avesse capito. «Per i fittavoli, dite?»

«Sì. Cinque bambine e tre bambini.» Lanciò un'occhiata a Ewan. «Giusto? Non mi sono persa nessuno?»

Ewan confermò a gesti: «Sì, giusto.»

Charlotte sorrise di rimando al negoziante. «Spero che abbiate quel che mi serve.»

L'uomo si agitò leggermente. «Be', ho qualcosa. Lasciatemi andare sul retro a vedere quante ne ho di ciascun articolo.» Lanciò un'altra occhiata a Ewan prima di precipitarsi nel retro del negozio.

Charlotte strinse le labbra mentre tornava al fianco di Ewan. «Griffin è...»

«Ridicolo» gesticolò Ewan con un sospiro. «Una reliquia del tempo di mio padre. Si inchina, ma è una falsa deferenza. Tuttavia l'emporio è suo, perciò mantengo i rapporti per quanto mi è possibile.»

«Sono certa che sia una bella impresa» gli rispose avvicinandoglisi. Impossibile non farlo. Non poteva ignorare l'attrazione che esercitava su di lei. «Grazie per avermi portato qui e averlo sopportato.»

Ewan mantenne lo sguardo per un attimo, due, troppo a lungo perché lei non gli scorgesse il desiderio negli occhi. Lo stesso desiderio che la attirava a lui facendola tremare all'idea delle sue carezze e dei suoi baci e di tutto il resto a cui doveva rinunciare.

«Milady, sembra che abbia ciò che vi serve» disse il signor Griffin con voce tesa dietro di lei.

Charlotte si costrinse a staccarsi da Ewan e sorrise alla pila di giocattoli che il signor Griffin aveva posato sul bancone davanti a lui. «Oh, splendido, sono molto contenta» disse.

«Cos'altro posso procurare per voi o per il duca?» chiese il negoziante.

Stava per chiudere il suo ordine, ma prima che potesse farlo, il cocchiere di Ewan entrò nel negozio. «Chiedo scusa, Vostra Grazia, ma Anthony Alberts mi ha appena fermato per strada. Voleva parlarvi dei cavalli.»

Ewan annuì e si voltò di nuovo verso Charlotte. «Alberts porterà dei purosangue quest'estate e sta valutando la possibilità di metterli nella mia stalla. Ho bisogno di parlargli» le spiegò.

«Certo» rispose lei stringendogli dolcemente la mano. «Fai con comodo. Io farò un altro po' di acquisti qui. Puoi venirmi a prendere quando hai finito i tuoi affari.»

Le offrì un sorriso di gratitudine, poi seguì il cocchiere fuori dalla porta. Charlotte si voltò di nuovo verso il signor Griffin. «Darò un'occhiata in giro, se siete d'accordo.»

Il negoziante la osservava stringendo gli occhi, ma annuì immediatamente. «Certo, milady. Che onore avere la Contessa di Portsmith nel mio negozio.»

Charlotte trattenne a malapena un sospiro mentre iniziava a esaminare la varietà di oggetti intorno a lei. La maggior parte non era qualcosa che potesse usare o regalare a nessun altro, ma teneva gli occhi sulla merce per non incoraggiare una conversazione con il signor Griffin.

Questo non sembrò impedirgli di aggirarsi per il locale come lei, tenendola sempre sott'occhio. Era pronta a uscire e ad andare dalla modista quando vide un oggetto nella teca dei gioielli che la fece fermare. Era un taccuino d'argento, a cui si poteva aggiungere la carta. I decori erano incantevoli, con riccioli e stemmi.

«Posso vedere quell'articolo?» chiese indicando l'oggetto dietro il vetro.

«Certamente, milady» concordò Griffin e aprì la teca per estrarre il taccuino. «Argento sterling, sapete. Un gran bell'oggetto. Ottimo per qualsiasi gentiluomo.»

Charlotte ignorò le sue ciance e lo prese in mano. Era piuttosto grande, ma si sarebbe adattato perfettamente alla mano di Ewan. Lo aprì. Dentro c'era della carta e un piccolo spazio per una matita.

«È bellissimo. Fate incisioni?»

Griffin la stava osservando e sembrò colto di sorpresa dalla domanda. «Potrei riuscirci, ovviamente. Presumo che vi piacerebbe che fosse consegnato per i regali di Natale?»

«Sì.»

Il negoziante inarcò un sopracciglio. «Questo costerà un po' di più, per il disturbo.»

Charlotte alzò lo sguardo su di lui e lo trovò che le sorrideva. La sua antipatia per quell'uomo crebbe. «Non è un problema. Posso scrivervi quello che vorrei far incidere?»

«Certo» rispose l'altro tirando fuori da sotto il bancone un foglio di carta e una penna d'oca con una boccetta d'inchiostro. «Fate pure con calma.»

Charlotte fissò la pagina bianca e poi scarabocchiò qualche parola prima di restituirla. Vide Griffin leggere ciò che aveva scritto e spalancare gli occhi. Lei arrossì, perché il suo messaggio privato a Ewan ora era stato violato da quest'ometto avido.

«Vi faccio un pacco con il resto, va bene?» chiese, indicando il mucchio di spade e bambole.

Lei annuì e si spostò al banco in modo da potergli dare l'indirizzo cui inviare il conto più tardi. Griffin si prese il suo tempo per avvolgere i suoi acquisti nella carta da regalo e, mentre lo faceva, disse: «Posso farvi una domanda, milady?»

Charlotte si agitò, perché il suo tono la metteva a disagio. Era voyeuristico, persino rozzo. «Immagino di sì» rispose, mantenendo la propria voce fredda e distante.

«Ho notato che voi e il duca sembravate comunicare con una specie di gestualità manuale» disse.

Charlotte si irrigidì. «Sì, abbiamo una lingua dei segni.»

«Molto interessante. Non so se sia un miglioramento rispetto ai suoi scarabocchi o no» disse Griffin, alzando lo sguardo su di lei.

Lo vide squadrarla in un modo del tutto inappropriato. Gli diede un'occhiataccia. «Fareste meglio a ricordare con chi state parlando.»

«Sì, suppongo di sì. Dopotutto, sembra che voi due siate molto uniti.»

Lei aggrottò la fronte. «State al vostro posto, signor Griffin. La mia amicizia con il Duca di Donburrow non vi riguarda.»

Le consegnò il pacco rilegato delle sue cose con un sorriso malizioso. «Forse no. Tuttavia, non si può fare a meno di interessarsi.»

Charlotte sollevò il mento, non voleva passare nemmeno un altro momento con il bastardo davanti a lei. «Inviate il conto all'uomo d'affari di Sua Grazia e lo inoltreranno a me. Buongiorno signore.»

Voltò i tacchi e uscì dal negozio. Era contenta di portare un pacco, in questo modo quell'essere ripugnante non aveva potuto vederle le mani tremare mentre si allontanava. L'aria fresca di fuori la colpì e lei ne aspirò il morso acuto, come se potesse liberare i polmoni dalla sporcizia che aveva sentito dentro.

Ewan aveva finito il suo incontro e le stava venendo incontro dall'altra parte del vicolo e Charlotte calmò con cura il respiro. Le sorrise, e lei in quel momento seppe che non gli avrebbe detto cos'era successo nel negozio. Il fatto che il signor Griffin gli avesse fatto notare la sua sintonia con Ewan e, peggio ancora, avesse fatto un commento sul suo mutismo, non lo avrebbe reso felice. Si sarebbe sentito osservato ogni volta che avesse incontrato il negoziante.

Inoltre, Ewan avrebbe potuto fare una scenata per amor suo causando solo ulteriori chiacchiere e disagio. Così assunse un'espressione allegra e un tono gioviale quando la raggiunse. «Sei riuscito a fare tutto?»

Lui annuì mentre il suo cocchiere veniva a prenderle i pacchi. «Sì, ci siamo accordati. C'è qualcos'altro che vorresti fare prima di tornare indietro?»

«No» si affrettò a rispondere lei, sforzandosi di non girarsi verso il negozio. «Penso di avere tutto ciò di cui ho bisogno.»

Ewan corrugò la fronte, ma non insistette, aprì semplicemente lo sportello della carrozza e la aiutò a entrare. Ma mentre si accomodava al suo posto per il viaggio di ritorno, non poté fare a meno di avere la sensazione che qualunque cosa fosse appena accaduta al negozio era ancora parzialmente irrisolta.

E questo la spaventava anche se non capiva appieno il motivo.

E wan fissava Charlotte, ma lei continuava a guardare fuori dalla finestra. In qualsiasi altra circostanza, avrebbe potuto concludere che si stesse semplicemente godendo la vista della sua tenuta durante il loro viaggio da soli, o che stesse pensando ai suoi programmi per le feste natalizie.

Ma c'era qualcosa nel modo in cui se ne stava seduta, nel modo in cui stringeva le mani in grembo, nel modo in cui sembrava evitare il suo sguardo che gli faceva sentire che c'era qualcosa di più dietro il suo comportamento. Si sporse in avanti ed esitò.

Non si era rimessa i guanti dopo il negozio. Anche lui si era tolto i suoi. Quando l'avesse toccata, sarebbe stato pelle contro pelle, e in quel momento sembrava molto pericoloso. Erano passate ore da quando l'aveva baciata. Da quando aveva sentito il proprio corpo premuto contro il suo. Sembrava passata una vita, e lui era affamato del suo sapore sulle labbra, del suo calore sulla pelle.

Trasse un profondo respiro e le prese la mano, cercando disperatamente di non reagire alla tensione latente tra loro. Il suo tocco la costrinse a guardarlo, ed era chiaro dalle sue pupille dilatate che era scossa quanto lui dalla connessione fisica che ora condividevano.

«Che c'è?» le chiese a segni.

Charlotte inclinò la testa e un sorriso le illuminò il viso. Ma era Charlotte. Ewan aveva passato la vita a studiare le sue espressioni e i suoi stati d'animo. Questo sorriso non era genuino. Nessun sorriso era stato sincero dal momento in cui l'aveva lasciata nel negozio di Griffin.

«Che c'è cosa?» chiese lei. Lui inclinò la testa e mantenne il suo sguardo, senza fare gesti, senza insistere, aspettò e basta. Lei sbuffò. «Santo cielo, non farlo.»

«Che cosa?» chiese lui con un movimento del polso.

«Non studiarmi come se fossi uno dei libri della tua biblioteca» disse, staccando la mano dalla sua. Si lisciò la gonna. «Ti assicuro che non c'è niente che non va.»

Stava mentendo e gli dava fastidio. Non avrebbe dovuto dargli fastidio. In verità, non stava a lui farsi carico dei problemi di Charlotte. Le aveva già detto perché un futuro non era possibile per loro. Chiedere di dargli qualcosa di profondo come il suo dolore non era giusto adesso.

Ma lo voleva ancora, accidenti a lui. Voleva ancora essere la persona su cui Charlotte potesse appoggiare il capo o a cui sussurrare i suoi segreti. Non voleva che si rivolgesse altrove. A qualcun altro.

«Griffin ti ha detto qualcosa?» gesticolò lentamente. Charlotte per tutta risposta distolse subito lo sguardo. Ewan si appoggiò allo schienale restando un momento in silenzio prima di precisare con prudenza: «Quando mio padre mi portò qui anni fa, prima di abbandonarmi, mi portò al negozio di Griffin. Parlavano di me come se io non fossi lì.»

Charlotte chiuse gli occhi e fu percorsa da un brivido. Non di dolore, però. Non di imbarazzo. No, quando aprì gli occhi, c'era solo un'emozione: rabbia. Era arrabbiata.

«Non ci avrei speso un centesimo se lo avessi saputo» scattò, incrociando le braccia. «Che uomo orribile.»

Lui scrollò le spalle. «Il suo negozio dà lavoro a due uomini nella mia contea.»

«E questo rende accettabile il suo comportamento orribile?»

Ewan si passò una mano sul viso prima di rispondere a gesti: «Il mio lavoro come duca è proteggere coloro che sono sotto la mia tutela. Cosa vorresti che facessi, che facessi irruzione nel suo negozio e gli distruggessi la merce? Che gli aumentassi l'affitto finché sia costretto ad andarsene?»

Per un attimo Charlotte atteggiò le labbra a un ghigno malvagio. «Gli starebbe solo bene.»

Ewan si sentì le guance bruciare mentre replicava: «Non so cosa ti ha detto su di me per farti diventare così vendicativa, ma ci sono abituato, Charlotte.»

«Non dovresti esserlo» sussurrò lei.

«Eppure è così.» Si chinò in avanti e le scostò una ciocca di capelli dalla fronte. «Dimostri la bontà della mia tesi disprezzandolo. Se avessi una vita con me, è facile immaginare che la passeresti a uccidere draghi per amor mio. Dopo un po' mi odieresti per questo.»

Iniziò ad allontanarsi, ma lei gli prese entrambe le mani e lo tenne sul bordo del sedile. Si spostò anche in avanti in modo che fossero faccia a faccia. Naso a naso.

«Ewan, se avessi una vita con te, la vivrei volentieri uccidendo i tuoi draghi. Mi aspetto che tu uccida il mio. Chiedi a James ed Emma o Simon e Meg o Graham e Adelaide, penso che direbbero che l'amore è questo.»

Chiuse gli occhi, come se potesse bloccarla in quel modo. Ma non poteva. Era tenace, come sempre, e continuava a parlare.

«Vuoi fingere che non ti amo. Oppure vuoi pensare che se rifiuti di accettarlo, mi farà meno male. Ma guardami.»

Alzò lentamente le palpebre. Charlotte aveva gli occhi pieni di lacrime e gli si rivoltò lo stomaco a quella vista. Le staccò le mani dalle sue. «Non voglio causarti dolore.»

«Allora lascia che ti ami» sussurrò lei. «Corri il rischio di provare che l'amore non assomiglia a niente di ciò che hai vissuto in passato. Dammi il beneficio di riconoscere che posso essere meglio di così. Che possiamo essere meglio di così.»

Gli girava la testa. Stava dicendo cose a cui voleva arrendersi.

«Non devi rispondermi» disse, tracciandogli la guancia con la punta delle dita. «Non oggi. Non domani. Ma spero che penserai a quello che sto dicendo. Che rifletterai davvero su cosa ti sto offrendo e su cosa stai buttando via con tanta facilità.»

Voleva ribattere che nulla di tutto ciò fosse facile, ma lei non lo permise. Si sporse in avanti e lo baciò. Fu un bacio profondo, appassionato, e la sua mente si svuotò quando le prese la vita e la tirò ancora più vicino, quasi fuori dal sedile. Charlotte inclinò la testa, concedendogli tutto l'accesso che poteva desiderare, emettendo leggeri suoni di piacere in gola mentre intrecciavano le lingue.

Voleva andare oltre. Voleva mettersela sulle ginocchia e rivendicare il suo corpo mentre continuava a ripetersi che non poteva reclamare il suo cuore. Ma la carrozza rallentò e si fermò, e lui si tirò indietro scoprendo che erano arrivati al castello.

Charlotte sorrise di nuovo, ma questa volta non c'era niente di falso. Gli toccò la guancia ancora una volta e tornò a posto, come se non avessero mai fatto nulla di inopportuno, come se andasse tutto bene e fosse tutto nella norma.

Ma non era vero. Lo sapeva. E lo sapeva anche lei. Il tempo che avevano passato da soli insieme aveva cambiato tutto, non importa quanto avesse cercato di convincersi che poteva fare in modo che non andasse così. Ora doveva solo decidere cosa fare.

Prima che fosse troppo tardi.

CAPITOLO QUATTORDICI

E wan si appoggiò allo schienale, osservando Charlotte e sua madre spruzzare olio e vino sul massiccio ceppo di Natale che era stato portato in casa con grande clamore subito dopo la fine della cena della vigilia di Natale. Non appena le due donne si piegarono, sbatterono le teste tra loro, tra le fragorose risate del resto del gruppo.

«Oh, non siamo le persone migliori per questo lavoro!» ridacchiò Charlotte mentre lanciava uno sguardo a Ewan e si massaggiava la testa. «Santo cielo, Ewan, perfino dei bambini potrebbero fare di meglio.»

«Finché voi due non vi occupate dell'illuminazione e non bruciate la casa, ce la possiamo cavare» scherzò Baldwin mentre versava un'altra tazza di punch natalizio nel bicchiere. «Ma forse è meglio che tu dia il sale per finire la guarnizione a Matthew e a Zia Maria.»

La Duchessa di Sheffield annuì e avvolse il braccio intorno alla figlia mentre tornavano da Baldwin, ridacchiando e sussurrando a ogni passo. Il cuore di Ewan si gonfiò di gioia alla vista di Charlotte così felice, così spensierata. Non era sicuro che sarebbe stato così dopo il loro viaggio in paese e il teso e appassionato ritorno a casa.

Ma nelle ore successive non aveva esercitato pressioni su di lui. Lo aveva lasciato ai suoi amici fino a cena, dove aveva partecipato alla conversazione e persino tradotto in modo che lui non dovesse tirare fuori il suo taccuino durante il pasto. E ora la vide prendere Baldwin per le mani cercando di incoraggiarlo a ballare mentre la madre iniziava a suonare una melodia vivace e il ceppo di Natale era affidato alle cure della zia e del cugino di Ewan.

No, non aveva detto o fatto nulla per perorare la sua causa... tranne essere esattamente chi era. Tranne farlo sorridere e liberare il suo cuore dalle catene che aveva sentito legarlo per tutta la vita. Si era limitata ad attirarlo con il suo spirito giocoso e leggero che faceva sembrare tutto... perfetto.

Aveva combattuto la sua ultima battaglia in carrozza. Adesso lo capiva. Aveva ribadito quello che voleva, e ora il futuro era lasciato a lui. Un futuro che si era detto per anni che non avrebbe potuto avere. Eppure mentre Charlotte volteggiava, facendo ridere anche il serio Baldwin con la sua allegria, lui voleva quel futuro più di ogni altra cosa al mondo.

Più precisamente, sentiva di meritarselo, forse per la prima volta nella sua vita. Charlotte era infallibile nel giudicare gli altri, quindi non avrebbe mai offerto il suo cuore a un uomo indegno di possederlo.

Sospirò quando Zia Mary e Matthew finirono di salare il ceppo di Natale. Fecero un passo indietro e sua zia gli fece un cenno.

«Penso che l'abbiamo condito abbastanza. Vostra Grazia, ci farete l'onore di illuminarci la strada?»

Ewan annuì e si fece avanti. Fece per accendere il tronco, ma prima che potesse farlo, Zia Mary gli toccò il braccio. La Duchessa di Sheffield smise di suonare e Charlotte e Baldwin si avvicinarono agli altri componenti della famiglia.

«Mio caro, nonostante tu detenga il titolo da tre lunghi anni, questo è il tuo primo Natale in questa casa e ho un regalo per te stasera.» Da un tavolo vicino prese una piccola borsa graziosamente cucita a mano e ne estrasse tre frammenti di legno bruciato.

«Che cos'è?» chiese Ewan a gesti e Charlotte si avvicinò ancora di più per tradurre le sue parole per gli altri.

Lacrime improvvise riempirono gli occhi di Zia Mary. «Tradizione vuole che accendiamo il ceppo di Natale con i resti di quello bruciato l'anno precedente. Ma questi non appartengono al fuoco dell'anno scorso.» Fece un respiro irregolare. «Questi sono dell'ultimo Natale di tuo zio.»

Ewan fissò i tre piccoli pezzi di legno e poi alzò lo sguardo sul viso di sua zia. Non fece nessun segno e non scrisse nulla. Non sembrava necessario.

Mary gli toccò il braccio. «In quei giorni era molto malato, sapevo che ci restava poco tempo. Così ho conservato dei frammenti per il tuo fuoco e anche per quello di Matthew. Se mai...» Lanciò uno sguardo di scusa a suo figlio. «Se mai ti sentirai pronto per sposarti, mio caro, anche tu e la tua sposa potrete iniziare le festività con questi. O quando tu vorrai.»

Matthew si fece avanti. Con grande sorpresa di Ewan, gli occhi di suo cugino erano offuscati dalle lacrime. Mise un braccio intorno a Ewan e insieme tesero le mani per toccare quei resti, piccoli pezzi della vita che avevano perso e tutti ancora rimpiangevano.

Ewan annuì e prese i tizzoni. A gesti disse: «Grazie. Grazie.»

Charlotte tirò su il fiato con voce rotta dalle lacrime. «Ewan dice...»

«So cosa dice, cara» la interruppe Mary sollevandosi in punta di piedi per dare un bacio sulla guancia a Ewan. «Lo so.»

Ewan ricambiò il bacio, poi si fece avanti con i tizzoni in mano. Con cautela, li usò per accendere il ceppo di Natale. Tutti videro le fiamme prendere corpo e all'improvviso il tronco divampò, illuminando e riscaldando la stanza quasi all'istante. Mentre gli altri gioivano e applaudivano, Ewan lanciò un'altra occhiata a Charlotte. Si stava asciugando gli occhi, sorrideva e piangeva al tempo stesso. Il suo viso rifletteva tutto ciò che sentiva dentro. In questo momento di intensa emozione, si sentì attratto da lei. Sentì il bisogno di prenderle la mano.

Un bisogno che cresceva in ogni momento. Strinse la spalla di Matthew e la mano di sua zia, poi alzò un dito per dire che aveva bisogno di un momento. Scivolò fuori dalla stanza, sentendo addosso gli occhi di tutti. Sapendo che avrebbe dovuto spiegarsi. Quello che stava facendo era incredibilmente scortese. Non importava in quel momento. Non gliene importava perché le sue emozioni stavano ribollendo e sarebbe arrivato un momento in cui non sarebbe stato in grado di nasconderle.

Vagò per i corridoi, accecato da tutto ciò che lo circondava, e si rifugiò nel suo studio. Chiuse la porta dietro di sé e si avvicinò alla scrivania. Lì si chinò, cercando di riprendere fiato, cercando di riprendere il controllo su se stesso.

Sentì bussare alle spalle e si voltò, pronto a vedere Charlotte sulla soglia intenta a spingerlo oltre il precipizio su cui ora era in bilico.

Ma non era lei. Era sua zia. Incrociò il suo sguardo, e nei suoi occhi dolci rivide ogni occasione in cui gli aveva curato le ferite, fisiche o qualcosa di più profondo. Vide ogni volta che gli aveva parlato gentilmente, o lo aveva aiutato a comunicare quando era frustrato dalla sua incapacità di fare ciò che veniva così naturale a tutti gli altri. Era sua madre per davvero, molto più di quella che lo aveva partorito e abbandonato quando suo marito glielo aveva ordinato.

La donna chiuse la porta dietro di sé e gli fece cenno di avvicinarsi al fuoco. Ewan esitò, poi la raggiunse arrancando. Quando si sistemò al suo posto, la zia gli prese la mano. «Mi sono spinta troppo in là?» gli chiese. «Con il ceppo di Natale?»

Lui scosse rapidamente la testa e si frugò in tasca poi scarabocchiò: «*No! È stato il regalo più significativo che avresti mai potuto farmi. Saprò sempre che mio zio guarda dall'alto il ceppo di Natale di questa casa. Grazie di cuore.*»

Sua zia sospirò, quasi sollevata, e poi il suo sguardo da falco lo trafisse di nuovo. «Molto bene, allora non è dovuto all'emozione del regalo.»

«*Che cosa?*» scrisse, anche se sapeva perfettamente a cosa si riferiva sua zia che lo colpì con uno sguardo che conosceva fin troppo bene. Lo sguardo che gli aveva rivolto quando sospettava che mentisse ed era pronta a pretendere la verità. L'aveva visto una dozzina di volte da ragazzo e non era mai stato molto bravo a tenerle nascosto alcunché. Ma in questo caso, la verità era più complicata.

«Sei nervoso da quando siamo arrivati questa mattina» disse. «Ti conosco, mio caro. Lo vedo che sei turbato. Posso immaginare il motivo, ma penso che sarebbe meglio se me lo dicessi.»

Ewan esalò piano. Zia Mary era una forza della natura, non ci si poteva opporre quando trovava un argomento che intendeva approfondire. Era del tutto inutile cercare di rifiutarle la verità adesso. Alla fine, l'avrebbe capito.

Scrisse «*Charlotte.*»

Sua zia rimase in silenzio per un lungo momento, poi annuì. «Ho sempre saputo che la tenevi nel cuore. Quando si è sposata, ti ho visto spegnerti un po'. Mi sono chiesta perché l'avessi lasciata andare all'epoca.»

Ewan scrollò le spalle e scrisse: «*Per lo stesso motivo per cui so che devo lasciarla andare adesso.*»

Zia Mary increspò le labbra. «E perché?» Inclinò la testa e indicò la gola di Ewan stringendo gli occhi. «Per il tuo mutismo?»

Lui annuì.

«È assolutamente ridicolo, Ewan, e lo sai» scattò. «Conosco Charlotte da una vita e lei, più di tutti, non ha mai dato segno che il tuo handicap sia un problema per lei.»

«*No infatti*» scarabocchiò. «*Se potessimo vivere in una bolla in questa casa, come abbiamo fatto negli ultimi giorni, non ci sarebbero problemi. Ma non possiamo, vero? Non posso farglielo, non a una persona mondana come lei. Dovrebbe sopportare esattamente quello che tu, zio Aldous e Matthew avete sopportato in tutti questi anni.*»

Sua zia lesse le sue parole e lo guardò confusa. «E cosa pensi che abbiamo sopportato esattamente?»

«*I pettegolezzi*» scarabocchiò, la sua grafia normalmente ordinata ora era traballante per l'emozione e difficile da decifrare. «*Il biasimo. Le domande sulla mia intelligenza. Le lotte perché mi venisse concessa una qualsiasi forma di accettazione. Charlotte affronterebbe lo stesso calvario.*»

«Pensi che sia quello che abbiamo sopportato?» sussurrò sua zia. «Buon Dio, Ewan, siamo stati felici di averti con noi. Se tuo zio o tuo cugino o io abbiamo combattuto per amor tuo, è stato un piacere. È stato fatto solo perché ti volevamo bene. E nel profondo del tuo cuore lo sai.» Gli afferrò le mani e sostenne il suo sguardo. «Cos'è veramente che ti impedisce di cogliere la vita che potresti avere con Charlotte?»

Sentì crescere in sé l'emozione come quando aveva visto i frammenti dell'ultimo ceppo di Natale di suo zio. Liberò le mani dalla presa di sua zia e scrisse le parole che aveva espresso a gesti a Charlotte. Scrisse la sua paura più profonda nero su bianco e gliela allungò con foga mentre si alzava e si allontanava.

«*Ho paura di passarlo ai miei figli*» lesse ad alta voce sua zia e le si spezzò la voce.

Ewan andò alla finestra e fissò la notte scura come l'inchiostro. Ancora una volta, era ossessionato da visioni di bambini che ballavano fuori al freddo. I capelli di Charlotte, i suoi occhi, il sorriso di Charlotte, il suo... silenzio. E conosceva bene il dolore che quei bambini avrebbero sopportato.

«Tuo padre era mio fratello» disse la zia, alzandosi per metterglisi accanto e guardare quei bambini fantasma insieme a lui. «Non c'era mai stato nessun altro con la tua afflizione nella nostra famiglia, Ewan. E anche da allora, non ce ne sono stati. Hai due fratelli minori che possono parlare. Matthew è nato dopo di te e può parlare. Non c'è niente al mondo che lasci pensare che un figlio tuo non sarebbe toccato da malattie, malattie o deformità. Se tutti castrassimo il nostro futuro per evitare di avere figli potenzialmente destinati a soffrire, la popolazione mondiale smetterebbe di crescere e l'umanità finirebbe.»

Le tolse il taccuino dalle dita e scrisse: «Non potrei vederli patire quello che ho patito io.»

«Posso capire il desiderio di proteggere quei tuoi figli immaginari. Ma non è possibile che i tuoi figli, che parlino o meno, soffrano mai come te. Perché saresti il loro padre. Mio fratello era un miserabile zoticone sin da quando aveva... otto anni!» Alzò le mani. «Guarda come ha cresciuto i tuoi cosiddetti fratelli perfetti. Era crudele con loro, lo sanno tutti.»

Ewan sospirò. Era vero. Anche prima di essere mandato via, aveva visto suo padre parlare duramente ai suoi fratelli. Aveva sentito parlare di come li trattava anche dopo che se n'era andato.

«Tu non sei quell'uomo» continuò. «Che i tuoi figli possano parlare o meno, li ameresti. E Charlotte di sicuro *non* è quella disgraziata che si fa chiamare tua madre. È un'anima gentile e generosa, il tipo di persona che inventerebbe un linguaggio estremamente complicato solo per essere in grado di dirti che ti ama.»

Ewan si voltò verso di lei. *«Non era per questo che l'ha inventato»* scrisse.

«Certo che sì» disse Mary dolcemente. «*Certo* che sì. Fin dal giorno della loro nascita, i tuoi figli sarebbero accettati e accuditi non solo da te, ma da tua moglie e dalla sua famiglia, tua zia, tua cugina e da una vasta cerchia di amici incredibilmente potenti. La loro vita sarebbe notevolmente diversa dalla tua, specialmente in quegli anni formativi prima che io e tuo zio ti accogliessimo in casa.»

Ewan chinò la testa. Sua zia gli stava offrendo ulteriori porte aperte, ulteriori strade che portavano a Charlotte. Ulteriore speranza che sembrava così bella e così pericolosa allo stesso tempo.

«Non so» scrisse.

«Non devi saperlo oggi» lo rassicurò lei. «Pensaci però. E credo che dovresti farlo, perché quello che stai considerando non è qualcosa da prendere alla leggera. Ma lascia che ti dica ancora una cosa e poi ti lascerò tornare dagli altri ad alleviare il tuo umore con le liete novelle di Natale.»

Lui annuì e le fece cenno di continuare.

«Tuo zio Aldous ha lottato con ogni fibra del suo essere, quasi fino all'ultimo respiro, per garantirti il futuro che meritavi.» Gli occhi di Maria brillavano di lacrime. «Sarebbe un vero peccato se buttassi via quel futuro per un tentativo maldestro di proteggere una donna che è abbastanza forte da prendere le sue decisioni e i figli che non hai ancora incontrato.»

Ewan chinò la testa mentre le parole di sua zia gli penetravano nella pelle e nell'anima. Gli facevano provare vergogna, ma lo rinfrancavano anche. Gli davano molte cose a cui pensare.

«Andiamo, dai» disse sua zia. «Il ceppo di Natale è acceso e questo significa un bel fuoco luminoso con cui giocare a fare ombre cinesi sulla parete. So che era la tua tradizione familiare preferita.»

Lui annuì, perché aveva ragione, e la prese a braccetto. Ma mentre lasciavano lo studio e tornavano al calore del suo salotto e dei suoi ospiti, Ewan lasciò correre i pensieri. Presto non ci sarebbe stata altra scelta che prendere una decisione che avrebbe cambiato la sua vita, sia che si fosse allontanato da Charlotte per sempre... o che aprisse le braccia e il cuore alla vita che temeva e desiderava allo stesso tempo.

Charlotte rabbrividì all'aria gelida della notte. Intorno a lei turbinavano alcuni fiocchi di neve e non poté fare a meno di tirare fuori la lingua per prenderne uno. Normalmente una tale voglia di giocare l'avrebbe fatta sorridere, ma stasera... non ci riusciva proprio.

Avrebbe voluto seguire Ewan quando aveva lasciato la stanza dopo l'accensione del ceppo di Natale. Il suo profondo turbamento era stato evidente a tutti. Ma era stata Zia Mary che lo aveva seguito. Era compito suo, non di Charlotte.

Sospirò e all'improvviso sentì qualcuno che le avvolgeva lo scialle intorno alle spalle. Si voltò e sussultò per la sorpresa quando vide Matthew dietro di lei.

«Tua madre desiderava portartelo fuori, ma ho chiesto di farlo io al posto suo» disse appropinquandosi alla balaustra per osservare la tenuta insieme a lei. «Penso che tu ed io dobbiamo fare due chiacchiere.»

Charlotte si appoggiò alla balaustra. «Di cosa dovremmo parlare?»

Lui inarcò un sopracciglio. «Di lui.»

«Lui» ripeté Charlotte con una risata. «Dovrei fingere di non capire, ma questo servirà solo a rimandare l'inevitabile, non è vero?»

«Sì» rispose Matthew. «In più fa freddo e siamo vecchi amici. Potremmo anche essere onesti l'uno con l'altra.»

Sorrise al bell'uomo davanti a lei. Un uomo con la tragedia della perdita nello sguardo. Una perdita che non capiva, anche se suo marito era morto. Era diverso da quello che Matthew aveva sopportato tutti quegli anni prima.

«Nessuno può essere meno che onesto con te, Matthew» disse. «Quindi il soggetto della conversazione è *lui*. Qual è la domanda?»

«A che punto sono arrivate le cose tra di voi mentre eravate soli in questa casa?» chiese piano.

Charlotte si sentì le gote avvampare e guardò dietro di sé in direzione del salotto dove sua madre e suo fratello erano seduti a parlare. Ovviamente non potevano sentirli. Ma questo non rendeva l'argomento meno personale o imbarazzante.

«Sono una signora, penso che non dovrei...»

«Amici, ricordi?» la interruppe Matthew. «E dubito che tu abbia qualcun altro con cui puoi parlare di questo. Allora perché non mettiamo da parte i falsi pudori e cerchi di essere semplicemente onesta. A che punto?»

«Mi ero convinta che se...» Si interruppe, con le guance completamente in fiamme ora. «Che se lo avessi sedotto, avrei potuto fargli vedere quanto avremmo potuto stare bene insieme.»

Matthew spostò il peso da un piede all'altro, visibilmente a disagio. «E ha funzionato?»

«Un po'» sospirò Charlotte. «Ma è bloccato dalla paura per cosa potrebbe portarci il futuro. Come se in qualche modo se avesse potuto parlare non ci sarebbero mai stati problemi, incertezze, perdita, dolore o sofferenza.»

«Questo non è certamente vero» disse Matthew, con voce improvvisamente roca.

«No, e tu lo sai meglio di chiunque altro.» Allungò una mano e gli strinse delicatamente il braccio, poi lo lasciò andare ed entrambi si voltarono di nuovo verso il giardino, persi nei pensieri, nella memoria e nel dolore. Poi si schiarì la gola e lo guardò con la coda dell'occhio. «Posso chiederti una cosa?»

Annuì senza guardarla. «Certo. È giusto considerando come ho scavato nella tua vita in un modo così sfacciato.»

Charlotte chinò la testa. «Mi ha detto... mi ha detto che tuo padre a volte era... imbarazzato per il suo mutismo.»

Matthew si voltò di scatto, aveva la bocca aperta per lo shock e gli occhi spalancati. «Ti ha detto cosa?»

«È quello che crede. Volevo sapere se era vero.» replicò lei scrollando le spalle.

Matthew scosse la testa. «Ovvio che non è vero. Come ha potuto pensarlo? Mio padre... *nostro* padre, perché in verità era più padre lui di Ewan che il suo, amava Ewan. Non l'ho mai sentito proferire nemmeno un sussurro che fosse imbarazzato dal fatto che Ewan non potesse parlare. Arrabbiato per il fatto che gli altri lo trattassero in modo diverso, sì. Frustrato per non poter facilitare le cose ad Ewan, ovviamente. Ma imbarazzato? Mai. Mai una volta.»

Charlotte sospirò. «È quello che ho pensato. Gli ho detto anch'io la stessa cosa. Ma alla fine, è questo il nostro problema.»

«Che pensa che mio padre non lo abbia appoggiato completamente?» sbraitò Matthew avvicinandosi alla casa. «Bene, posso toglierglielo dalla testa anche adesso.»

«No.» Charlotte lo prese per un braccio e lo trattenne. «Non quello. Il mio problema è che Ewan crede che una cosa del genere possa essere vera. Che anche se qualcuno professa il suo amore e la sua accettazione, c'è una piccola parte di loro che aspetta di essere umiliata. In attesa di rivoltarsi contro di lui.»

Matthew si sgonfiò cominciando a capire quello che intendeva dire Charlotte. «Gli hai detto che lo ami?»

Lei sussultò. Ovviamente sapeva che i suoi sentimenti erano evidenti per alcuni. Ma sentire Matthew uscire con quell'affermazione con tanta disinvoltura la fece arrossire ancora di più di quando le aveva chiesto del suo rapporto fisico con Ewan.

«Sì» sussurrò. «Ci avevo già provato una volta prima di sposarmi. Non me lo permise. E gliel'ho detto anche adesso. Non c'è nient'altro che io possa fare. Quando torno a Londra, mi rimetterò sul mercato matrimoniale. Devo. Quindi, se Ewan non desidera avere un futuro con me, non deve fare altro che aspettare e ad un certo punto il potenziale per il nostro futuro svanirà da solo.»

Matthew si voltò verso di lei. «Mi dispiace, Charlotte. So cosa vuol dire perdere qualcuno che ami. Le circostanze sono molto diverse, ma il dolore è lo stesso. Se gli potessi far vedere un po' di ragione, lo farei.»

«Ma non puoi. Ora dipende da lui, non è vero? Amare o non amare. Questo è il dilemma.»

«E un dilemma che deve risolvere da solo.» Matthew sospirò e si guardò alle spalle. «Sembra che mia madre lo abbia convinto a tornare all'ovile.»

Charlotte si voltò verso le finestre del salotto e trattenne il respiro. Zia Mary ed Ewan erano tornati, e lui e Baldwin avevano cominciato a spostare i mobili del salotto per poter giocare a ombre cinesi sulla parete di fronte al ceppo di Natale ardente.

La vita, a quanto pareva, sarebbe andata avanti. Con o senza il suo cuore infranto.

«Allora dovremmo entrare» disse.

Matthew annuì e le fece cenno di farle strada. «Charlotte» disse mentre lei afferrava la maniglia della porta per tornare dagli altri.

«Sì?»

«È un idiota se ti lascia andare.»

«Grazie, Matthew.»

Poi tornò dentro, con un falso sorriso stampato sul viso e il cuore pesante come il piombo.

CAPITOLO QUINDICI

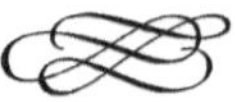

Charlotte scese le scale e sorrise al silenzio che la accolse. Non c'erano servitori indaffarati che pulivano nei corridoi o che si affrettavano a offrirle aiuto. Era Santo Stefano ed era lieta che Ewan avesse onorato la tradizione di offrire a tutti i suoi domestici un giorno libero.

Entrò nella sala colazione e sulla credenza trovò un ricco buffet. La presentazione non era così piacevole come di consueto e le portate erano chiaramente composte di avanzi del giorno e della notte precedenti. Ma aveva comunque l'acquolina in bocca.

Salutò sua madre e suo fratello, che erano già seduti con i piatti carichi di cibo.

«È stato un bel Natale, vero?» chiese Baldwin alzandosi in piedi e allungando una mano verso Charlotte che gliela strinse e accarezzò la spalla di sua madre prima di andare alla credenza. «Sì, davvero. L'omelia del vicario è stata bellissima e mi piacciono molto le mie nuove pantofole, mamma, e il diario, Baldwin.»

Iniziò a riempirsi il piatto ma non era andata molto lontano prima che Ewan entrasse nella stanza, seguito da Matthew e zia Mary.

«Buongiorno!» salutò la duchessa. «Sono stata brava con il buffet?»

«Molto brava!» si congratulò Charlotte con una risata. Non disse che il caffè sembrava freddo. Si limitò a versare il tè e poi andò a sedersi al tavolo. Mentre passava accanto a Ewan, disse: «Buongiorno.»

Il suo sguardo si spostò su di lei e il suo corpo reagì d'istinto. Aveva passato decenni senza le sue carezze, ma ora due giorni erano troppi.

«Buongiorno» le disse a gesti, e poi si voltò, lasciandola andare a sedersi accanto a sua madre.

Anche gli altri si sedettero e per un po' furono un allegro gruppo e discussero di musica e libri. Charlotte non poté fare a meno di pensare a quanto fosse tutto così spontaneo. Quanto sarebbe stato facile vivere così per sempre.

Se solo Ewan lo avesse permesso.

Ma alla fine svuotarono i piatti e Zia Mary si appoggiò allo schienale con un sospiro felice. «La tua cuoca è davvero la migliore, Ewan. Anche i suoi avanzi sono divini.»

Lui annuì e il suo sorriso caloroso rifletteva quanto adorasse la signora Winkle e tutto il suo personale. «Hai già dato loro i tuoi regali per Santo Stefano?» chiese Charlotte.

«Sì. Oggi ai domestici sono state date le loro cose in anticipo così che potessero andare dalle loro famiglie.»

Charlotte tradusse i suoi gesti agli altri e sua zia sorrise. «Hai ancora intenzione di andare dai fittavoli subito dopo colazione, non è vero?»

Lui annuì. Zia Mary sorrise a Charlotte. «Ho sentito che hai alcune cose per i bambini.»

«Sì» disse. «Una ricompensa per il loro duro lavoro e il loro coraggio durante l'alluvione.»

«È bellissimo, Charlotte» disse sua madre, prendendole la mano. «Andrai con Ewan, allora?»

Charlotte si agitò e lo guardò. Aveva la bocca serrata ed era evidentemente teso. «Mi piacerebbe» disse lei dolcemente.

«Penso che sia un'ottima idea» intervenne Matthew e diede una gomitata a Baldwin. «Non è vero?»

Il fratello di Charlotte sembrava il meno entusiasta della prospettiva. Non guardò lei, ma Ewan. «Se Ewan volesse la sua compagnia.»

«Ma certo che vuole la sua compagnia» disse Mary con una risata. «Allora è deciso. Voi due uscite a fare i vostri regali e quando tornate penso che sarà d'obbligo una partita a whist.»

Charlotte guardò Ewan. «Posso venire con te?» gesticolò. «Non dire di sì solo perché ti stanno spingendo a farlo.»

Lui inclinò la testa e rapidamente fece segno: «Voglio che tu venga. Nessuno mi ha spinto a fare nulla.»

«Come fate a ricordare tutti quei segni?» chiese ridendo la Duchessa di Sheffield mentre si alzava e cominciava a impilare i piatti della colazione.

«È facile. Ci sono segni per ogni lettera e anche alcune scorciatoie per le parole che usiamo spesso.»

Sua madre scosse la testa. «Devono essere centinaia di segni.»

Charlotte si strinse nelle spalle. «Ricordiamo migliaia di parole. Cosa sono al confronto pochi movimenti della mano?» Lanciò un'occhiata a Ewan. «Vado a prendere il mio mantello e possiamo andare.»

Lui annuì e lei scivolò fuori dalla stanza, con il cuore che le pulsava. Ancora una volta sarebbero stati soli. Ancora una volta, sarebbero stati messi alla prova. E ancora una volta, sentiva l'uomo che amava allontanarsi da lei.

E questa volta, se ci fosse riuscito, sapeva che avrebbe dovuto lasciarlo andare per sempre.

· · ·

Ewan non riusciva a staccare gli occhi da Charlotte. Era impossibile non fissarla quando il suo viso era illuminato dalle risate ed era circondata da bambini armati di spade di legno e bambole.

«Siete troppo gentile, Vostra Grazia» gli disse una delle donne, la signora Nickel, e lui scosse la testa e si costrinse a concentrarsi. I suoi fittavoli avevano finito di radunare i regali del Santo Stefano. Cesti di cibo, pezzi di stoffa e sacchi pieni di monete erano stati passati in giro accompagnati da volti allegri e luminosi.

Lui scrollò le spalle e per tutta risposta le diede una pacca sul braccio, sperando che l'avrebbe allontanata. I complimenti lo mettevano a disagio. Naturalmente, la signora Nickel non si lasciò scoraggiare.

«È una tale benedizione che ci abbiate portato Lady Portsmith» continuò. «Tutti la amano e basta. È la donna più gentile che io abbia mai incontrato.»

Ewan deglutì e lasciò scivolare lo sguardo di nuovo su Charlotte. Adesso stava parlando con la signora Boyd, era completamente assorbita nella conversazione con l'altra donna, il suo viso espressivo e aperto e sì, molto gentile. Annuì lentamente in risposta al commento della sua fittavola.

«Mi sembra che mio marito mi stia facendo cenno di andare da lui» gli disse. «Perdonatemi.»

Ewan si scrollò di dosso la distrazione e annuì di nuovo, costringendosi a sorriderle mentre lei lo lasciava da solo. La sua attenzione si rivolse ancora una volta a Charlotte. Si era accucciata e stava aggiustando il vestito di una delle bambole delle bambine. La bambina la fissava come se fosse una principessa o una dea.

Naturalmente, Charlotte era entrambe le cose, e mentre la guardava con la bambina, gli si strinse il cuore. Un dolore buono e uno cattivo si fusero insieme, facendogli gonfiare il petto. Sentì la voce di suo padre echeggiare nella mente, gli ripeteva tutte le cose peggiori che avesse mai detto. *Idiota. Inutile. Non sarebbe mai dovuto nascere. Buono a niente e a nessuno.*

Ma sentì anche le parole di sua zia. Quelle di suo zio. Di suo cugino. Dei suoi amici. E quelle di lei. Sempre lei. Charlotte che gli diceva che lo amava. Charlotte in tutte le sue piccole gentilezze, sorrisi e risate nel corso degli anni, a comprova dei suoi sentimenti. Voleva il futuro che Charlotte rappresentava, con tutto il cuore. Lo voleva e ora, fissandola mentre arruffava i capelli della bambina, si sporse in avanti, quasi come se potesse afferrarlo.

Charlotte si raddrizzò e guardò nella sua direzione. I loro occhi si incontrarono e dopo un attimo la vide dischiudere le labbra. Sembrava confusa, come se potesse leggere la sua espressione e non ne fosse certa.

Certo, probabilmente poteva. Chi lo conosceva meglio, dopotutto, della donna che si era fatta strada quasi con la forza nella sua vita? Le sue barriere non significavano nulla per lei, come se fosse nata per abbatterle. Quando lui la spingeva via, lei tornava, più forte e determinata che mai.

Come poteva non amarla per quella indipendenza e testardaggine? Per quella gentilezza e pacata fiducia? Per il fatto che lei lo amasse, che amasse tutto di lui, nonostante tutto?

Gli andò incontro, come un angelo che scivolava giù dal cielo ed entrava nel suo spazio. Con un sorriso, gli prese la mano intrecciando insieme le loro dita e lo guardò.

«Stai bene?» sussurrò Charlotte. «Hai una strana espressione in viso.»

Ewan annuì lentamente. Oh sì, stava bene. Non era mai stato così bene in tutta la sua vita. Perché sapeva esattamente cosa avrebbe fatto. Non in questo momento, con persone che erano praticamente degli estranei a guardare. E nemmeno quando fosse tornato a casa e fossero circondati da familiari e amici.

Ma più tardi, quella sera, sarebbe andato da questa donna, questa donna straordinaria, e si sarebbe arreso offrendole tutto ciò che era e tutto ciò che aveva. Le avrebbe chiesto di sposarlo e sapeva già quale sarebbe stata la sua risposta.

Stava per fare un magnifico salto nel vuoto, si sarebbe lasciato andare a un atto di fede che il futuro, non importa quanto nuvoloso e incerto, sarebbe andato bene se lo avesse condiviso con lei.

Sapeva tutto questo in quel momento, e il suo sorriso si allargò perché lei non ne sapeva nulla.

«Sembri felice e mi piace» sussurrò lei, stringendogli le dita. «Ma dovremmo rientrare. Sono sicura che la tua gente vorrebbe tornare a festeggiare tra loro e noi abbiamo i nostri festeggiamenti cui presenziare.»

«È vero» gesticolò. «Ci aspettano un sacco di cose a casa.»

Charlotte corrugò la fronte, ma gli sorrise. «Bene. Allora diciamoglielo, ti va?»

Non le lasciò la mano, ma la guidò in avanti e gesticolò: «Te la senti di tradurre?»

Lei annuì. «Certo.»

Ewan esitò un momento. Charlotte avrebbe tradotto per lui per il resto della sua vita. Sarebbe stata le sue labbra, la sua lingua e il suo cuore. Queste persone che già la adoravano, li avrebbero visti come una cosa sola.

Fu un'intuizione sbalorditiva e gli ci volle un attimo per riprendersi abbastanza da cominciare a dire a segni: «Questo è stato un altro anno molto speciale nella mia tenuta, e per questo devo ringraziare ognuno di voi. Godetevi la giornata e la reciproca compagnia, e sappiate che se avete problemi, sono disponibilissimo ad ascoltarli e a cercare di sistemare le cose.»

I fittavoli lo approcciarono uno a uno, stringendogli la mano e mormorando i loro ringraziamenti. Quando cominciarono a tornare alle loro case, Ewan guidò Charlotte verso la sua carrozza. La aiutò a salire, godendosi la sensazione del suo corpo mentre si chinava su di lui, l'odore della sua pelle mentre entrava nel veicolo. Poi la raggiunse, mettendosi di fronte per godersi la vista di Charlotte nella luce fioca della carrozza mentre il suo cocchiere chiudeva la portiera e cominciavano a muoversi.

«Cosa ti è successo?» chiese lei scuotendo la testa. «Sei diverso.»

Lui annuì. «È vero» rispose a segni. «Più tardi ti spiegherò quanto diverso. Ma per ora voglio solo fare questo.»

Si spostò sul suo lato della carrozza e le mise la mano sulla guancia. Si sporse in avanti e sentì il respiro caldo di lei sulle labbra. Per reazione rabbrividì e poi le reclamò la bocca. Charlotte gli si sollevò contro, gli avvolse le braccia intorno al collo e modellò il corpo contro il suo come se fosse stato fatto apposta. In quel momento Ewan poteva quasi credere che fosse così. Che lei fosse un regalo per lui, e lui per lei. Destinato a esserlo, non importa quanto lo negasse.

Ora non lo avrebbe più negato.

«Mi sei mancato tanto» sussurrò Charlotte mentre lui portava le labbra alla sua gola. «Sembra un'eternità.»

Ewan non rispose, ma abbassò le labbra, sbottonandole la giacca mentre lo faceva e aprendola in modo da poter assaporare la pelle morbida appena sopra la scollatura del suo abito. Charlotte si inarcò leggermente sotto di lui, gli mise le dita tra i capelli mentre emetteva un lieve suono di piacere.

La voleva così tanto, abbastanza da fargli male l'inguine nei pantaloni. Ma voleva qualcosa di più di un semplice sfogo. Voleva darle piacere. Per dimostrarle, ancor prima di dirglielo, che l'avrebbe amata, protetta e resa felice per il resto della sua vita.

Alzò lo sguardo, incontrando quegli occhi verdi, che ora erano dilatati dal desiderio.

«Cosa fai?» sussurrò Charlotte con la voce che le tremava in modo molto erotico. Come se fosse al limite del controllo. E stava per spingerla oltre.

Ewan non rispose, si limitò ad inarcare un sopracciglio e iniziò a sollevarle le gonne. Indossava un abito pesante, pensato per tenerla al caldo, e gli sembrava di continuare a trovare strati di tessuto al punto che le lanciò un'occhiata.

Lei rise e il suono fu come musica. «Non è colpa mia. Non ero preparata a farmi sedurre in carrozza. Se mi avessi avvisato in anticipo, avrei indossato qualcosa di diverso.»

Ewan sorrise quando finalmente le sollevò le gonne sulle cosce e trovò i mutandoni di seta che portava sotto. Li separò, aprendo la fessura il più possibile mentre si metteva in ginocchio e le allargava le gambe.

«Ewan» ansimò lei mentre lui le faceva scorrere un dito sulla parte interna della coscia, poi le apriva delicatamente le labbra esterne. Il suo sesso luccicava, già bagnato, già pronto ad accoglierlo.

Si lasciò sfuggire un grugnito di desiderio, poi chinò la testa e le passò la lingua sopra.

Charlotte si contorse immediatamente e il suo nome le uscì di nuovo dalle labbra. «Ewan!» Questa volta con urgenza, con desiderio, con passione.

La accarezzò una seconda volta, una terza, aumentando ogni volta la pressione della lingua, facendola danzare sul clitoride per stuzzicarla.

Lei affondò le mani nel sedile di pelle della carrozza, con la testa che ciondolava all'indietro. «Per favore» sussurrò.

Non dovette farselo dire due volte. E anche se voleva assaporarla, anche se voleva passare ore a gustarla fino a renderla molle e sfinita con la bocca, sapeva che avevano pochissimo tempo prima di tornare alla tenuta. Quindi doveva concentrarsi e doveva renderlo perfetto.

La accarezzò con decisione, più e più volte, seguendo lo stesso ritmo a ogni leccata. Charlotte si sollevò sfregandosi contro di lui mentre il respiro le si faceva corto e le braccia e le gambe le cominciavano a tremare. Lui le succhiò il clitoride, stimolandolo con la lingua mentre lei gemeva e tremava sotto di lui. Era quasi arrivata, era molto vicina.

Alzò lo sguardo mentre continuava a devastarla con la bocca e la lingua. Lo stava fissando, con gli occhi spalancati, le labbra dischiuse, la bellezza personificata, il desiderio fatto carne.

Le fece scivolare un dito dentro, poi due, e lei sussultò, coprendo il suo acuto grido di liberazione con il dorso della mano mentre la leccava durante la crisi, strofinando le dita dentro e fuori mentre lei era presa dall'orgasmo.

Quando i suoi tremori si furono finalmente placati, Ewan le rimise i mutandoni a posto. Fece altrettanto con la gonna e la aiutò a sedersi per bene sul sedile della carrozza. Charlotte si accoccolò contro il suo petto con un sospiro e lui la cinse con le braccia, lisciandole i capelli mentre percorrevano l'ultimo miglio del lungo viale d'ingresso.

«Se questo è il mio regalo» mormorò mentre si chinava per premergli un bacio lungo la mascella, «Approvo.»

Ewan volse la bocca verso la sua e lei si sollevò contro di lui, intrecciando le lingue insieme. Sapeva che Charlotte poteva assaporare il dolce sapore del suo sesso e sospirò mentre lo prendeva. La carrozza si fermò troppo presto, e lui si spostò dall'altra parte del veicolo mentre i servitori si precipitavano ad aprire le portiere e ad aiutarli a scendere.

Per la prima volta da molto tempo, si sentiva perfettamente a posto e libero. Per la prima volta da tutta la vita era pronto ad affrontare il suo futuro.

Lei scese per prima dalla carrozza e lui la seguì. Mentre scendeva, la trovò che guardava oltre la loro carrozza, più in alto lungo il viale. «Aspettavi visite?» gli chiese.

Ewan seguì il suo sguardo ed ebbe quasi un infarto. Ferma sul vialetto davanti al suo mezzo, c'era una carrozza. Aveva uno stemma sulla portiera, uno stemma che conosceva fin troppo bene. E in quel momento il suo buon umore svanì, le sue speranze per il futuro dimenticate e un'ondata di dolore proveniente dal passato lo travolse.

Quella era la carrozza di sua madre. Il che significava che la sua famiglia era qui.

CAPITOLO SEDICI

Charlotte vide Ewan sbiancare in viso. I suoi occhi fiammeggiavano per l'emozione, ma non c'era calore nel suo sguardo. C'era dolore, sofferenza, persino paura. La sua intera espressione si fece tirata e tesa. L'uomo con il sorriso sbarazzino che le aveva sollevato le gonne in carrozza era scomparso. Ora era di nuovo quel ragazzino che aveva incontrato tanti anni prima il cui cuore era stato distrutto dalla sua famiglia.

Aveva visto lo stesso sguardo che aveva adesso, sempre in compagnia di suo padre, un uomo morto da tempo e incapace di fare altro male. O almeno così aveva pensato. Sperato. Pregato.

Si spostò per guardare più da vicino la carrozza che Ewan fissava con tale orrore, e rimase senza fiato. Lo stemma sulla porta corrispondeva a quello di Ewan: un leone e un grifone che sorreggevano una bandiera decorata con dei ventagli.

«Ewan» sussurrò. «Chi…»

«Mia madre.» Gesticolò la parola con le dita senza guardarla, un movimento aspro che tagliò l'aria come una frusta. I suoi occhi rimasero concentrati sulla cresta e su tutto ciò che rappresentava nel suo cuore.

A Charlotte venne un nodo in gola. Aveva incontrato la madre di

Ewan solo una volta, anni prima, a una festa in società. La donna era fredda come il ghiaccio, dura come la pietra. Charlotte l'aveva guardata e aveva visto esattamente il tipo di persona che avrebbe permesso che suo figlio venisse abusato e abbandonato senza sollevare un putiferio o senza chiedere di vedere il ragazzo che aveva dato alla luce. Da allora Charlotte l'aveva evitata, insieme a quei bastardi dei fratelli di Ewan che avevano provato così tanto piacere nell'essere complici del padre.

«Perché è qui?» sussurrò. «Non è stata invitata, vero?»

Ewan scosse la testa con una lentezza quasi penosa e lei capì senza che lui dovesse dire una parola. Capiva e lo compativa, una pena che veniva dal profondo dell'anima. Allungò la mano chiudendo le dita sui suoi bicipiti quasi a cercare di trasferirgli tutta la sua forza e il suo amore. Ne aveva bisogno adesso.

Ewan abbassò lo sguardo su di lei.

«Sono qui» gli disse dolcemente mentre lui li guidava su per le scale dove Smith aveva appena aperto la porta per salutarli. Il maggiordomo sembrò teso quando entrarono nell'atrio.

«Vostra Grazia, Lady Portsmith» disse mentre prendeva soprabiti e guanti. «Presumo che abbiate notato che abbiamo visite?»

«Mia madre?» gesticolò Ewan, questa volta con meno angoscia. Charlotte tradusse.

«E Lord Josiah e Lord Roger» disse Smith con una smorfia che la diceva lunga sul suo dispiacere nel condividere questa notizia. «Sono in salotto, si stanno intrattenendo insieme ai vostri invitati.»

Ewan annuì lentamente, lo sguardo distante mentre volgeva gli occhi verso il salotto dove Charlotte poteva sentire mormorare voci indistinte.

«Hanno detto per quanto tempo pensavano di restare?» chiese Charlotte.

Smith le lanciò un'occhiata. In quel momento erano complici, entrambi volevano proteggere Ewan, nessuno dei due era in grado di farlo. Non questa volta. «No, mia signora. Non lo hanno detto.»

Charlotte annuì e strinse il braccio di Ewan. «So che avete già fatto tutto quanto in vostro potere per mettere tutti a proprio agio, Smith. Attendete ulteriori istruzioni, per favore. Vi farò sapere se intendono... restare per pranzo.»

Smith per un momento sembrò inorridito all'idea e il suo sguardo scivolò su Ewan con la stessa empatia che Charlotte stessa provava. Poi l'emozione svanì, spazzata via da decenni di allenamento, e inclinò la testa fingendo disinteresse.

«Certo, milady. Essendo Santo Stefano, c'è ancora molto da fare.»

«Oh, santo cielo, questa visita inaspettata ha rovinato il vostro giorno di riposo, vero?» disse Charlotte con uno sguardo dispiaciuto. «Tornate a godervi le festività, Smith. Vi assicuro che possiamo occuparcene noi.»

Smith sollevò il mento. «Certamente no, milady. Sono ai vostri comandi.» Charlotte gli toccò leggermente il braccio a mo' di ringraziamento e lui si inchinò e le porse un biglietto piegato. «Avete anche ricevuto un messaggio dal signor Griffin, dell'emporio in città.»

Annuì mentre prendeva la lettera e la guardava brevemente. Aggrottò la fronte. Aveva chiesto al negoziante di far consegnare il taccuino d'argento per Ewan ai suoi uomini d'affari, ma invece le chiedeva di andare a ritirare l'oggetto di persona. Certamente non aveva intenzione di farlo ora, non quando la famiglia di Ewan era venuta in forze a fargli Dio sapeva cosa.

«Grazie, Smith», disse, e infilò il biglietto nella tasca della mantella poi lanciò un'occhiata a Ewan. Durante l'intera conversazione, aveva continuato a guardare fisso, immobile, un punto in fondo al corridoio. Non era nemmeno sicura che avesse prestato attenzione allo scambio con Smith.

Gli prese la mano delicatamente. «Sei pronto?»

Sospirò e rispose a gesti: «No. Ma non è che abbia scelta.»

Anche lei trasse un profondo respiro e si trasferirono insieme in salotto. Ewan aprì la porta lentamente, consentendole di entrare per prima nella stanza. Charlotte scrutò l'intera stanza e osservò la scena.

Matthew e Zia Mary erano in piedi accanto al caminetto. Le braccia di Matthew erano incrociate e il suo viso solitamente gentile aveva assunto una dura espressione di rabbia che non aveva mai visto da lui. La duchessa sembrava ugualmente sconvolta, sebbene stesse chiaramente sforzandosi di mantenere un certo decoro.

Baldwin e la madre di Charlotte erano seduti sul divano, il loro disagio era evidente anche se facevano la parte dei padroni di casa per le tre persone di fronte a loro.

Una era la madre di Ewan. Era magra e spigolosa, con un volto appuntito e occhi freddi che si sollevarono quando entrarono nella stanza, si fermarono su Ewan e poi schizzarono via. Come se Ewan non fosse di alcuna importanza. Come se non fosse il figlio che non vedeva da... be', dovevano essere anni. Probabilmente dagli scontri che avevano infine portato Ewan a prendere il posto che gli spettava come Duca di Donburrow.

Ma se la sua espressione era fredda, quella degli uomini ai suoi lati era peggiore. Charlotte riconobbe anche loro, li aveva incontrati in società a diversi balli e ricevimenti. Alla sinistra della Duchessa di Donburrow c'era il suo figlio più giovane, Roger. Era corpulento e rosso in viso, come se avesse bevuto troppo. Era invecchiato considerevolmente, nonostante avesse solo vent'anni. Quando guardò Ewan, si morse il labbro, facendo una smorfia come se stesse cercando di decifrare un puzzle difficile.

Alla sua destra c'era il suo secondogenito, Josiah. Assomigliava più a Ewan, in realtà, ma senza la brillante intelligenza o la tenera gentilezza del suo volto. Aveva capelli biondi tagliati corti, com'era di moda, e il suo viso spigoloso era privo di qualsivoglia barba o peluria. Se la duchessa sembrava indifferente e Roger curioso, Josiah aveva un'espressione completamente diversa.

Charlotte lo guardò e le balzò il cuore in petto. Stava fissando Ewan con puro odio. Era così intenso che voleva gettarsi di fronte all'uomo che amava. Per proteggerlo.

Sembrava che il giovane non avesse perdonato il fratello maggiore per aver prevalso nella battaglia su chi sarebbe stato il duca. Erano passati tre anni e sembrava ancora amareggiato.

Ewan le lanciò un'occhiata e lei annuì, desiderosa di fare qualsiasi cosa per aiutare.

«Buon pomeriggio» gesticolò mentre tutti nella stanza si alzavano al loro arrivo. «Mi dispiace che non mi abbiate trovato a casa, non sapevo che sareste venuti a fare una visita.»

La Duchessa di Donburrow lanciò un'occhiata a Charlotte mentre traduceva le parole di Ewan, ma poi si fece avanti. «Eravamo a Lindborough nella tenuta che sei stato così *gentile* da concederci.» Lanciò un'occhiata ai suoi due figli, che erano rimasti in disparte. «Ho pensato di venire a porgere i nostri saluti per le festività.»

Charlotte trattenne il respiro quando la duchessa raggiunse Ewan. Non c'era ancora alcuna emozione nei suoi occhi mentre guardava il figlio maggiore. Nient'altro che vuoto e freddo distacco. Un muscolo della mascella di Ewan si contrasse, e Charlotte dovette fare un enorme sforzo per non prendergli la mano per confortarlo.

«Benvenuti» indicò con un gesto, e poi fece un cenno ai suoi fratelli in segno di saluto.

«Ha assunto *voi* come traduttore?» Josiah sogghignò mentre si girava e andava alla credenza, dove frugò all'interno dei vani e prese una bottiglia di sherry. Il fratello minore osservò il movimento con occhi affamati, ma non si mosse per domandarne un bicchiere per sé. Senza chiedere permesso, Josiah si versò una buona porzione e la bevve in un lungo sorso. «Siete Lady Portsmith ora, no? Sorella del qui presente Sheffield, vero?»

Con la coda dell'occhio, Charlotte colse il modo in cui suo fratello si irrigidiva. Si sforzò di non fare altrettanto. Questi uomini erano prepotenti, addestrati ad esserlo da quel disgraziato del loro padre. Si rifiutava di abboccare, per quanto crudeli e orribili fossero i loro toni.

«Sì» disse. «Sua Grazia e mio fratello sono amici da molto tempo.»

«Avevo sentito parlare del vostro piccolo linguaggio segreto» continuò Josiah sbuffando. «Ed eccolo qui. Sembra che tutte le voci siano vere.»

Lanciò a suo fratello uno sguardo significativo, che Roger evitò distogliendo il viso. Il più giovane dei fratelli di Ewan sembrava molto a disagio in quel momento, e d'istinto a Charlotte crebbe l'ansia. Non le piacevano i sottintesi che sembravano scambiarsi quegli uomini.

Non le piaceva l'odio che ancora emanava Josiah nei confronti di Ewan.

«Non volete accomodarvi di nuovo?» chiese Charlotte, entrando nel ruolo di padrona di casa come stratagemma per calmare la tensione che riempiva la stanza. «Qualcuno ha bisogno di altro tè o...» Guardò Josiah deglutendo. «Liquore?»

Roger e la Duchessa di Donburrow si rimisero a sedere ai loro posti. Charlotte non poté fare a meno di notare che la madre di Ewan non lo aveva mai toccato. Ancora una volta lo guardò appena mentre si sistemava al suo posto. Ewan sospirò quasi impercettibilmente e andò a prendere alcune sedie lungo la parete mentre Charlotte si avvicinava al caminetto da sua zia e sua cugina.

«Quando sono arrivati?» chiese, incontrando con fermezza ciascuno dei loro sguardi.

«Mezz'ora fa» riuscì a dire Matthew a denti stretti. «Hanno preteso di essere ricevuti, rifiutando di essere fatti attendere. Lo giuro, vorrei piantare un pugno...»

Zia Mary mise una mano sull'avambraccio del figlio. «Non ci servirà a niente, tesoro mio. Anche se non posso biasimare l'intenzione.»

«No» sussurrò Charlotte. «Non mi piace.»

«Nemmeno a noi» affermò la duchessa con una breve occhiata. «A quella donna non è mai importato niente di Ewan. Le scrivevo, sai, la aggiornavo sui suoi progressi. Un anno dopo che si era trasferito da noi, mi ha risposto chiedendomi di non farlo più. Che non aveva alcun interesse.»

Charlotte si irrigidì, ma fece un bel respiro per calmarsi. «Detesto questa situazione, ma vi andrebbe di unirvi alla cerchia per favore? Penso che il nostro supporto aiuterà molto Ewan.»

Annuirono immediatamente e si aggregarono agli altri. Charlotte sorrise quando Zia Mary prese posto accanto a suo nipote, appoggiando brevemente una mano sulla sua prima di dire: «Hai un bell'aspetto, Melinda.»

La Duchessa di Donburrow le lanciò un'occhiataccia. «Anche tu, Mary.»

Ci fu un silenzio che si protrasse dopo il loro breve scambio di battute e Charlotte strinse i denti mentre versava del tè a Ewan e lo zuccherava. «Cosa vi porta alla nostra felice celebrazione natalizia?» chiese, sforzandosi di mantenere un tono di voce disinvolto.

«A volte si vuole solo controllare le proprie cose, o che dovrebbero esserlo» sbottò Josiah, e Charlotte si voltò di scatto verso di lui, rischiando di rovesciare il tè mentre tratteneva il fiato.

L'osservazione crudele ruppe la tensione e la stanza esplose. Matthew e Baldwin balzarono entrambi in piedi, gridando allo stesso tempo contro Josiah. Questo sembrò incoraggiare Roger, che si mise al fianco di suo fratello nella discussione. Le Duchesse di Tyndale e Sheffield raggiunsero i loro figli, cercando di riportare la pace o forse finendo solo per farsi coinvolgere nella mischia, Charlotte non ne era certa nel frastuono che riempiva il salotto.

In tutto questo, la Duchessa di Donburrow si limitava a starsene seduta a sorseggiare il suo tè mentre fissava Ewan con quegli occhi freddi e privi di emozioni. Ewan osservò tutto, immobile, con un'espressione indecifrabile. Charlotte non aveva idea di come si sentisse, ed era una cosa così rara che la fece sentire... inutile. Vuota.

Dopo qualche istante, Ewan si alzò, ergendosi in tutta la sua stazza. Andò alla credenza dove raggiunse Charlotte e prese una tazza di porcellana dal servizio da tè. Incontrò il suo sguardo brevemente, poi andò dall'altra parte della stanza e prontamente gettò la tazza contro il muro.

Charlotte sussultò quando si frantumò in una dozzina di pezzi o più, e il suo fragoroso schianto mise a tacere la mischia.

«Basta!» fece segno Ewan e lei tradusse nonostante la voce tremante. «Adesso basta. Non ho idea del perché voi tre siate qui. Dici che vuoi vedere quello che pensi dovrebbe essere tuo? Bene, guardati intorno. Eccolo qua.»

«Sì, eccolo qua» sibilò Josiah, e oltrepassò Charlotte mentre si dirigeva verso Ewan. Gli sentì addosso odore di alcol, molto più del semplice sherry che aveva preso qui in salotto. «Questa casa, queste cose, quei cavalli nella tua stalla, quei pezzi di merda che lavorano la terra di nostro padre e in qualche modo ti adorano. Quel nome che trascini nel fango, facendoci sembrare tutti degli sciocchi con quella tua mente e quel tuo corpo guasti. Il Duca Silenzioso, davvero. Dovrebbero chiamarti il Duca Idiota.»

Charlotte balzò in avanti. «Bastardo» sibilò. «Cosa ne sai della sua mente o del suo cuore o di qualsiasi altra cosa? La tua famiglia senza cuore gli ha voltato le spalle quando era solo un bambino.»

«È fortunato che non gli abbiamo sparato nella stalla» ringhiò Josiah in faccia a Ewan. «È questo che si fa con gli animali zoppi.» Quando Ewan non reagì, si girò verso Charlotte. «E a voi che importa, milady? O siete diventata la sgualdrina di questo idiota, come si dice da anni ormai?» Gli uscì della bava di bocca e Charlotte si ritrasse. «Che cosa pensava vostro marito del fatto che vi foste presa uno toccato per amante?»

CAPITOLO DICIASSETTE

Ewan aveva sentito commenti orribili su se stesso cento volte o più nella vita. Suo padre aveva diffuso quelle parole calcando la mano, e anche i suoi fratelli. I ragazzi della sua età, quelli che non erano suoi amici lo avevano preso in giro... aveva persino sentito per caso alcune signore qua e là sussurrare cose brutte. Quelle parole lo avevano sicuramente segnato. Le aveva impresse sulla pelle come un tatuaggio, un ricordo permanente di quello che era... e non era.

Ma ora Josiah non stava parlando di lui. Stava parlando di Charlotte, e un velo rosso di rabbia diverso da qualsiasi cosa Ewan avesse mai provato prima gli offuscò la vista. Fu accecato dall'odio. Non poté provare altro che un desiderio di vendetta.

Si lanciò in avanti e afferrò Josiah per i risvolti, facendolo indietreggiare verso la porta in tre falcate. Suo fratello gli artigliò le mani con gli occhi spalancati balbettando: «Cosa stai facendo? Toglimi le mani di dosso!»

Ewan lo ignorò. Lo spinse per tutto l'atrio fino al portone d'ingresso. Là trovò Smith in attesa. Il maggiordomo spalancò gli occhi per un istante mentre osservava la scena davanti a lui. Ma poi un accenno di sorriso gli illuminò il viso.

Incrociò gli occhi di Ewan e poi aprì la porta per consentirgli di buttare fuori Josiah. Ewan gli diede un ultimo spintone e suo fratello barcollò giù fino a metà gradinata prima di fermarsi.

«Ben fatto» disse Matthew, facendogli prendere uno spavento.

Era così arrabbiato che tutti gli altri ospiti erano come scomparsi. Si voltò e vide Charlotte e Matthew una accanto all'altra. Matthew sembrava piuttosto contento della sua esibizione, ma l'espressione di Charlotte era più difficile da interpretare. Lo sguardo di Ewan si spostò su sua zia, Baldwin e sulla Duchessa di Sheffield. Erano rimasti tutti nell'ingresso e le loro espressioni erano un misto di ammirazione e preoccupazione.

Tra loro c'erano anche sua madre e il fratello più giovane. Guardò oltre Charlotte e Matthew, incontrò gli occhi di sua madre e poi alzò la mano per indicare l'uscita. Ewan tremava da capo a piedi mentre la duchessa prendeva coscienza del significato del suo gesto. Non aveva bisogno di un taccuino o di altri gesti per mettere in chiaro quello che voleva.

Sua madre si aggiustò il vestito e gli passò accanto con Roger alle calcagna. Ewan si voltò e li vide tutti raggruppati sul suo viale d'ingresso. Josiah lo stava ancora guardando in cagnesco.

«Ho visto abbastanza. Non puoi nasconderti, *Vostra Grazia*. Non più. Te ne pentirai» ringhiò Josiah. «Quel titolo non sarà tuo e certamente tramite te non passerà a nessun altro a parte me. Te ne pentirai.»

Si girò e si avviò verso la carrozza. Ewan lo guardò allontanarsi, il petto gonfio di rabbia e rimpianto e un po' di ansia. Aveva pensato che la battaglia per il possesso del ducato fosse finita tre anni prima. A quanto pareva, non era così. Anche se gli sfuggiva cosa aveva ispirato Josiah, Roger e la loro madre a presentarsi qui adesso, proprio adesso.

Sbatté la porta per non sentire più le sfuriate di suo fratello e si voltò verso gli altri.

Tutti tacquero per un attimo, poi Matthew fece un mezzo sorriso. «Ben fatto, Ewan.»

Charlotte spostò lo sguardo su Matthew, ed Ewan vide che sembrava sorpresa dalle sue congratulazioni. Riportò la sua attenzione su Ewan e le brillavano gli occhi per l'emozione.

«Li hai buttati fuori a causa mia» gli disse a gesti.

Lui annuì. Charlotte buttò fuori il fiato e lui si rese conto che era frustrata. «Avrebbero potuto dire qualsiasi cosa gli passasse per la testa su di te, vero? Quel bastardo avrebbe potuto insultarti a suo piacimento, avrebbe potuto provare a rivendicare tutto ciò che è tuo, e tu non avresti fatto nulla.»

Ewan scrollò le spalle e mosse le dita: «Tu sei importante.»

Charlotte trattenne il respiro, un'espressione inorridita sostituì la sua frustrazione. «Tu sei importante!» lo imitò con le mani che volavano all'impazzata mentre sillabava maldestramente quelle parole mordaci.

«Qualcuno di voi vuole dire al resto di noi quello che sta dicendo?» chiese Baldwin, avvicinandosi un po'.

Un colorito più marcato si diffuse sulle gote di Charlotte, ma rispose di scatto: «No!» Poi continuò a gesticolare a Ewan. «Tu sei importante, Ewan. Per me, per tutte le persone in questa casa, per i tuoi fittavoli, per i tuoi amici. Perché quello che dicono tuo padre, i tuoi fratelli o tua madre per te significa più di quello che pensiamo tutti noi? Se io sono così importante, allora perché il mio amore per te non può avere tanto peso quanto l'odio di tuo padre?»

Ewan trasalì davanti alla franchezza della sua domanda. Anche lei sembrò accorgersene in quel momento. Parte della rabbia svanì dal suo sguardo, sostituita dal senso di colpa. «Mi dispiace» sussurrò, distogliendo il viso.

«Nessuno di voi vuole dire di cosa state discutendo?» disse Zia Mary, fissando lo sguardo su Ewan con gentilezza.

Charlotte fissò il pavimento dell'atrio, le tremavano le spalle. «Sono… sono di cattivo umore. Farei meglio… farei meglio ad andare altrove.» Alzò lo sguardo su di lui. «Mi dispiace» ripeté, più dolcemente, il suo sguardo pieno di lacrime sostenne quello di

Ewan per un attimo prima di girarsi sui tacchi e abbandonare l'atrio lasciando Ewan a fissarla, incerto su come procedere.

Fortunatamente, non dovette decidere. La Duchessa di Sheffield guardò tutti i presenti, ma i suoi occhi si posarono su di lui. Come se avesse capito qualcosa che prima non le era stato del tutto chiaro.

«Vado a parlarle» disse sorridendogli. Diede una piccola pacca sul braccio di Baldwin e poi andò dietro a Charlotte.

Tutti quelli rimasti nell'atrio sembravano aspettare una sua reazione. Frugò in tasca e trovò il suo taccuino. Scarabocchiò: «*Ho bisogno di assentarmi un momento. Scusatemi.*»

Consegnò il biglietto a suo cugino e lasciò la stanza, dirigendosi verso il suo studio. Sperando di riuscire a schiarirsi la mente. Sapendo che avrebbe potuto non essere possibile.

«D a quanto tempo lo ami?»

Charlotte trattenne il respiro, si voltò e vide sua madre entrare in camera sua. La Duchessa di Sheffield chiuse la porta dietro di sé, vi si appoggiò con la schiena e osservò sua figlia con lo sguardo di chi aveva capito tutto.

«Da *sempre*» ammise Charlotte con un sospiro che sembrava provenire dal profondo dell'anima. «Dal primo momento in cui l'ho visto. Un amore infantile. Ma si è trasformato in qualcosa di molto più profondo.»

Sua madre corrugò la fronte. «Allora perché hai sposato Portsmith, Charlotte?»

Charlotte chinò la testa. Sembrava una domanda così semplice e non lo era. Ma non aveva più l'energia per cercare di nascondere la verità.

«Andai da Ewan prima del mio matrimonio e cercai di confessargli i miei sentimenti. Ma quello che hai visto di sotto, quello che quelle persone gli hanno fatto e detto, come lo hanno trattato... gli pesa ancora molto. Il passato gli impedisce di afferrare il nostro futuro. Mi rifiutò all'epoca.»

La duchessa fece un profondo respiro e le andò incontro. «Mi dispiace. Deve averti ferito profondamente.»

Charlotte si voltò e guardò il mare fuori dalla finestra. Lo osservò rollare e frangersi contro le scogliere. Bello e insidioso, un po' come i sentimenti che ancora si gonfiavano dentro di lei.

«Mi ha spezzato il cuore. Ma ho cercato di far buon viso a cattivo gioco. Sapevo cosa ci si aspettava da me. Speravo di riuscire a fare funzionare le cose con Portsmith. Ma sposata o no, Ewan era l'unico che amavo. Era l'unica cosa che volevo. E quindi eccomi qui, a tornare a casa sua quando il mio lutto volge al termine. Avevo sentito tutto di queste storie d'amore sbocciate tra i nostri amici, avevo visto da vicino la forza del legame tra Simon e Meg. Mi aveva fatto desiderare Ewan ancora di più. Ero determinata a provare ancora. Avrei... *ho* fatto tutto quanto fosse in mio potere per cercare di fargli capire che potremmo avere un futuro insieme.»

La duchessa spalancò gli occhi e arrossì. «Capisco.»

«Ma insiste ancora che quello che dicono quegli sciocchi, quegli sciocchi crudeli e vacui, è importante. Si considera ancora guasto. E ha ancora paura che il suo problema alla fine distruggerà la nostra felicità. Quindi penso che si allontanerà da me ancora una volta.» Le lacrime che aveva cercato di trattenere ebbero la meglio e iniziarono a scivolarle lungo le guance. «E questa volta lo perderò per sempre.»

«Oh, tesoro» disse sua madre, avvicinandosi a lei e prendendola tra le braccia. Charlotte le si aggrappò per un momento. «Se può esserti di aiuto, penso che ti ami anche lui.»

Charlotte chiuse gli occhi. Ewan la amava. Non era una novità, ovviamente. Una parte di lei lo sapeva, forse lo sapeva da quando aveva preso coscienza dei propri sentimenti. «Eppure mi respinge a ogni occasione» sussurrò.

«Gli hai detto che questa è l'ultima possibilità che sarai in grado di offrirgli?» chiese sua madre, facendosi indietro per guardare Charlotte con attenzione. «Lo hai messo bene in chiaro?»

«Gli ho chiesto di prendere una decisione» rispose Charlotte. «E gli ho detto che quando tornerò a Londra, mi rimetterò in cerca di un marito.»

Sua madre sospirò. «Dovrebbe essere sufficiente, ma a volte gli uomini hanno bisogno di una piccola... spinta aggiuntiva.»

Charlotte ci pensò un momento. «Forse hai ragione. Gli ho comprato un regalo. Il negoziante in città avrebbe dovuto farlo consegnare qui oggi, ma invece mi ha chiesto di andare a ritirarlo di persona.»

L'espressione della duchessa si illuminò. «Penso che sia davvero una buona idea. Io e te potremmo andare in città a recuperare questo oggetto. Concediti un po' di spazio e dai spazio anche a Ewan. Lascia che parli alla sua famiglia e a tuo fratello. Lascia che abbia un momento per considerare le opzioni che ha davanti e cosa potrebbe perdere.»

«E poi quando torno» continuò Charlotte, «pensi che dovrei dargli il mio regalo e chiedergli ancora una volta di concedersi un futuro?»

Sua madre annuì. «Sì. È un brav'uomo e un buon partito per te. Siete simili di carattere, lui ti fa sorridere, e tu sembri renderlo più allegro. È questo che una madre vuole per sua figlia. Inoltre, è ricco come Mida e vanta un bel titolo.»

Charlotte inclinò la testa all'indietro e rise della chiosa mercenaria di sua madre al suo sentimento sincero. «Be', in effetti è così. È bello sapere che vai ancora al sodo quando si tratta di fare dei buoni matrimoni per i tuoi figli.»

Sua madre sorrise, ma Charlotte pensò di percepire preoccupazione nel suo sguardo. «Voglio solo il meglio per te» disse. «È tutto quello che ho sempre voluto. Se puoi essere felice, tanto meglio. "

Charlotte si asciugò gli occhi e fece un bel respiro. «Molto bene, proverò il tuo piano, mamma. Allora andiamo in città?»

«Sì» disse sua madre. «Vado a prendere il mio mantello e poi possiamo metterci in strada.»

Charlotte strinse la mano di sua madre prima che la duchessa uscisse dalla stanza per prendere le sue cose. Una volta rimasta sola,

Charlotte si avvicinò alla finestra e fissò di nuovo il mare. Per quanto volatile fosse, c'era della bellezza. Un fascino innegabile. Lo stesso si poteva dire di Ewan e del rischio che lei avrebbe corso più tardi, quando gli avrebbe chiesto ancora una volta di offrirle il cuore che custodiva con tanta cura.

Sperava solo di non schiantarsi sugli scogli.

CAPITOLO DICIOTTO

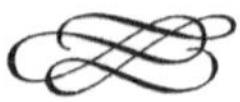

Ewan era rimasto solo con i suoi pensieri per poco più di un'ora quando la porta dello studio si aprì e Matthew e Baldwin lo raggiunsero. Era seduto davanti al fuoco quando entrarono e alzò lo sguardo scuotendo leggermente la testa mentre si allungava per prendere il taccuino sul tavolo accanto a lui.

«Avete aspettato più a lungo di quanto pensassi» scrisse.

Matthew lesse il messaggio ad alta voce mentre Baldwin preparava a entrambi da bere. Rise. «Be', è opera di mia madre. Pensava che avessi bisogno di un po' di tempo per pensare prima che invadessimo il tuo ufficio.»

Ewan annuì lentamente, riprendendosi il taccuino su cui scrisse: «E lei non si è unita all'invasione?»

«No» disse Baldwin mentre si lasciava cadere sulla poltrona di fronte a Ewan con un sospiro. «Credo che pensasse che avremmo voluto chiamarti asino, o peggio, e non voleva che dovessimo tenere a bada la lingua di fronte a lei.»

Ewan si voltò e fissò ancora una volta le fiamme mentre aspettava che iniziasse la ramanzina. Baldwin invece si sporse in avanti con i gomiti appoggiati sulle ginocchia. Toccò il braccio di Ewan e lo costrinse a guardarlo.

«La ami» disse piano.

Ewan annuì. Non poteva negarlo. Non voleva nemmeno più farlo.

Matthew alzò le sopracciglia. «Mi fa piacere che tu lo ammetta. Ma hai intenzione di allontanarla?»

Ewan scarabocchiò: «*No! È questo il punto. Non ho nessuna intenzione di allontanarla. Non questa volta.*»

Sheffield si afflosciò leggermente sulla poltrona, visibilmente sollevato. «Grazie a Dio. Non mi allettava l'idea di sfidarti a duello per aver spezzato il cuore a mia sorella. Allora perché la discussione nell'atrio? Perché rintanarsi qui nel tuo studio per un'ora, musone?»

Ewan gli lanciò un'occhiataccia, anche se difficilmente poteva obiettare l'accusa. «*Vedere i miei fratelli e mia madre mi ha riportato alla mente ricordi forti*» ammise. «*È difficile scrollarseli di dosso.*»

Entrambi i suoi amici si placarono notevolmente ed Ewan fu contento che fosse Baldwin a parlare per primo. «Non oso immaginare. Ad essere onesto, avevo quasi dimenticato quanto potesse essere orribile quella gente. Dopo averli visti oggi, avevo voglia di spaccare la faccia a qualcuno.»

«*Quando abbiamo discusso nell'atrio Charlotte mi ha chiesto perché il suo amore non fosse più potente dell'odio di mio padre.*» Ewan esitò poi aggiunse. «*È una domanda che mi ha ferito. Ma mi ha ferito perché mi sono reso conto che è vero. Ho passato la vita a lasciare che le sue parole e le sue azioni dettassero tutto quello che facevo. Ho passato l'ultima ora a pensare a ciò che ho evitato o gettato via per colpa sua. E a cosa intendo fare adesso.*»

«E cosa intendi fare?» chiese Matthew.

Ewan sospirò. «*Ho intenzione di...*» Esitò di nuovo mentre cercava di trovare la frase giusta. «*...vivere. Alla luce del sole. Sono rimasto nascosto fin troppo a lungo.*»

Matthew annuì. «Ne so qualcosa.»

Ewan allungò una mano e strinse il braccio del cugino. Nessuno conosceva la perdita e il dolore più di Matthew. Ewan lo aveva assistito in molte notti buie dopo la perdita della sua fidanzata. La morte era permanente quando rubava qualcosa.

Ma Ewan non doveva necessariamente affrontare una perdita analoga. Una volta aveva perso Charlotte, ma il destino gliel'aveva riportata. Gettare via la sua occasione una seconda volta era... be', faceva di lui l'idiota che suo padre lo aveva accusato di essere.

«Volevo chiedere a Charlotte di sposarmi quando siamo tornati dalla nostra visita dai fittavoli, pensando che l'avrei portata nel mio mondo. Che avremmo potuto vivere qui dove saremmo protetti. Ma ora mi rendo conto che quello che devo fare è permettere a lei di rendermi parte della sua vita. Del mondo che ho evitato così a lungo.» Ewan scriveva lentamente, tenendo d'occhio Baldwin allo stesso tempo. *«E se acconsenti, Baldwin, ho ancora intenzione di farlo.»*

Matthew lesse il messaggio ad alta voce e Baldwin iniziò a sorridere. «Ho imparato molto tempo fa che mia sorella è in grado di prendere le sue decisioni senza nemmeno pensare a me. Ma se è il mio consenso che ti serve, sai di averlo. Dal profondo del mio cuore. Sposa mia sorella.»

«Temo che possa essere una pessima idea.»

Gli uomini balzarono tutti in piedi e scoprirono che la porta dello studio era stata aperta e che c'era la Duchessa di Donburrow sulla soglia. Smith le passò accanto. Il maggiordomo sembrava teso e irritato anche se cercava di mantenere un certo decoro.

«Mi dispiace, Vostre Grazie, non sono riuscito a fermarla» ansimò.

Ewan rifiutò le scuse di Smith. Gli palpitava il cuore avvicinandosi a sua madre e scrisse: *«Cosa ci fai qui? Come osi dare giudizi su ciò che dovrei e non dovrei fare? Hai divorziato dalla mia vita molto tempo fa.»*

La donna fece una smorfia mentre leggeva le sue parole e poi lo guardò di nuovo. Normalmente era completamente fredda quando lo guardava. Adesso dai suoi occhi trapelava emozione.

Paura.

Gli sembrò di sentire delle dita chiudersi intorno al suo cuore quando vide quella paura e ne cercò una causa.

«Mi rendo conto che questo non è il mio posto» disse piano. «Ma dovevo tornare. Vedi, sei in pericolo, più di quanto pensi, se intendi sposare Lady Portsmith. O *chiunque*, se è per questo.»

Ewan lanciò un'occhiata interrogativa ai suoi amici, che lo raggiunsero per mettersi davanti a lei. Matthew inclinò la testa. «Cosa volete dire?»

La donna sussultò. «Non è stata una coincidenza che ci siamo presentati oggi alla tua porta, Ewan. I tuoi fratelli e io non siamo venuti solo perché eravamo in una tenuta vicina. Questo ha solo reso più facile il viaggio.»

«Spiegatevi, milady» scattò Baldwin. «State parlando per enigmi.»

Ewan annuì, confuso e infastidito come i suoi amici. Era felice però che stessero dicendo esattamente quello che pensava anche lui.

«Lo farò. Ci proverò, in ogni caso.» Esitò, come se stesse facendo fatica a trovare le parole. Poi sospirò. «Da quando la questione del titolo è stata risolta tre anni fa, Josiah ha... continuato a complottare.»

«Complottare?» ripeté Baldwin scuotendo la testa. «Perché Josiah avrebbe complottato?»

La duchessa rabbrividì. «Suo padre gli ha insegnato a odiare. Gli ha insegnato a desiderare la vendetta. Gli ha insegnato a sentirsi in diritto di fare qualsiasi cosa. Il comportamento violento e crudele dell'ultimo duca non si è fermato solo perché sei stato allontanato da casa nostra, Ewan. Tuo padre ha trovato un modo per punirci tutti per varie colpe.»

Ewan sbatté le palpebre. Aveva sentito voci e accenni su come suo padre si comportasse male nei confronti dei figli "buoni". Sapeva che venivano maltrattati. Ma non si era immaginato cosa significava. Come i suoi fratelli ne sarebbero stati cambiati e danneggiati come lui. Era arrivato a vederli tutti come un unico orribile coacervo, non come individui.

«Dite che sta complottando» disse Matthew in tono pacato. «Che cosa vuole fare esattamente Josiah?»

Lady Donburrow deglutì a fatica. «I peggiori impulsi di Josiah hanno preso il sopravvento ora, alimentati dal bere e dalla frustrazione e dal desiderio di ciò che secondo lui gli è stato tolto.»

«*E cosa vuole?*» scrisse Ewan, irritato dal fatto quanto Matthew e Baldwin che sua madre stesse girando intorno all'argomento.

Sua madre distolse un attimo il volto. «La tua... la tua fine» sussurrò. «Ti ha ucciso una dozzina di volte nella sua fantasia. Gliene ho sentito parlare.»

Matthew barcollò all'indietro. «Josiah vuole *uccidere* Ewan?»

«Così il titolo passerebbe a lui» disse la duchessa con un cenno del capo. «Tutto sarebbe risolto come pensava che sarebbe dovuto finire anni fa.»

«Voi lo sapevate e non avete detto nulla fino ad ora?» Baldwin quasi ruggì. «Che razza di madre siete?»

Le avvamparono le guance. «Gliene ho sentito parlare, l'ho sentito fare piani con suo fratello, ma non ho mai pensato che fosse serio. Pensavo che dicesse tanto per dire, tutto qua. Solo rabbia futile e impotente.» Si diresse al centro della stanza. «Fino a ieri. Aveva delle spie in mezzo a voi, Ewan. Per anni gli hanno segnalato i tuoi movimenti.»

«Spie?» la interruppe Smith. «In questa casa?»

Lei scosse la testa. «No, Smith, hai fatto un ottimo lavoro mandando via tutti i servitori che avrebbero potuto essere fedeli agli ideali di mio marito. Ha altre fonti. Non importa adesso. Una di queste fonti ha scritto a Josiah, dicendo che Lady Portsmith era venuta a trovarti.»

Ewan sussultò quando il nome di Charlotte fu citato in una storia che sembrava molto pericolosa e mortale.

Sua madre continuava a parlare. «Ha detto a tuo fratello che tu e Charlotte siete stati soli insieme nella tenuta per diversi giorni. E più tardi, quando vi ha visti insieme, questa persona ha sospettato che tra voi ci fosse un legame che andava più in profondità di una semplice amicizia. La sola idea che potesse essere vero lo ha mandato su tutte le furie.»

«*Cosa significa?*» scarabocchiò Ewan.

«Ha distrutto le sue stanze, ha picchiato il cameriere, la sua rabbia era...» fece una smorfia. «È stato tremendo, ancora più orribile dei giorni peggiori di tuo padre. È diventato chiaro che i suoi piani per farti del male non erano più solo fantasie.»

«Ma perché Charlotte e qualsiasi relazione che Ewan possa avere con lei hanno questo effetto su Josiah?» chiese Matthew.

«Eredi» sussurrò la duchessa. «Se Ewan si sposasse e generasse un erede, quella diventerebbe la linea di successione al titolo. Josiah verrebbe estromesso per sempre.

Ewan barcollò e si allontanò da sua madre. Come se prendere le distanze potesse far sparire le cose orribili che stava dicendo.

«*Così i suoi piani, che fino a quel momento erano rimasti vaghi, hanno avuto un'accelerazione prima che fosse troppo tardi.*» Gli tremavano le mani mentre scriveva.

Lei annuì. «Sì. Ha insistito che venissimo qui, a dispetto delle festività natalizie. Doveva vedere di persona, e se avesse constatato che la diceria era vera, decidere cosa fare in proposito.»

«*Ecco* cosa intendeva quando ha detto di aver visto abbastanza prima» rifletté Baldwin. «Ha visto il legame tra te e Charlotte con i suoi stessi occhi, il che confermava quello che gli era stato detto.»

«Per tutto il viaggio di ritorno in città, ha blaterato di quello che avrebbe fatto. Come avrebbe distrutto il tuo mondo.» La duchessa si coprì il viso con le mani. «Come *ti* avrebbe distrutto. So di non essere stata una buona madre per te, Ewan. Non avevo idea di come fare. Ma l'idea che ti uccida...» Allontanò le dita e lo fissò. «Non potrei... non potrei...»

Si voltò e andò verso la finestra. Ewan prese coscienza di quanto vere fossero le sue parole e gli si rivoltò lo stomaco. Erano arrivati a questo punto quindi. Ecco cosa aveva generato e alimentato l'odio di suo padre in uomini che avrebbe dovuto chiamare fratelli. Almeno uno di loro lo voleva morto.

«*Mi verrà a cercare, allora*» scrisse, porgendo il taccuino a Matthew perché lo leggesse alla Duchessa di Donburrow.

Sua madre strinse gli occhi. «Non lo so. Suppongo di sì. È andato da quell'orribile signor Griffin non appena mi ha lasciato alla locanda, con Roger alle calcagna.»

«Il signor Griffin?» si intromise Smith dalla porta. «Il... il negoziante giù in paese?»

La duchessa strinse le labbra, come se fosse seccata che il maggiordomo avesse interrotto il suo racconto. «Sì» disse con tono tagliente e seccato. «Griffin è la spia di Josiah.»

Con grande sorpresa di Ewan, Smith sbiancò e barcollò, al punto di dover afferrare lo stipite della porta per sorreggersi.

«Che succede?» chiese Matthew, avvicinandosi al maggiordomo. «Perché la cosa vi sconvolge?»

Smith deglutì. «Vostra Grazia, Lady Portsmith e sua madre sono partite per andare in paese quasi un'ora fa. Aveva... aveva un oggetto da ritirare, aveva detto. Dal negozio del signor Griffin.»

Charlotte scese dalla carrozza e aspettò che sua madre scendesse accanto a lei. Con un sorriso, si guardò intorno ammirando il paese di Donburrow. Sua madre aveva ragione sul fatto che lasciare la tenuta fosse la decisione giusta. Un po' di distanza la rendeva più sicura che mai riguardo a quello che aveva intenzione di fare per Ewan quella sera. Quello che aveva intenzione di dire.

Aveva solo bisogno del taccuino d'argento per iniziare il suo percorso.

«Emporio Griffin» lesse sua madre scuotendo la testa. «Mamma mia, si stima davvero tanto.»

Charlotte alzò gli occhi al cielo. «È un uomo orribile» sussurrò mentre si prendevano a braccetto e si dirigevano verso il negozio. «Non puoi capire, mamma. Ewan mi ha detto cose che se le avessi sapute, non avrei mai comprato uno spillo da quell'uomo.»

Entrarono insieme nel negozio, facendo tintinnare il campanello sulla porta che annunciava il loro arrivo. Charlotte si guardò intorno, sorpresa che il negozio fosse vuoto, ma in fondo era Santo Stefano.

«Ha delle cose carine, però» disse sua madre, separandosi dal suo fianco e spostandosi per guardare un cappellino dietro la vetrina.

A quel punto Griffin apparve dal retro del negozio. Quando si avvicinò, Charlotte notò che sembrava molto pallido. E mentre la guardava, scoprì che l'espressione sicura e viscida che le aveva mostrato il giorno prima sembrava svanita. Sembrava nervoso mentre si avvicinava al bancone.

«Lady Portsmith» disse, guardandosi alle spalle. «Siete venuta per il vostro acquisto, presumo.»

«Sì, signor Griffin. Mi dispiace che non sia stato possibile consegnarlo come concordato inizialmente.»

Griffin spostò il peso da un piede all'altro. «Ehm, sì. Me ne dispiace, davvero. Il mio solito garzone si è rifiutato di lavorare durante le vacanze e sono emerse alcune cose che non si potevano prevedere.»

«Be', non importa» disse, cercando di mantenere la conversazione leggera. «Non mi è dispiaciuto venire in paese e mia madre voleva esaminare la vostra merce.»

Griffin spostò lo sguardo in direzione della duchessa e impallidì ancora di più. «Oh, non mi ero reso conto che eravate venuta con un'altra persona. Naturalmente siete la benvenuta qui, milady.»

«Vostra Grazia» la corresse Charlotte, assumendo un tono forte e imperioso che utilizzava molto raramente. Nessuno se lo meritava più di questo serpente. «Mia madre è la Duchessa di Sheffield.»

Griffin sembrò sbandare leggermente e mormorò qualcosa sottovoce, ma poi si riprese. «Siete benvenuta, Vostra Grazia» .

Sua madre agitò una mano in segno di saluto dall'altra parte del negozio e Charlotte si schiarì la gola. «Dunque, il mio acquisto?»

Lanciò di nuovo un'occhiata alla madre di Charlotte, poi disse: «È sul retro. Venite con me a ispezionarlo?»

Charlotte aggrottò la fronte confusa. «Venire sul retro?» ripeté.

Non pensava di essere entrata nel retro di un negozio prima di allora, a meno che non fosse una sarta che dovesse prenderle le misure lì piuttosto che nel comfort di casa sua.

Lui annuì. «I miei strumenti per l'incisione sono lì, vedete. Se volete aggiungere qualcosa in più rispetto a quanto richiesto, sarà più facile farlo lì.»

Charlotte scrollò le spalle. «Suppongo che non abbiate tutti i torti. Mamma, accompagno il signor Griffin sul retro. Non dovrei metterci molto.»

Sua madre le sorrise. «Molto bene, mia cara. Fai con calma, mi sto godendo la selezione di libri del signor Griffin.»

Il signor Griffin rivolse alla duchessa un sorriso tirato e poi fece cenno a Charlotte di seguirlo nel retro del suo negozio. La giovane attraversò una piccola stanza sul retro e proseguì lungo un corridoio buio e polveroso. Esitò un po', perché sembrava tutto molto... *strano.*

«Solo ancora un po'» disse Griffin, sorridendole come se avesse intuito la sua ansia. «Dopo questa porta.»

Indicò una porta in fondo al corridoio. Lo seguì mentre la apriva e la condusse in una piccola stanza. Era ovviamente un ripostiglio di qualche tipo, buio e squallido, non il tipo di posto in cui sembrava si facessero incisioni complesse.

«Perché mi ha portato qui?» chiese Charlotte, tornando verso la porta.

Il signor Griffin non rispose, ma le sorrise nervosamente. Il cuore le balzò in petto e si voltò per uscire dalla stanza, ma scoprì che non erano soli. In piedi sulla soglia dietro di lei, c'era Josiah, il fratello di Ewan, che chiuse la porta a chiave. E aveva un'espressione in viso che rispecchiava esattamente lo stesso odio e malanimo che gli aveva visto indirizzare a Ewan. Adesso era rivolto a lei, ed era terrificante.

«Cosa fate qui?» chiese Charlotte, detestando la voce rotta che le uscì di bocca.

Lui la ignorò e lanciò un'occhiataccia a Griffin. «Perché c'è solo lei? Dove diavolo è mio fratello?»

Griffin scrollò le spalle. «Ho pensato che sarebbero venuti insieme quando ho inviato il messaggio che mi avete chiesto. Ma sono solo lei... e sua madre.»

«Mamma!» urlò Charlotte, correndo verso la porta.

Josiah alzò gli occhi al cielo, la afferrò per la vita e la trascinò indietro mettendole una mano sulla bocca. Charlotte cercò di lottare contro di lui, ma era grosso, non grosso come Ewan, ma molto più grosso e più forte di lei.

«Chiudete la bocca» ringhiò. «Siamo lontani rispetto a vostra madre, non vi sentirà. Quindi state zitta.»

Lo fissò da sopra la mano sulla bocca e lui ricambiò lo sguardo.

«È un pasticcio, milord» disse il signor Griffin, sfregandosi le mani. «E la duchessa?»

«È una complicazione» concordò Josiah. «Non ho bisogno di una duchessa morta tra le mani con tutto il resto. Ma come facciamo a sbarazzarci di lei?»

Charlotte iniziò a divincolarsi quando comprese il significato di quel discorso. Morta. Complicazione. Le avrebbero fatto del male. Volevano fare del male a Ewan.

E se non stava attenta, anche a sua madre.

«Ho detto piantatela!» ringhiò Josiah afferrandole i capelli e strattonando finché non le fece piegare la testa all'indietro dolorosamente. «O vi spezzo in due seduta stante.»

Charlotte smise di lottare e gli fissò il volto brutto e contorto. Non aveva idea di come fosse diventato così. Non lo voleva sapere. Voleva solo vivere.

Fece alcuni bei respiri e disse contro le sue dita premute sulla bocca: «Non griderò.»

La fissò e abbassò la mano. «Sarà meglio di no.»

«Non c'è bisogno che... facciate del male a mia madre» sussurrò, cercando di non piangere. Pensava che a un uomo del genere sarebbero piaciute quelle lacrime. Avrebbero potuto renderlo ancora più feroce e determinato a prendere ciò che voleva.

«Non costringetemi» disse Josiah, stringendole dolorosamente il braccio. «Ora fatemi pensare.»

Deglutì e guardò il signor Griffin. Sapeva che lo stava trapassando da parte a parte con lo sguardo. Anche lui se ne accorse e si agitò. «C'è un'entrata sul retro, lurido bastardo?»

Griffin trasalì al suo insulto e Josiah scoppiò a ridere. «Siete focosa. Non c'è da stupirsi che piaciate a quell'idiota.»

«Sì» disse Griffin, voltando la faccia. «Proprio a destra nel corridoio c'è un ingresso dove prendo le consegne.»

Charlotte annuì e riportò la sua attenzione su Josiah. «Potremmo uscire da là. In ogni caso non volete fare niente nel negozio, vero?»

«No!» disse Griffin. «Per favore, no.»

Josiah si mordicchiò il labbro. «Bene. Farò il giro del negozio e farò portare la mia carrozza all'ingresso sul retro.»

Spinse Charlotte su una sedia con una forza tale da farle battere i denti, poi si infilò una mano in tasca e tirò fuori una pistola. Lei guardò, inorridita, mentre la consegnava a Griffin.

«Puntagliela alla testa» gli disse. «E se cerca di scappare, piantale un proiettile in fronte.»

Griffin prese l'arma, con mani tremolanti, e la puntò su Charlotte mentre Josiah si precipitava fuori dalla stanza. Quando furono soli, Charlotte si concentrò interamente su Griffin.

«Non siete costretto a farlo» disse dolcemente.

Griffin si agitò e lei sussultò, perché tremava così forte che temeva che le avrebbe sparato accidentalmente. «Quando sarà duca... ha fatto delle promesse» disse.

«Pensate davvero che diventerà duca?» domandò, lanciando un'occhiata alla porta chiedendosi quanto tempo avevano ancora. «È spinto dalla vendetta e dall'avidità, signor Griffin. È fuori controllo e non ha un buon piano.»

Griffin sembrò pensarci su. «Ma ci sono già dentro fino al collo, milady.»

«Potrebbe uccidermi» disse. «E verrà fuori tutto. Potete essere uno dei cattivi in questa tragedia e cadere con quest'uomo. Oppure potreste essere un eroe. Non è troppo tardi per aiutare.»

Griffin fissò la porta per un attimo, due, e lei trattenne il respiro.

«Come?» le chiese a bassa voce, e il suo cuore sussultò quando iniziò a offrirgli una via d'uscita.

CAPITOLO DICIANNOVE

Ewan irruppe dalla porta dell'Emporio Griffin con Matthew e Baldwin alle calcagna, e scrutò il negozio in cerca di Charlotte. Non si trovava da nessuna parte, ma la Duchessa di Sheffield era lì, nella parte anteriore del negozio, a discutere con il proprietario.

«Non ha senso, signor Griffin» disse, chiudendo le mani a pugno lungo i fianchi. «Ho aspettato tre quarti d'ora!»

Ewan partì in quarta, spingendo da parte tutto quello che incontrava sul suo cammino. Griffin spalancò gli occhi e barcollò all'indietro finché non andò a sbattere contro gli scaffali dietro il bancone. La duchessa si voltò e sussultò alla vista di suo figlio, Matthew ed Ewan.

«Cosa sta succedendo?» chiese.

Ewan la ignorò tirò fuori il taccuino dalla tasca dove scrisse: *«Dov'è Charlotte?»*

Lanciò il blocco a Griffin, che balbettò mentre lo leggeva. «Vostra Grazia, Vostra Grazia...»

«Dov'è mia sorella?» Baldwin ripeté, con la voce che scuoteva il negozio.

«È quello che ho chiesto anch'io!» disse la duchessa. «Mi hanno lasciato qui quasi quarantacinque minuti fa, per controllare un regalo. Poi quest'uomo è tornato senza Charlotte. Ha cercato di dirmi che se n'è andata da dietro per fare altre commissioni, una cosa palesemente ridicola.»

Griffin alzò le mani, circondato da tre duchi la cui rabbia era molto evidente. «Io... mi ha costretto lui, Vostra Grazia. Mi ha costretto.»

Ewan quasi cedette. Aveva sperato che sua madre si fosse sbagliata sulla rabbia selvaggia di Josiah. Aveva sperato che al suo arrivo in paese avrebbe trovato Charlotte e sua madre a fare tranquillamente compere. Che sarebbe rimasta confusa quando lui l'avrebbe raggiunta e abbracciata, quando le avrebbe giurato di non lasciarla mai più.

Ma ora era chiaro dall'espressione di Griffin che tutti i suoi peggiori incubi erano reali.

«L'ha presa Josiah» disse Matthew, probabilmente il più calmo dei tre.

«Josiah? Il fratello di Ewan?» gridò la duchessa. «*Presa*. Di cosa stai parlando?»

Baldwin la prese per un braccio, facendola allontanare gentilmente per spiegarle cosa le stava accadendo. Nel frattempo, Matthew si avvicinò a Griffin. «Diteci la verità. *Adesso*.»

Dietro di loro, la Duchessa di Sheffield lanciò un grido inorridito che fu come un animale ferito. Ewan sussultò mentre crollava, singhiozzando contro suo figlio. «Non mia figlia! Non devi permettergli di fare qualcosa a Charlotte!»

Griffin rimase a bocca aperta come un pesce, poi scoppiò: «È pazzo, Vostra Grazia. Come un cane selvatico. Non sapevo che volesse uccidere qualcuno. Ve lo giuro, non lo sapevo!»

Ciò non fece che peggiorare il pianto della duchessa e il suono riempì la stanza. Ewan sbatté le mani sulle vetrine di vetro così forte che si crepararono. Sembrava che avesse capito il suo punto di vista senza dover scrivere nulla, perché Griffin strillava come il maiale con le spalle al muro che era.

«Lei non voleva che facesse del male a sua madre» singhiozzò Griffin. «Così lo ha convinto a portarla da qualche altra parte.»

«Dove?» gridò Baldwin mentre si sforzava di mantenere la madre in posizione eretta.

«Il capanno da caccia sulla collina» disse Griffin con voce soffocata. «Lo ha convinto a portarla lì.»

Ewan scosse la testa. Lo aveva convinto, per proteggere sua madre, e forse per dare a Ewan un vantaggio. Dopotutto, negli ultimi tempi c'era stata molta attività al capanno, con i fittavoli che vi erano rimasti fino a quando la minaccia dell'inondazione non era rientrata. Ci era appena stato, mentre suo fratello non visitava quel posto da... anni. Decenni, forse.

Trasse un profondo respiro e si rivolse ai suoi amici. Scarabocchiò: *«Qualcuno deve riportare la duchessa al castello.»*

Matthew si fece avanti e prese il posto di Baldwin. «L'accompagno io» disse piano. «È giusto che sia suo fratello a venire con te, Ewan.»

Ewan si voltò verso Griffin e scrisse: «*E voi. Se quando torno più tardi siete ancora nel mio villaggio, farò in modo che la paghiate cara per la parte che avete avuto in tutto questo.*»

Griffin deglutì e fece un cenno del capo.

Ewan fece segno a Baldwin, corsero entrambi fuori a salire in groppa ai loro cavalli e si allontanarono di gran lena verso il capanno da caccia, appena oltre il ponte e su una collina. Poteva solo sperare che non fosse troppo tardi.

C harlotte trasalì quando Roger le legò strettamente le mani con le dita intrecciate. Mezz'ora prima Josiah l'aveva aspettata in carrozza quando l'aveva trascinata fuori dal negozio. Mentre Josiah continuava a blaterare e a minacciarla, Roger era rimasto in silenzio durante il lungo viaggio su per la collina fino al capanno da caccia. Le aveva dato speranza, ma una volta arrivati Roger aveva fatto tutto ciò che Josiah aveva ordinato, incluso legarla a una sedia e ora legarle le mani.

Lo esaminò mentre si chinava a fare il suo lavoro. Roger non sembrava guidato dalla follia come il fratello maggiore. Ovvio, non si era mai illuso che il titolo gli appartenesse. Questo poteva giocare a suo favore se era attenta.

Se riusciva a convincerlo a non fare tutto ciò che gli veniva detto.

«Non devi fargli da lacchè» gli disse dolcemente.

Roger voltò la faccia e strinse le corde abbastanza strette da penetrarle nella pelle. Fece un bel respiro e lanciò un'occhiataccia a Josiah che ora sorrideva.

«Non voglio che parliate con Ewan in quella vostra piccola lingua segreta.« Scosse la testa come se fosse disgustato. «Eravate una gentildonna. Cosa vi ha spinto a dedicare così tanto tempo a un ottuso come lui?»

Charlotte sostenne il suo sguardo mentre cercava di trovare calma a sufficienza da parlare. «Questa sarà la vostra rovina, sapete. Pensare che il suo silenzio voglia dire che non è più intelligente di voi. Che non è più forte. Che non vi è superiore in tutto.»

Josiah balzò in avanti in preda alla rabbia. Le prese le guance nel pugno e le strinse fino a farle male alla mascella. «Chiudete quella cazzo di bocca» ringhiò. «O vi troverò qualcos'altro da farci prima di uccidervi.»

Charlotte rabbrividì, perché il suo significato era più che chiaro. Strinse le labbra mentre lui si allontanava per attizzare il fuoco che aveva acceso al loro arrivo. Doveva pensare. Fare un piano.

Non poteva parlare a gesti con Ewan quando fosse arrivato, e non si illudeva che non sarebbe arrivato. Josiah aveva inviato un messaggio al castello solo pochi minuti prima. Tra un'ora o giù di lì, Ewan sarebbe arrivato a spron battuto. Da solo, se avesse seguito le istruzioni.

E sarebbe finito in un incubo.

Provò a muoversi per testare i nodi, ma Roger li aveva legati stretti. «Imbavagliala» disse Josiah.

«No, aspettate» ansimò. «Non volete che gli parli a segni, giusto?»

La fissò, silenzioso e con gli occhi spenti. « Imbavagliala» ripeté.

«No!» gridò, voltando la testa mentre Roger si avvicinava con una striscia di stoffa sporca da infilarle in bocca. «Ascoltatemi, dannazione. Se volete davvero fargli del male, dovete *ascoltarmi!*»

Josiah si raddrizzò e alzò una mano per fermare suo fratello. Si mosse verso di lei, esaminandola. «Volete fargli del male anche voi?»

«Certo che no» ansimò lei, fissandolo. «Ma *voi* sì. Per riuscirci, dovete lasciarlo comunicare con voi. Avete due possibilità. Potete fargli scrivere tutto sul suo taccuino.»

Josiah emise un verso di disgusto. «Dio, il taccuino. Scrivere, scrivere, scrivere. No.»

«Allora l'altra opzione è lasciargli usare la lingua dei segni per tutto ciò che ha da dire e lasciarmi tradurre.» Deglutì, disgustata dalla situazione. Da tutto. «Volete sentire il suo dolore, vero? Sentirlo davvero? Bene, avete bisogno di me come portavoce perché accada.»

Trattenne il respiro mentre aspettava la sua decisione. Poteva solo sperare che scegliesse quella di non imbavagliarla. Altrimenti, non aveva alcuna possibilità di dire a Ewan quello che aveva bisogno di sapere. Per aiutarlo in tutto questo e farli uscire vivi entrambi.

«È rischioso» rifletté Josiah. Guardò suo fratello, ma lei capì che non gli importava niente di quello che pensava Roger. Il più giovane del gruppo era una pedina in questo gioco quanto lo era stato Griffin. Si chiese se lui lo sapesse.

Di sicuro, Roger non sembrava felice di tutto questo.

«Sarebbe utile essere in grado di comunicare con quell'idiota, però.» Josiah si strofinò il mento mentre ci rimuginava. «Roger starà al vostro fianco, milady. Se fate qualcosa di sciocco, gli ordinerò di piantarvi una pallottola in testa.«

Roger fece un passo indietro, scuotendo il capo. «Non le sparerò.»

Josiah alzò lo sguardo e fece una smorfia. «Che cosa?»

«Ho detto che ti avrei aiutato con Ewan» disse Roger, incrociando le braccia. «Non a ucciderla.»

«Codardo!» sibilò Josiah avvicinandosi a Roger in quella che poteva essere vista solo come una posa minacciosa. Charlotte trattenne il respiro. Se fossero venuti alle mani, forse la situazione si sarebbe risolta prima ancora che Ewan arrivasse.

Ma proprio quando Josiah stava per colpire Roger, il giovane gridò: «Arriva qualcuno a cavallo!»

Josiah si voltò verso la finestra che si affacciava sul fronte del capanno e trattenne un'imprecazione. «Maledizione, sembra Ewan. Cosa ci fa lui qui? Non dovrebbe avere ancora ricevuto il mio messaggio!»

Charlotte si drizzò il più possibile sulla sedia per cercare di vedere chi fosse. Lo intravide solo di sfuggita, ma capì subito che si trattava davvero di Ewan. Il che significava che era venuto a cercarla, probabilmente al negozio, e che Griffin gli aveva detto la verità su dove si trovava. Era combattuta tra sollievo e orrore.

Sollievo perché era qui e stava venendo per lei. Orrore perché Josiah era così imprevedibile che questo cambiamento ai suoi piani avrebbe potuto indurlo a spargli a vista.

Si spinse in avanti con la sedia, sfregando le gambe sul pavimento di legno che cigolò. Il rumore attirò l'attenzione di Josiah su di lei, proprio come aveva sperato, e lui le venne incontro, puntandole la pistola in fronte.

Charlotte chiuse gli occhi mentre lui le premeva la canna contro la tempia. «Questa è una pistola a due colpi, milady. Uno per voi, uno per lui. Non fatemi usare il primo colpo prima ancora che Ewan partecipi al divertimento.»

Lei scosse la testa. «N... no.»

«Apri la porta a nostro fratello, Roger» disse Josiah senza distogliere lo sguardo da Charlotte. «Invitalo alla festa.»

Ewan scese lentamente da cavallo, senza mai staccare lo sguardo dalla casa. Era un bel capanno, costruito quattro generazioni prima. Gli era sempre piaciuto molto quel luogo, perché era il posto in cui si nascondeva da bambino quando suo padre trascinava la famiglia in campagna.

Ma ora lo fissava e gli faceva solo paura. Se Charlotte fosse stata dentro, avrebbe potuto essere già morta. Se lei era ancora viva, non aveva idea di come l'avrebbe trovata o di cosa avrebbe comportato il tradimento di suo fratello. C'erano infiniti modi in cui Josiah poteva fare del male a Charlotte prima ancora che Ewan li trovasse, e gli si strinse il cuore al pensiero di non essere in grado di salvarla.

Ma con suo grande sollievo, la porta si aprì e sulla soglia apparve Roger con in mano una pistola puntata contro Ewan: «Entra adesso. Lentamente.»

Ewan alzò le mani, per dimostrare che non aveva armi, almeno non armi che poteva raggiungere facilmente. Salì le scale, mantenendo lo sguardo fisso su Roger, e gli passò accanto entrando nella stanza principale del capanno. Ebbe quasi un mancamento davanti a ciò che vide. Charlotte era legata a una sedia di legno al centro della stanza. Josiah era in piedi accanto a lei, e le puntava una pistola alla tempia. Aveva le mani legate strette. Riuscì a vedere l'alone rosa che le corde ruvide le avevano lasciato sulla pelle.

Ma era viva e apparentemente illesa, e si lasciò sfuggire un singhiozzo quando lo guardò.

«Devo perquisirlo?» chiese Roger.

Josiah spinse la pistola più forte contro Charlotte, facendole diventare bianca la pelle intorno alla canna. «Non c'è bisogno. Non tirerà fuori nessuna pistola. Sa cosa succederà se lo fa. Non è vero?»

Ewan alzò leggermente il mento e annuì. «Tuo fratello sta arrivando dal retro» fece segno a Charlotte. «E Matthew arriverà presto con le guardie.»

Charlotte annuì, anche se il suo viso non mostrava sollievo, paura o altro. Adesso era perfettamente serena e indecifrabile, calma di fronte a un tremendo temporale. Disse: «Mi sta chiedendo se sto bene. Sto bene, Ewan. Non sono ferita.»

«Non ancora» la corresse Josiah e sorrise.

Ewan sussultò, perché in quel momento suo fratello somigliava esattamente a loro padre. Aveva la stessa piega crudele sulle labbra, la stessa scintilla di rabbia negli occhi. Riportò quasi Ewan a un tempo lontano, in cui non aveva potere. Quasi. Charlotte lo teneva saldamente a terra.

«È tutto *non ancora* a questo punto, vedi.» sogghignò Josiah. «Allora, benvenuto all'inferno, Ewan.»

Ewan lanciò un'occhiataccia a suo fratello. «Ti lascia tradurre allora?» gesticolò.

«Ewan vuole sapere cosa avete intenzione di fare» mentì lei. Mantenne lo sguardo fisso su quello di Ewan. Il messaggio nei suoi occhi era chiaro.

«Molto bene» rispose Ewan a gesti. «Gli parlerò e tu sarai la mia voce. Temporeggeremo il più a lungo possibile.»

«Vuole sapere cosa vuoi» aggiunse Charlotte.

«Non ho idea di quali piccoli messaggi segreti tu stia inviando al grande amore della tua vita» disse Josiah. «Ma presumo che le sue domande siano ciò che hai *veramente* in testa. Vuoi sapere cosa voglio?»

Ewan annuì.

«Sai cosa voglio» sibilò Josiah. «Sai cosa merito.»

Ewan rivolse completamente la sua attenzione a Josiah e fece un segno: «Il titolo.»

Dopo che Charlotte ebbe tradotto, Josiah sogghignò. «Il *mio* titolo» lo corresse. «È sempre stato il mio dannato titolo.»

Ewan emise un sospiro e cercò di ricordare cos'aveva passato quell'uomo da bambino. Per cercare di fare appello al dolore che aveva in cuore piuttosto che all'odio. «Questo è quello che ti ha detto nostro padre» rispose a gesti. «Quello che ti ha insegnato a credere attraverso la sua violenza. Che ne avevi diritto. Che stavo cercando di derubarti.»

«Sì.»

Ewan lanciò un'occhiata a Roger. «E tu? A te cosa ha detto?»

Roger sembrava confuso dal venir incluso nella loro conversazione, ma disse lentamente: «Mi... mi ha detto che eri un usurpatore. Che dovevo aiutare mio fratello a ottenere ciò che era suo.»

«E cos'era tuo?» chiese Ewan, incontrando gli occhi di Roger mentre Charlotte traduceva. «C'era qualcosa di tuo?»

Roger deglutì e la risposta gli guizzò in faccia. «No» ammise a bassa voce.

«Basta» scattò Josiah, e afferrò Charlotte per i capelli, tirandole la testa all'indietro. «È una questione tra te e me.»

«Sì» confermò Ewan con un cenno del capo. «Tra me e te. Non dovresti coinvolgere Roger, né Charlotte. Lasciali andare entrambi e lasciamola tra te e me.»

Charlotte esitò. «No» disse, rivolgendosi a lui piuttosto che agli altri. «No, non te lo permetterò.»

Lui inclinò la testa e gesticolò: «Non lascerò che ti sacrifichi per me.»

«Dimmi cos'ha detto!» ruggì Josiah e si voltò verso Charlotte. La colpì in viso con il dorso della mano, ed Ewan balzò in avanti mentre lei distoglieva il volto con un rantolo di dolore. Il rossore si diffuse immediatamente sulla guancia.

Charlotte ripeté lentamente ciò che Ewan aveva indicato, con gli occhi pieni di lacrime che Ewan credeva avessero più a che fare con lui che con il suo dolore o la sua paura. Perché era Charlotte e lo amava come nessun altro lo aveva mai amato.

«Non la lascerò andare» sogghignò Josiah. «La questione è con entrambi adesso. Un bambino, anche un bastardo, potrebbe rovinare i miei piani se lei volesse. E lei lo farebbe, non è vero?» Rivolse la sua attenzione su Charlotte. «Perché lo amate tanto, tantissimo.»

«Sì» ammise lei. «Non vi ha mai amato nessuno?»

Ewan vide la faccia di suo fratello contrarsi, una maschera di dolore e ancor più di rabbia. Avrebbe voluto poter urlare più di quanto avesse mai desiderato in tutta la sua vita, per dirle di smetterla. Stava stuzzicando un vespaio in quel momento, e se avesse giocato male le sue carte, sarebbe morta prima che Ewan potesse fare qualsiasi cosa.

«Quell'uomo, quel duca, quel bastardo che vi ha generati tutti» continuò piano, perfino con gentilezza. «Vi ha insegnato a odiarvi a vicenda. A competere. Vi ha lasciato credere che il vostro fosse un legame di distruzione. Ma vi ha mai insegnato l'amore? O l'accettazione? O il perdono?» Deglutì. «Meritavate di essere amato, proprio come Ewan. Forse quello che odiate veramente di lui è che è scappato di casa mentre voi non avete potuto. Che gli è stato dato l'amore che volevate tanto anche voi.»

«Smettila» le fece segno Ewan disperato. «Guardalo in faccia, Charlotte. Smettila!»

Lo ignorò. «Siete ancora in tempo per cambiare la situazione, Josiah. Per ridefinire la vostra vita. Sia voi che Roger.»

«Sto ridefinendo la mia vita, milady. Vi sparerò in mezzo agli occhi e lo guarderò soffrire in silenzio mentre morite dissanguata sul pavimento. Gli farò sentire il vostro ultimo respiro. E poi lo ucciderò. E farò sembrare che vi abbia ucciso lui e che poi si sia tolto la vita.»

Charlotte si irrigidì e spostò lo sguardo su Ewan. L'espressione sul suo viso gli lacerò il cuore. Era calma. Rassegnata. Piena di amore per lui, e intenta a fare in modo che accettasse ciò che stava per accadere.

Non poteva accettarlo. Mai.

«Guardami» sussurrò Josiah. Poi premette il grilletto della pistola.

Ewan si preparò alla fine, la fine di tutto ciò che era mai stato importante per lui. Ma con sua sorpresa, non arrivò. Il grilletto si innescò, ma non successe niente.

Josiah fissò la pistola che aveva in mano, la strinse e premette di nuovo il grilletto. Ancora niente. Ewan si lanciò in avanti per approfittare della sua distrazione e colpì suo fratello con tutto il suo peso. Scivolarono insieme sul pavimento, e la pistola finì lontano.

«Cosa sta succedendo?» gridò Josiah mentre lottava con Ewan, stretto in una morsa mortale mentre ciascuno cercava di sconfiggere l'altro.

«L'ha scaricata» singhiozzò Charlotte mentre iniziava a strattonare le corde. «Quando siete andati a prendere la carrozza, ho convinto il signor Griffin a scaricare la pistola.»

«Sparale!» urlò Josiah a Roger mentre spingeva forte contro Ewan. «Spara a lei e poi a lui!»

Roger era sulla soglia, e Ewan lo osservò con orrore puntare la pistola contro Charlotte che spalancò gli occhi, colmi di terrore. Si era preparata per una situazione, ma non per l'altra, a quanto pareva.

In quel momento una delle porte che conducevano alla stanza principale si spalancò. Baldwin si precipitò dentro, con la pistola spianata, e si fermò di colpo con l'arma puntata contro Roger, ma non sparò. Ovviamente non poteva. Una mossa sbagliata e Charlotte sarebbe morta.

«Per favore, no» ansimò. «Per favore, non uccidere mia sorella.»

Roger sussultò e il suo sguardo scivolò su Ewan. Poi su Josiah. Gli tremavano le mani mentre abbassava la pistola. Tutto nella stanza rallentò e poi si fermò.

«No» disse. «No, Josiah, non lo farò.»

«Che cosa?» ruggì Josiah. «Di cosa stai parlando, maledizione?»

«Ti avevo detto che ti avrei aiutato a ottenere ciò che ti era dovuto» disse Roger, deglutendo a fatica. «Ma non ho mai detto che avrei sparato a una donna innocente. O a mio... mio fratello.»

«Vigliacco!» strillò Josiah, e diede una gomitata a Ewan che lo prese alla sprovvista. Lo colpì alla tempia, gli si offuscò la vista e allentò leggermente la presa. Josiah lo spinse via, lanciandosi verso Roger in un evidente tentativo di prendere la pistola.

Roger sollevò di nuovo l'arma. «Non costringermi!» urlò.

Ma Josiah lo ignorò e gli andò incontro barcollando. Ewan si precipitò verso Charlotte mentre Baldwin sollevava la sua arma. Si sentì il colpo forte e acuto di una pistola che veniva esplosa e Josiah si bloccò. Abbassò lo sguardo sulla macchia di sangue circolare che si allargava sulla sua camicia da damerino.

«Tu» sbuffò Josiah mentre cadeva in ginocchio, e poi a faccia in giù, morto ancor prima di toccare le assi di legno sottostanti.

Per un lungo istante nessuno si mosse. Roger continuò a tenere la pistola puntata in avanti mentre fissava il corpo di Josiah. I singhiozzi lo scuotevano da capo a piedi. Baldwin gli si avvicinò piano.

«Metti giù la pistola» disse con gentilezza.

Roger fissò la pistola che aveva in mano, poi di nuovo il fratello morto. Scosse la testa, poi posò l'arma sul pavimento, vi si sedette accanto e cominciò a piangere.

Mentre Baldwin si precipitava a spostare l'arma fuori dalla sua portata, Ewan raggiunse Charlotte. Si inginocchiò davanti a lei, le prese le guance e la baciò. Lei sollevò il mento, emettendo piccoli suoni, piccoli singhiozzi mentre ricambiava ogni bacio.

«Tieni, le mie mani» disse, e lui riuscì a smettere di baciarla abbastanza a lungo per iniziare a sciogliere i nodi che legavano strette le sue povere dita.

«Sta bene?» chiese Baldwin mentre si allontanava da Roger e gli infilava entrambe le pistole in vita.

«Sto bene» disse, guardando suo fratello. «Grazie al tuo eroismo e a quello di Ewan.»

Baldwin si afflosciò per un momento, visibilmente sollevato. Roger iniziò a dare di stomaco e Baldwin si chinò per aiutarlo a rimettersi in piedi. «Andiamo fuori, ragazzo, va tutto bene. Puoi rimettere tra i cespugli.»

Ewan osservò uno degli uomini che aveva considerato un fratello per tutta la vita mentre aiutava il suo fratello di sangue a uscire dalla stanza con una gentilezza che Roger probabilmente non meritava. Aveva molte cose in sospeso con la sua famiglia d'origine, ma in quel momento tutto quello che gli importava era Charlotte.

Dopo che Ewan le liberò le dita, Charlotte le piegò per far riprendere il flusso sanguigno mentre lui scioglieva le corde che la legavano alla sedia. In pochi secondi fu libera e gli avvolse le braccia intorno al collo. Le tremava tutto il corpo mentre si aggrappava a lui, passandogli le mani sui capelli e sulle spalle, come per controllare che fosse illeso.

Gli stava mormorando infinite, dolci parole d'amore che per Ewan erano tutto quando la prese tra le braccia e la portò fuori dal capanno, lontano dal cadavere del fratello che era stato educato a odiarlo così profondamente. Fuori all'aria fresca dove Roger era sdraiato sull'erba con un braccio sugli occhi.

Baldwin si precipitò da loro mentre Ewan rimetteva i piedi di Charlotte a terra. I fratelli si abbracciarono proprio quando Matthew arrivò a spron battuto su per la collina con una squadra alle spalle, incluso il conestabile e alcuni uomini che sembravano essere stati arruolati sul momento.

Ewan sospirò. Quello che voleva più di ogni altra cosa era prendere Charlotte tra le braccia e portarla a casa nel suo letto, dove avrebbe potuto dimostrare a se stesso che non era ferita. E dimostrarle, senza le parole che non riusciva a proferire, quanto l'adorasse. Ma c'era del lavoro da fare. Lavoro che solo il duca poteva fare.

Frugò in tasca per trovare il suo taccuino, ma Charlotte si staccò da suo fratello e gli andò accanto. «Ti aiuto io» sussurrò.

«Hai avuto una giornata troppo difficile» protestò Ewan a gesti.

Lei scosse la testa. «*Tu* hai avuto una giornata troppo difficile. Ma siamo insieme. E la supereremo insieme.»

Ewan la fissò, l'amore della sua vita. Una donna che aveva perso una volta e che aveva quasi perso una seconda volta e definitivamente. Annuì, prendendole la mano, e si diressero verso il gruppo di nuovi arrivati per affrontare insieme qualunque cosa dovesse succedere.

CAPITOLO VENTI

Charlotte chiuse gli occhi mentre sua madre le passava la spazzola tra i capelli per completare i cento canonici colpi. La Duchessa di Sheffield aveva congedato la cameriera ed era stata l'unica ad aiutare Charlotte a mettersi la camicia da notte e a fare i preparativi per andare a letto. Le sembrava un po' di avere di nuovo otto anni, anche se non se ne lamentava, soprattutto quando alzò il viso sorridendo e vide la persistente paura di sua madre. Dopo quella giornata, capiva quella paura e il bisogno della duchessa di starle un po' più vicina.

Una volta arrivati a casa, era stato così con tutti. Avevano condiviso una tranquilla riunione di una famiglia affettuosa che si riteneva fortunata e ringraziava il Cielo per aver conservato ciò che avrebbero potuto perdere così facilmente.

«Sto benissimo, mamma» la rassicurò Charlotte stringendole la mano. «Davvero.»

Sua madre sfiorò il segno di un livido che aveva rovinato la guancia di Charlotte, e si accigliò ancora di più. «È mancato molto poco che vi perdessimo. Sia te che Ewan. Non riesco a immaginare quanto devi aver avuto paura. Avrei dovuto sapere che qualcosa non andava, avrei dovuto...»

«Oh, mamma» cercò di confortarla Charlotte alzandosi in piedi e abbracciando sua madre. «Non c'è niente che avresti potuto fare. Josiah era un uomo problematico. Almeno adesso è in pace.»

Sua madre fece una smorfia. «Pace che non merita. E non posso credere che Ewan abbia acconsentito a sgravare l'altro fratello dalla responsabilità di quella che poteva essere una tragedia.»

Charlotte sospirò. «Questa è stata una *mia* idea, mamma. Roger avrebbe potuto uccidermi, ma alla fine si è rivoltato contro tutto quell'odio e ha fatto la cosa giusta. Lui e la Duchessa di Donburrow dovranno affrontare la pubblica censura a sufficienza quando circolerà questa storia. Soffriranno per qualunque sia stato il loro ruolo.»

«Sei troppo buona» disse sua madre. Accompagnò Charlotte al suo letto e tirò giù le coperte. Charlotte sorrise davanti a quel gesto e si arrampicò sulle coperte fredde in cui sua madre la rimboccò come quando era bambina.

«Vuoi che resti con te stasera?» le chiese.

Charlotte toccò delicatamente la guancia di sua madre. «Grazie, mamma, ma no. Ti assicuro che starò bene.»

Lei sospirò. «Molto bene. Buonanotte tesoro mio.» Si chinò per baciare la guancia di Charlotte e poi si voltò per andarsene. Quando raggiunse la porta, si fermò. «Mi sono dimenticata una cosa.»

Charlotte corrugò la fronte. «Che cosa, mamma?»

Sua madre tornò, frugando in tasca. Estrasse un oggetto avvolto dentro a della stoffa. «Dopo che Ewan ha lasciato il negozio del signor Griffin e prima che Matthew mi portasse via, quell'uomo cattivo e orribile mi ha dato questo.»

Charlotte prese il pacchetto e lo scartò. Era il taccuino d'argento che aveva acquistato per Ewan il giorno prima. «Non l'ha inciso» mormorò mentre passava le dita sul retro liscio. «Logico. Sapeva fin dall'inizio che sarebbe stato usato come esca per portare me ed Ewan al suo negozio per i piani di Josiah.»

«Non mostrerà mai più la sua faccia in questo paese» disse la duchessa con un sospiro. "E farò in modo che non lavori mai più in un buon negozio. Lo darai a Ewan?»

Charlotte capovolse l'oggetto e osservò le splendide incisioni sul davanti. «Penso di sì, sì» disse. «Ma non adesso.»

In quel momento non era sicura di come stessero le cose tra loro. Erano rimasti fianco a fianco, affrontando le conseguenze di tutto quello che era successo quel giorno. Le era rimasto vicino a cena e dopo. Ma c'era qualcosa nel modo in cui la guardava... non era sicura di cosa significasse.

E tutta la sua spavalderia sull'affrontare il suo rifiuto ora sembrava essere svanita. Ne aveva passate troppe per sentirsi dire ancora una volta che non le avrebbe permesso di amarlo. Forse l'avrebbe fatto più tardi. Quando non si sarebbe sentita così... fragile.

Questa volta sua madre la baciò sulla fronte e poi si avvicinò alla porta. La salutò un'ultima volta e chiuse la porta dietro di sé, lasciando Charlotte da sola.

Rimase sdraiata sul letto per un momento a fissare il taccuino. Stava per chinarsi a spegnere la candela quando bussarono alla porta. Strinse le labbra. Apprezzava le attenzioni di sua madre, ma in quel momento voleva davvero stare da sola.

Si alzò dal letto e andò alla porta. Quando l'aprì, disse: «Hai dimenticato qualcosa, mamma?»

Ma la persona che vide dall'altra parte non era sua madre. Era Ewan. Ewan con la camicia slacciata, gli stivali tolti da tempo. La fissava, i suoi occhi scuri scivolavano su di lei come se non fosse sicuro che fosse reale.

Ewan, così bello e perfetto e suo.

«Pensavo che non se ne sarebbe mai andata» fece segno mentre entrava nella stanza, prendendola tra le braccia.

Charlotte gli si aggrappò aprendosi al suo bacio mentre Ewan chiudeva la porta dietro di sé con un calcio. Non disse una parola mentre la faceva arretrare verso il letto, la adagiava sui cuscini e si toglieva la camicia prima di raggiungerla.

Le coprì voracemente la bocca con la sua. Era possessivo in un modo che andava molto più in profondità di ogni volta che l'aveva reclamata prima. Era disperato. Ma lo era anche lei. Dopotutto, aveva visto Ewan venire minacciato. Anche sapere che la pistola di Josiah non aveva munizioni non aveva placato la sua paura. Sarebbe potuto succedere di tutto. Avrebbe potuto perderlo.

In quel momento mise da parte i suoi dubbi. Mise da parte le sue domande e le sue paure e si arrese a quest'uomo che amava mentre le sue mani cominciavano a vagare sul suo corpo. Toccò ogni centimetro della pelle che aveva esposta, le sue dita danzavano su di lei con tenerezza e amore.

Le afferrò la cintura della camicia da notte e la tirò giù, interrompendo il loro bacio per tracciare con la bocca il percorso della veste, assaporandole la pelle come se stesse morendo di fame. La camicia da notte scivolò e lui la tirò sotto il seno per poi catturarle il capezzolo e succhiarlo facendo roteare la lingua fino a farle perdere la ragione dal piacere.

Le si mise sopra, tirandole il resto della camicia da notte intorno alla vita. Le tracciò le curve dei seni mentre con le dita le diceva «Bellissima.»

«Anche tu» sussurrò lei, facendo scorrere le mani sul suo petto nudo, infilandogli le dita nei pantaloni sforzandosi di sganciare la patta che gli impediva di essere nudo insieme a lei.

Ewan sorrise e si alzò dal letto. Il suo sguardo non la lasciò mai mentre slacciava i pantaloni liberando la sua erezione. Charlotte si tirò parzialmente su a sedere, leccandosi le labbra, il corpo formicolante di bisogno. Ma non solo bisogno di averlo dentro di lei. C'era qualcosa di più profondo. Il desiderio di riconnettersi con una persona che avrebbe potuto perdere quel giorno.

Lui spinse via i pantaloni e Charlotte gli fece cenno di tornare da lei. La raggiunse di nuovo, ma questa volta si mise di schiena. Charlotte si mise sopra e si levò la camicia da notte. Si posizionò a cavalcioni sui suoi fianchi, premendo il suo membro tra le gambe senza permettergli di penetrarla. Poi si chinò su di lui, coprendo entrambi con i suoi lunghi capelli mentre lo baciava più a fondo. Gli offrì tutto il suo essere quando gli sfiorò appena le labbra e mormorò il suo nome.

Ewan le prese la nuca con delicatezza e le infilò le dita tra i capelli. Si baciarono in quel modo a lungo, come se avessero una vita davanti anche se lei sapeva che quella vita non era ancora stata promessa. Forse non lo sarebbe mai stata.

Scacciò il pensiero dalla mente e mosse il corpo su di lui, allungando la mano tra di loro per far scivolare la punta del suo sesso contro la sua apertura. Ewan si abbandonò all'indietro con un respiro profondo mentre lei lo prendeva adagio. Centimetro dopo centimetro, istante dopo istante, sempre più in profondità fino a che non le fu completamente dentro e non c'era più spazio tra loro.

Charlotte incrociò il suo sguardo e lo sostenne mentre iniziava a cavalcarlo lentamente. Lui sollevò le mani per afferrarle i fianchi, facendole scivolare di lato per afferrarle il sedere mentre lei si muoveva su di lui in onde profonde e circolari. Ogni movimento risvegliava in lei un piacere più profondo e la spingeva al limite per poi riportarla indietro. Non aveva fretta, nemmeno mentre il piacere montava sempre di più. La giornata appena conclusa le aveva mostrato che ogni momento poteva essere l'ultimo.

E così intendeva assaporarne ogni singolo istante fino a quando lui non glielo permise più. Si sollevò sotto di lei, affondandole sempre più dentro a ogni spinta. E la guardava attentamente, prendendo nota di ogni momento di godimento e di estasi come se significasse tanto per lui quanto per lei.

Charlotte voleva dirgli che lo amava quando iniziò il suo orgasmo, voleva gridarlo nella stanza silenziosa e renderlo parte di ciò che c'era tra loro in quel bellissimo, sacro momento. Ma si trattenne per paura di spezzare l'incantesimo, paura di respingerlo quando aveva bisogno di averlo vicino.

Così si limitò a gemere per il piacere, a mugolare il suo nome, a sospirare suoni confusi e privi di significato mentre l'orgasmo andava avanti e avanti e avanti.

Quando fu esausta, gli crollò sul petto, stringendolo ancora con il corpo, cingendolo con le ultime vestigia di piacere. Allora Ewan rotolò con lei mettendosi sopra, le prese il ginocchio da dietro e le sollevò la gamba contro il proprio fianco.

Spinse forte, a fondo, il collo teso mentre le affondava dentro con un ritmo perfetto. Charlotte sussultò, riportata all'apice del piacere mentre lui la prendeva e si avvicinava al culmine del proprio. Alla fine gettò indietro la testa con un grido silenzioso sulle sue labbra dischiuse.

Si tirò indietro e venne sulle lenzuola, poi la strinse a sé e la tenne stretta nell'oscurità crescente del fuoco ormai spento nel camino. La tenne contro di sé e lei gli seppellì il viso nel petto pregando, sperando di non dover mai allontanarsi di nuovo da quell'uomo.

Sapendo che quei dolci sogni potevano non realizzarsi mai, non importa quanto la amasse.

Ewan si sedette contro il poggiatesta del letto. Charlotte se ne stava accoccolata sul suo petto e lui le passò le dita tra i capelli setosi. Alla luce del fuoco le vedeva metà viso. La metà segnata dai lividi causati da Josiah poche ore prima.

Gli venne un nodo allo stomaco mentre riviveva quei momenti orribili. Probabilmente li avrebbe rivissuti per tutta la vita in un modo o nell'altro.

Si mosse e lei si irrigidì, sollevando la testa. «Non te ne vai, vero?»

Scosse la testa e indicò la candela. Si era spenta mentre facevano l'amore, estinta da una corrente d'aria. La riaccese con la pietra focaia. Mentre si apprestava a rimetterla sul comodino, vide qualcos'altro. Un taccuino d'argento, appoggiato su un lembo di tessuto piegato.

Lo prese, toccando la superficie finemente incisa con la punta del dito prima di guardare Charlotte con aria interrogativa.

Charlotte si innervosì. «Era un regalo d'addio» disse. «Quello che sono andata a prendere in città prima...»

Si interruppe e distolse lo sguardo. Ewan prese il regalo e lo adagiò nel palmo della mano. Era del peso giusto. Sempre facile da trovare in tasca, ma non così pesante da fargli pendere i vestiti da un lato.

Lo rigirò e passò la mano sul retro piatto del taccuino. «È bellissimo» le fece segno. «Posso aprirlo?»

Charlotte si tirò su a sedere appoggiandosi sui gomiti per osservarlo. Quando lo aprì, sul letto in mezzo a loro cadde un pezzo di carta ripiegato.

«Che cos'è?» chiese a gesti mentre cercava di prenderlo.

Charlotte fu più veloce, e glielo strappò via arrossendo. «Non è niente.»

Ewan inarcò un sopracciglio. Charlotte normalmente non gli nascondeva le cose. Vederla comportarsi così dopo quella giornata gli fece provare una sensazione sgradita che non voleva nominare.

«Che cos'è?» ripeté lentamente, scandendo ogni parola con attenzione.

Charlotte chinò la testa. «Immagino che sia quello che avevo chiesto al signor Griffin di incidere sul retro» ammise. «Solo che non lo ha fatto.»

Ewan deglutì a fatica, poi allungò lentamente la mano. Charlotte sospirò e gli porse il foglietto. Lui lo aprì e trovò solo due righe scritte con la grafia ordinata e femminile di Charlotte:

Il mio amore per te non è mai mutato e non cambierà mai. Con tutto quello che sono o sarò, C

Ewan trattenne il respiro davanti a quel semplice sentimento che lo faceva ardere nel profondo. Sollevò lentamente gli occhi e scoprì che Charlotte non lo stava guardando, ma giocherellava con un filo allentato sul copriletto. Le toccò il mento e lei finalmente alzò lo sguardo.

«Non volevi che lo vedessi» gesticolò con un nodo alla gola. «I tuoi sentimenti sono cambiati?»

Non avrebbe potuto biasimarla se fosse così. Dopo tutto quello che aveva passato grazie a lui? Non solo quel giorno, ma da molto tempo. Il fatto che lei lo cercasse mentre lui si tirava indietro... capiva di averla ferita molto profondamente, anche se Charlotte comprendeva la sua reticenza.

E forse si era spinto troppo in là.

Charlotte trattenne il respiro. «Certo che no» sussurrò. «Ewan, quelle parole rappresentano esattamente come mi sento. Solo che... non volevo mostrartelo stasera.»

«Perché?»

La vide fare un profondo sospiro. «Perché non sono dell'umore di sentirti spiegarmi perché quello che sento è sbagliato. Non sono attrezzata per combattere per te come dovrei.»

Si accigliò. Combattere per lui? Oh sì, l'aveva fatto per anni. Mai più che in quei brevi, magici giorni in cui erano stati insieme da soli. Aveva combattuto per lui, era quasi morta per lui.

E ora temeva che lui avrebbe ignorato tutto questo. Perché aveva dimostrato di poterlo fare.

Chinò la testa, vergognandosi della sua reticenza. Charlotte fece un respiro profondo e il suono lo fece voltare verso di lei. Aveva alzato il mento e aveva nuovamente un'espressione coraggiosa in viso.

«Ma forse ho ancora in me un po' di forza per combattere» mormorò, forse più tra sé. «So che temi i rischi di una nostra unione, Ewan. Riconosco che le tue preoccupazioni sono valide. Ma in fin dei conti, la vita non è tutta un rischio? In questo momento Emma e James stanno aspettando che venga al mondo il loro primo figlio. Molto probabilmente andrà tutto bene, ma qualcosa potrebbe andare storto, e in modi molto peggiori di come giudichi la tua nascita.»

Ewan fece per fare un segno, ma lei gli prese le mani.

«Lasciami finire» gli chiese. «Oggi abbiamo affrontato qualcosa che non avrei mai immaginato. Ho intravisto un futuro in cui ci saremmo separati in modo permanente e il solo pensiero mi spezza il cuore. Se aver rischiato di perderci ti insegna qualcosa, spero che la lezione sia che dobbiamo prendere quello che possiamo quando possiamo. Il rimpianto non tiene una gran compagnia a letto.»

Le scostò le mani dalle sue con delicatezza per poter risponderle: «Sei pronta a lasciare parlare me adesso?»

Charlotte rise, anche se il timbro di voce era nervoso. «Suppongo di sì.»

«So di non averti mai dato prova che potevo correre il rischio che descrivi. Ti ho dimostrato il contrario, troppe volte. Ma sapevo un fatto fondamentale molto prima di entrare in quel capanno da caccia e trovare mio fratello che ti puntava una pistola alla tempia.»

Charlotte aveva gli occhi spalancati e il loro verde era diventato considerevolmente più scuro mentre sussurrava: «E che cos'è?»

«Che ti amo, Charlotte Maria Penelope Undercross.» Mentre sillabava con le dita tutte le lettere del suo nome, la vide piegare la bocca all'ingiù, ma le lacrime che le riempirono gli occhi erano di gioia, e dopo gli fece un sorriso luminoso. «Charlotte, ti amo da così tanto che non ricordo come fosse non amarti. Penso che non sia una sorpresa per te.»

«Lo speravo» sussurrò lei con voce tremante mentre si asciugava le lacrime dalle guance.

«Ti ho lasciato andare tutti quegli anni fa» gesticolò «nella speranza di poterti salvare da cosa e da chi sono.» Charlotte sussultò e lui si affrettò a continuare: «Ma quello che ho capito subito è che tu hai salvato *me*, con tutto ciò che sei.»

Lei scosse la testa. «Cosa stai dicendo, Ewan? Perché il tuo amore significa tutto per me, ma non se me lo offri con un 'ma'.»

«Nessun ma» rispose prima di allontanare una ciocca di capelli dal suo viso. «Non questa volta. So di aver rovinato le cose tenendomi a distanza. Negandomi nella distorta convinzione che avrei potuto renderti le cose più facili. Non lo farò mai più. Voglio passare la mia vita con te. E lo sapevo anche prima che tu uscissi di casa stamattina. Avevo intenzione di dirti queste cose molto prima che la mia famiglia cercasse di distruggerci.»

Adesso le lacrime le scorrevano sul viso e le tremava la voce. «Vuoi passare la vita con me?» ripeté.

«Se mi vuoi» le fece segno. «Se vuoi sposarmi.»

Gli mise le braccia attorno al collo, gli coprì le labbra con le sue dicendo: «Sì, sì!» Le parole finirono per essere smorzate quando la mise a tacere tirandosela addosso per baciarla più a fondo.

Le lacrime di Charlotte gli scivolarono lungo il viso, fondendosi e mescolandosi con le sue come sapeva che avrebbero fatto per il resto della loro vita. Lacrime di gioia felici e lacrime di dolore.

Perché lei era sua, e lui era suo per sempre. E mentre rivendicava il suo corpo, la gioia che lo travolse lo cambiò. Non era mai stato così felice di pensare al futuro e di lasciarsi il passato alle spalle.

EPILOGO

Due settimane dopo, a Londra

«Sono certo che tu abbia usurpato un certo ordine» disse Graham Everly, Duca di Northfield, alzando il bicchiere verso Ewan con una risata. «Io e Adelaide ci sposiamo tra due settimane, e tu e Charlotte sbucate fuori dopo essere già convolati a nozze.»

Tutto il gruppo rise mentre Simon Greene, duca di Crestwood, commentava: «Non è proprio un brindisi, Northfield.»

«Allora fate provare a me» disse James Rylon, Duca di Abernathe e leader non ufficiale del loro gruppo. Si alzò, accarezzando la mano della moglie, Emma, ormai a fine gravidanza.

Ewan strinse delicatamente quella di Charlotte. Gli piaceva ancora molto passare il pollice sulla fede sulla mano sinistra che gli ricordava che era sua.

«Una vita si compone di molte parti» iniziò James, e la folla di duchi e duchesse che comprendeva anche la cugina e la zia di Ewan e la madre e il fratello di Charlotte, fece silenzio. «Ci sono prima e dopo per tutti noi, momenti buoni e cattivi.» Si guardò intorno nella stanza. «Possa il dopo che tu e Charlotte condividete non contenere altro che giorni e notti felici. E possa qualsiasi dolore del passato essere lasciato alle spalle come un'esperienza chiusa da cui imparare. A Charlotte ed Ewan.»

«A Charlotte ed Ewan» dissero tutti insieme, alzando i bicchieri per celebrare il loro matrimonio.

«Bene» disse Meg, la moglie di Simon, mentre gli stringeva la mano e si precipitava alla credenza. «Chi vuole un po' di torta adesso?»

Adelaide andò ad aiutarla e gli altri cominciarono a conversare. Charlotte sorrise a Ewan e lo allontanò dal gruppo, portandolo in un angolo di una stanza. Gli lisciò una ciocca di capelli dalla fronte e sussurrò: «Sei felice?»

Lui aggrottò la fronte e poi si chinò in avanti per appoggiarla sulla sua. Chiuse gli occhi e per un momento si limitarono a condividere il loro respiro. Ma poi lei alzò lo sguardo e lui le rispose a gesti: «Sei mia. Sono più felice di quanto merito di essere.»

L'espressione di Charlotte si addolcì mentre si alzava sulle punte dei piedi, ignara dei loro amici, e lo baciava. E in quel bacio c'era la promessa di tutti quei dopo che James aveva descritto, e un futuro così luminoso che sembrava che non esistesse nient'altro al mondo.

Tra le braccia di Charlotte, non esisteva nient'altro.

ECCO UN ESTRATTO IN ANTEPRIMA DEL PROSSIMO LIBRO DELLA SERIE IL CLUB DEL 1797 "DUCA DI NIENTE"

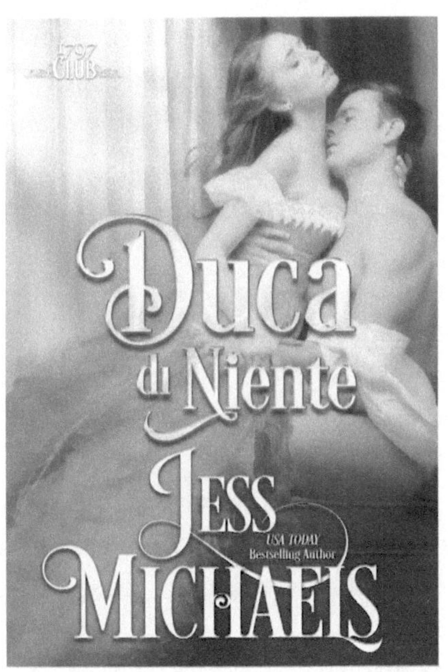

Stava per trovarsi un angolo buio e intimo dove rimuginare sui suoi cupi pensieri quando una giovane donna uscì dall'ombra e si appoggiò contro la balaustra dandogli le spalle.

Era snella, con una gran massa di capelli ramati raccolti in uno chignon alto in un finto stile greco. Dalla massa sfuggivano alcune ciocche ricciolute che le scendevano lungo la schiena creando piccole scie che scomparivano alla vista quando si aggiustava lo scialle un po' più in alto.

Non lo aveva ancora notato, a quanto pareva, perché la sua attenzione era rivolta verso l'alto. Era concentrata sul cielo sopra di loro, estasiata. Baldwin seguì il suo sguardo e trattenne il respiro. Era una notte senza luna e il cielo era illuminato di stelle. Si avvicinò di un passo senza far rumore e credette di sentirla sussurrare sottovoce, anche se non riusciva a capire cosa stesse dicendo.

Corrugò la fronte. Non aveva idea di cosa stesse facendo questa giovane donna, ma era evidente che non desiderava essere interrotta. Stava per voltarsi e allontanarsi da lei quando la ragazza smise di mormorare, si irrigidì e poi si voltò verso di lui.

Gli si fermò il cuore. Era... meravigliosa. Era l'unico modo per descriverla. Aveva lineamenti fini e delicati e occhi verde chiaro del colore delle foglie primaverili. I suoi capelli rossi incorniciavano pelle di porcellana interrotta solo da un attraente rossore che ora le colorava le gote.

«Salve» lo salutò.

Baldwin spalancò ancora di più gli occhi quando sentì l'accento con cui aveva pronunciato il suo saluto. Americano. Questa era l'americana.

«S...salve» ripeté, facendo un passo verso di lei quasi inconsciamente. «Non volevo disturbarvi.»

La giovane sorrise e il suo bel viso si trasformò in qualcosa di squisitamente bello. Era un sorriso a metà, con qualcosa di malizioso. Sembrava che le piacesse ridere e questo gli fece venire voglia di fare altrettanto.

«Non mi avete disturbato» lo rassicurò. «Mi sono solo sentita sciocca a essere beccata a... be', a essere beccata.»

Baldwin aggrottò la fronte. «Sì, stavate guardando le stelle. Ma credevo di avervi sentito parlare.»

Il rossore su quelle guance si intensificò ancora di più e la giovane distolse lo sguardo mentre si tormentava le mani contro la balaustra di pietra della veranda. «Oh cielo, devo sembrarvi una vera sciocca.»

Lui inclinò la testa. «Niente affatto. Ma sono curioso. Stavate facendo un incantesimo o esprimevate un desiderio?»

Lei rise e il suono echeggiò nell'aria come musica. Baldwin si ritrovò a sorridere immediatamente, e non era uno dei sorrisi forzati o finti che aveva mostrato negli ultimi tempi. Era una semplice reazione alla sua complicata leggerezza. Come se fosse un faro nella sua oscurità che lui poteva seguire.

Sbatté le palpebre. Stava imbastendo una poesia? Mentalmente? Su una sconosciuta? Una sconosciuta americana, per di più. La fine del mondo era davvero vicina.

«Né l'uno né l'altro» rispose lei. «Stavo contando le stelle.»

Baldwin sbatté di nuovo le palpebre e alzò lentamente lo sguardo per osservare le migliaia di luci lampeggianti sopra le loro teste, poi lo riportò sul suo viso. «Contavate le stelle?»

Lei annuì, come se fosse una cosa normale. Perfino di moda. «Sì.»

«Sembra un'impresa senza fine» commentò lui.

La giovane si strinse nelle spalle sottili e il suo mantello si abbassò leggermente, rivelando un accenno di pelle esposta dal suo bel vestito. Trattenne il fiato alla vista. Quel punto tra il collo e la spalla sembrava proprio... da baciare.

«Senza fine non è sinonimo di senza scopo o inutile» ribatté lei, distraendolo dai suoi pensieri sconvenienti. «Dopo tutto, quante volte siamo costretti a fare e rifare qualcosa che non ci piace? Quando conto le stelle, è sempre una gioia. Mi ricorda che ci sono molte cose più grandi di me o dei miei stupidi problemi.»

Baldwin soppesò quelle parole. «Avete ragione, ovviamente. La maggior parte della nostra vita trascorre tra ripetitive sciocchezze. Contare le stelle è un passatempo come un altro, come ricamare all'infinito, suppongo. O suonare o passeggiare in tondo in un salotto.»

La giovane sorrise di nuovo. «Be', mi piacciono anche tutte quelle sciocchezze.»

«Una gentildonna compita non è mai sciocca» la contraddisse.

«E un gentiluomo compito?» ribatté lei.

«Non ne conosco quasi nessuno» le rispose e si ritrovò a ridere quando lei iniziò a fare altrettanto. La risata di Baldwin sembrava arrugginita, fuori uso, tranne quando era finta come di recente.

«Ne dubito» disse lei. «Sembrate un giovane che la sa lunga. Ma posso chiedervi perché vi nascondete su una veranda mentre c'è una festa dentro?»

«Mi nascondevo?» le chiese.

Lei si strinse di nuovo nelle spalle. «Un po'.»

Baldwin sospirò e riportò la sua attenzione sulla parte più luminosa della terrazza e sulle luci della sala da ballo che la illuminavano. «Forse un po'. Era troppo caldo dentro e troppo... immediato.»

Trasalì alle parole che gli erano uscite dalle labbra. Non aveva avuto intenzione di dirle. Diavolo, non si era quasi mai permesso perfino di pensarle.

«Troppo immediato» ripeté lei dolcemente e il sorriso le svanì dalle labbra. «Penso di capire cosa intendiate. C'è un'aria di aspettativa.»

Lui annuì. «Sì.»

Rimasero in silenzio per un attimo, lei a fissarlo, lui incapace di toglierle gli occhi di dosso. Era strano, perché il silenzio sembrava carico di ardore ma in qualche modo era confortevole, come se la giovane non si aspettasse chiacchiere vuote. Scosse la testa, cercando di liberarla da quei pensieri strani.

«Be', ehm, ci si aspetta che io torni al ballo. Così potrete tornare a contare, anche se devo immaginare che abbiate perso il filo per colpa mia.»

Lei rise di nuovo, musica nel vento, e puntò l'indice verso l'alto. «Niente affatto. Mi sono fermata proprio lì.»

Lui scosse di nuovo la testa ridacchiando. «Forse allora vi vedrò dentro.»

«Sì. Buona serata.»

Baldwin inclinò la testa in segno di saluto e si voltò lentamente per tornare alle porte della terrazza che immettevano nella sala da ballo. Fu solo quando le raggiunse che si rese conto di non aver mai chiesto il nome della giovane donna. Non che importasse davvero. Sapeva chi era.

E dopo averle parlato, improvvisamente il futuro sembrava un po' meno orribile.

L'AUTRICE

Jess Michaels è un'autrice bestseller di USA Today a cui piacciono robe da secchioni come Guerre Stellari, giocare ai videogiochi (ha una MEGA cotta per Cullen di *Dragon Age*), guardare la serie tv *Bob's Burgers* e collezionare Funko POP! Beve anche MOLTA Diet Coke. Probabilmente una quantità esagerata e poco salutare, ma è il suo unico vizio. Mangia (quasi) tutti i piatti a base di cocco, qualsiasi piatto al formaggio e nessun piatto piccante (sì, in questo è uno stereotipo ambulante). Le piacciono i gatti, il suo cane Elton e le persone che hanno a cuore il benessere dei loro simili.

Sebbene abbia iniziato come autrice tradizionale pubblicata da Avon/HarperCollins, Pocket, Hachette e Samhain Publishing, e anche da Mondadori in Italia, nel 2015 è passata al self publishing e non si è mai guardata indietro! Ha la fortuna di essere sposata con la persona che ammira di più al mondo e di vivere nel cuore di Dallas.

Quando non controlla ossessivamente quanti passi ha fatto su Fitbit, o quando non prova tutti i nuovi gusti di yogurt greco, scrive romanzi d'amore storici con eroi super sexy ed eroine irriverenti che fanno di tutto per ottenere quello che vogliono senza stare ad aspettare.

Jess è sempre molto felice di avere notizie dai suoi fan. Potete contattarla sul suo sito, tramite mail, e sui suoi social (o con piccione viaggiatore):

www.AuthorJessMichaels.com
Email: Jess@AuthorJessMichaels.com
Twitter: www.twitter.com/JessMichaelsbks

Facebook: www.facebook.com/JessMichaelsBks

OGNI mese Jess Michaels mette in palio un buono acquisto Amazon GRATUITO riservato agli iscritti della newsletter. Registratevi al sito: http://www.authorjessmichaels.com/

Se vi è piaciuta questa storia, lasciate una recensione per favore. Aiuterete altri lettori a conoscerla.

facebook.com/jessmichaelsbks
twitter.com/jessmichaelsbks
instagram.com/jessmichaelsbks
bookbub.com/authors/jess-michaels